鄒文律 著

後九七香港青年作家小說論

城景變幻

1996
—
2018

中華書局

城景變幻

——後九七香港青年作家小說論（1996-2018）

鄒文律 著

責任編輯　葉秋弦
裝幀設計　簡雋盈
排　　版　楊舜君
印　　務　劉漢舉

出　　版　中華書局（香港）有限公司
　　　　　香港北角英皇道 499 號北角工業大廈一樓 B
　　　　　電話：（852）2137 2338　傳真：（852）2713 8202
　　　　　電子郵件：info@chunghwabook.com.hk
　　　　　網址：http://www.chunghwabook.com.hk

發　　行　香港聯合書刊物流有限公司
　　　　　香港新界荃灣德士古道 220-248 號
　　　　　荃灣工業中心 16 樓
　　　　　電話：（852）2150 2100　傳真：（852）2407 3062
　　　　　電子郵件：info@suplogistics.com.hk

印　　刷　美雅印刷製本有限公司
　　　　　香港觀塘榮業街六號海濱工業大廈四樓 A 室

版　　次　2024 年 2 月初版
　　　　　© 2024 中華書局（香港）有限公司

規　　格　32 開（210mm×150mm）

ISBN　　　978-988-8860-85-2

目
錄

序言

　　本書討論潘國靈、陳志華、張婉雯、李維怡、謝曉虹、韓麗珠、可洛關注香港城市空間的小說，以「後九七香港青年作家」統稱他們。幾年前文律向我提到這一概念，當時我欣賞他勇於論述，但不無疑慮。現在他把多篇學報論文修訂成書，我重讀一遍，對這標籤仍舊有些商榷的想法，不過也承認值得採用，甚至相信有深入探討的價值。

　　先交代商榷的想法。我最大的疑惑是，「後九七香港青年作家」究竟是一個代表世代還是流派的標籤？本書〈緒論〉指出上述作家大部分出生於七十年代，在香港成長、接受教育，長期在本地從事文藝創作或編輯工作，二十多歲到三十出頭之際出版第一部個人小說集。這樣的說明顯然試圖把作家的關懷——「他們關心資本如何不停形塑香港的城市及身體空間，市區重建造成的舊區消逝，城市空間和自然空間的此長彼消，關注後九七香港城市面貌的變改」——溯源至成長歷程和人生階段。然而本書承認那幾位作家年齡差距長達十歲（潘國靈最長，1969 年生，可洛最年輕，1979 年生）。要是仔細點看，第一本個人作品集的出版相距同樣有十年（潘國靈、張婉雯、韓麗珠 1998 年，陳志華 2008 年），第一次公開發表作品的時差應該也短不了多少（〈緒論〉介紹了其中幾位作家的首次公開發表年份，較早的韓麗珠始自1992 年，較晚的謝曉虹始自 1999 年），但是年長的不一定較早開始寫作、率先結集成書，他們的文學道路恐怕並非十

分相似。再要挑剔的話，董啟章只較潘國靈大兩歲，首次發表大概不會比韓麗珠早上很多，卻已不在本書討論範圍之內了。〈結語〉提到王貽興、袁兆昌、麥樹堅、陳曦靜、唐睿、葉曉文、黃可偉、黃敏華等，「因為論述方向或論述時限之故而未有討論」，其實在這幾位以外，還當補上邱心和徐振（徐焯賢）。當然，本書以關注城市空間的小說為焦點，即使潘國靈等七位作家，也不是全部作品都予以論述，有些作家、作品沒有觸及是無庸非議的。然而正由於研究的材料以主題來圈選，所觀察到的都市想像、社會批判、地方之愛是否能夠圓滿地以世代論、情感結構來解釋，就不無疑問了。1997是一個重要政治事件發生的年份，但不見得是個戲劇化的轉捩點。大體上從 1998 年香港遭受亞洲金融風暴第二波襲擊開始，始料不及的巨變才一樁又一樁地出現。到後來趨勢預言家的眼鏡碎了一地，陣營分裂、價值對壘、大台拆毀，多少親朋因為立場分歧而反目，這個時代還有一種「整體文化」嗎？如果說這六位作家「沒有服膺於主流意識形態，還表達了對資本無限積累，把城市空間塑造為適合資本集中和高速流通的城市之深切憂慮，亦批判了資本形塑身體空間的壓迫性方式」（〈緒論〉），他們的共通性源自什麼呢？

　　想到最後一個問題，我突然省悟，文律本人不也是他筆下「後九七香港青年作家」的一員？或許根本就是他藉以想像這個群體的典型？文律大學本科主修中國語文教育，部分科目由同校的中國語言及文學系提供。因為這緣故，2000年我在「寫作訓練」課上認識了一年級的文律。後來他再選修了我的「文藝創作」和其他科目，碩士時轉到中文系，研

究董啟章的城市小說，也是由我充當導師。文律學業成績優異，同時熱心創作，本科畢業前出版了第一本個人小說集，又贏得了不少小說、新詩比賽的獎項，在我心目中從來是認真、上進、有目標、有計劃，並能按部就班地實踐理想的人。他想繼續攻讀博士，研究中國內地小說的烏托邦書寫，小說原非我的研究興趣所在，文律於是轉由危令敦兄指導，仍是以最短的修讀年期順利畢業。此後文律在不同院校任教，研究和創作並進，更肩負了不輕的行政擔子。除了尊重師長，我又看到了他友愛同儕、照顧後輩的一面。儘管我對小說所知有限，基於多年師生密邇之情和文學同道之誼，這篇序言仍願意勉力而為。

要是暫時放下「後九七香港青年作家」概念的質疑，本書各章結合扼要的理論引介和扎實的文本細讀以詮釋小說，實令人有豁然意解的暢快，例如第三章比較西西《我城》和可洛《鯨魚之城》，文律指出《我城》「更關注當下的城市面貌和年輕人的生活」，《鯨魚之城》則把「應該通往一個怎樣的未來，當成小說的重要主題來處理」，復借助「發展主義」（developmentalism）來印證《鯨魚之城》對未來的思考，大刀闊斧梳理出有說服力的論述脈絡，而點出小說安排角色以修理為業，意在表現一種對盛載回憶舊物的珍惜，則具見體會的細緻。

本書探究小說對香港都市空間的再現及批判，主體部分各章大多有相當篇幅介紹現實情況，以對照小說的變形或隱喻，例如第五章首先綜述九十年代以來香港的產業轉型、舊建築拆卸及土地重新規劃，作為李維怡、可洛、張婉雯小說

背景的提示，這種寫法把文學怎樣介入現實展示得生動具體，也可以說是把現實讀入小說的精彩示範。

　　以發展為名破壞城市景觀和居民生活，顯然是本書關注的核心。面對資本的狂暴流轉，一介小民能夠怎樣呢？本書討論的很多小說乍看是一片灰暗無奈，但文律特意指出，承受不等於放棄，他認為可洛、陳志華、韓麗珠筆下都有憑藉想像力尋得出路的角色，他們不啻「提醒讀者，只要不放棄書寫和想像，身為作家的他們依然可以通過旺盛的想像力和持續不斷的創作，為未來的香港／香港文學塑造出不一樣的真實／文字城市，從而打開日常生活／文學想像裏的嶄新空間」（第四章）。文律本人也是小說作家，這番話相信也是他的內心表白。然則「地方之愛」並不限於他論述的六位作家，反過來可以說是他以自身的「地方之愛」在同代人中尋求共鳴。地方是投入了感情的空間，感情所連結的有物也有人，本書附錄的多篇訪談，在全書設定的範圍外兼及麥樹堅、陳曦靜、唐睿、葉曉文這幾位文律肯定的青年作家，尤其令我感到結隊前行的朝氣。

　　我現在認為不妨把「後九七香港青年作家」理解為一種生活經驗的提煉、團體意識的呼喚，進而期待文律通過更多的作品分析來衝擊初始界說，既以概念組織材料，也藉材料來深化概念，揭示資本與城景更複雜的關係。

樊善標

（香港中文大學中國語言及文學系退休教授、

香港文學研究中心名譽研究員）

第 一 章

緒論

時間也不同了，時間之所以不同，

其實是因為空間的變化。

我目睹這種種變化，

並嘗試把它存記下來。

——西西《美麗大廈·後記》

一、「後九七香港青年作家」的「情感結構」

　　香港在 1997 年前後湧現了各種各樣的文學史著作，試圖總結香港文學的諸種現象或創作成果。不論其寫作意圖為何，這些著作論述的時點，大多止於二十世紀結束之時，對於二十一世紀以來的香港文學發展，鮮有探討。以趙稀方《小說香港》（2003）和蔡益懷《想像香港的方法》（2005）為例，前者論述的時點止於黃碧雲的〈失城〉（1994），後者則是董啟章《V 城繁勝錄》（1999）。近年陳智德《根著我城：戰後至 2000 年代的香港文學》（2019），作為一部「準文學史」著作（黃念欣語），論及大量香港作家的創作，不單提出了獨特的分析和見解，亦把論述時點推至陳冠中《事後：本土文化誌》（2007）。這批文學史著作問世後，文學界對二十一世紀以來的香港文學持續進行探討，對於李維怡、謝曉虹、韓麗珠等在 1997 年以後於香港及台灣兩地獲獎的青年作家，亦有關注。對於個別作家的作品研究，不時見於兩岸三地的學術期刊或研究學位論文之中。對於這批青年作家的小說進行並置閱讀，甚至進行整體論述的數量依然相當有限，以李維怡、謝曉虹、韓麗珠這些在台灣獲得文學

獎項的青年作家，較受論者關注[1]。

　　本書試圖提出「後九七香港青年作家」之概念，嘗試在已有研究的基礎上，探問李維怡、謝曉虹、韓麗珠，以及其他在 1997 年之後筆耕不輟的香港青年作家，是否擁有某些共同的文學關懷，以及他們小說中的「情感結構」。

1　　韓麗珠、謝曉虹、李維怡、可洛等作家的整體論述，主要見於張貽婷、陳姿含等人的研究學位論文，以及侯桂新和黃宗潔的論文。張貽婷的碩士論文關注香港文學如何回應「九七焦慮」的議題，分析了韓麗珠和謝曉虹小說的黑色都市情調，以及潘國靈對集體記憶的反思。見張貽婷：〈當代香港文學的九七焦慮與都市性格的共振（1982-2007）〉（台北：台北大學中國文學系，2011），頁 79-91，103-110，112-120。陳姿含的碩士論文以韓麗珠、謝曉虹、李維怡三位香港女作家為研究對象，探究她們的小說與 1997 以後的香港社會如何互動，藉此勾勒香港的文學圖像，並指出「城市異化」與「社會紀實」乃她們的兩條創作路線。見陳姿含：《九七後香港城市圖像 —— 以韓麗珠、謝曉虹、李維怡小說為研究對象》（新竹：清華大學中國文學系碩士論文，2016），頁 125。侯桂新以「青少年寫作」來命名當時尚未年滿三十五歲的韓麗珠、謝曉虹、袁兆昌等作家的創作，探討他們展現的多元藝術風格。論文篇幅不長，具有引介性質。見侯桂新：〈簡論香港的青少年寫作〉，《海南師範大學學報（社會科學版）》，第 114 期（2011 年第 4 期），頁 118-121。黃宗潔從「動物書寫」的角度，探問韓麗珠和謝曉虹小說中的動物意象，析論小說中城市與動物符號的連結如何呈現作家對香港的反思。見黃宗潔：〈香港新世代小說中的動物與城市〉，《淡江中文學報》，第 37 期（2017 年 12 月），頁 231-254。

　　李維怡（1975-）[2]、謝曉虹（1977-）[3]、韓麗珠（1978-）[4]，同屬香港回歸之後漸受文學界注意的小說作家；與他們同時期進入香港文壇視野的還有潘國靈（1969-）[5]、陳志華（1970-）[6]、

2　李維怡本科畢業於香港中文大學新聞及傳播系，後又同校主修人類學獲社會科學哲學碩士。李維怡在 2000 年獲得第 14 屆《聯合文學》小說新人獎中篇首獎，第一本小說集《行路難》出版於 2006 年。

3　謝曉虹本科畢業於香港中文大學中國語言及文學系。第一篇發表在文學雜誌的小說名為《維納斯》，刊於《香港文學》1999 年 4 月號，第 172 期。她的第一本小說集《好黑》出版於 2003 年。謝曉虹曾在 2001 年獲第 15 屆《聯合文學》小說新人獎首獎，同年獲得第一屆大學文學獎小說及散文組雙冠軍，2005 年小說集《好黑》獲第 8 屆香港中文文學雙年獎小說組首獎。

4　韓麗珠本科畢業於香港城市大學翻譯系，後於香港嶺南大學取得文化研究系文化研究碩士。韓麗珠在中學三年級開始投稿，最早的散文創作在 1992 年 12 月 24 日（《白色聖誕夜》）發表於關夢南主編的《星島日報・文藝氣象》上。不過，韓麗珠受文壇注意，還得等到她在 1998 年出版第一本小說集《輸水管森林》。韓麗珠的小說〈風箏家族〉曾在 2006 年獲第 20 屆台灣聯合文學小說新人獎中篇小說首獎，2018 年獲香港藝術發展局頒發「年度最佳藝術家獎（文學藝術）」。

5　潘國靈本科畢業於香港科技大學計算機科學系，及後取得科技大學電腦哲學碩士兼人文學文學碩士。碩士畢業後，潘國靈受肆業於香港中文大學現代語言及跨文化研究系（後改為文化及宗教研究系）。他的第一篇發表在文學雜誌的小說名為〈我到底失去了什麼〉，初刊於《香港文學》1997 年 3 月號，第 147 期。他的第一本小說集《傷城記》出版於 1998 年。及後中短篇小說《病忘書》曾獲第 7 屆香港中文文學雙年獎小說推薦獎。潘國靈曾經在 2007 年參加愛荷華大學「國際寫作計劃」，2007 及 2011 年先後獲香港藝術發展局頒發「傑出青年藝術獎（文學藝術）」及「年度最佳藝術家獎（文學藝術）」。

6　陳志華本科畢業於香港城市大學電腦科學系，於 2007-2011 年擔任文學雜誌《字花》編輯。2012-2015 年擔任香港電影評論學會會長，現為理事。他的第一本小說集《失蹤的象》出版於 2008 年。

張婉雯（1972-）[7]、可洛（1979-）[8] 等青年作家。這群作家大約在二十至三十歲出頭之際出版首本個人小說集，彼此之間的年齡差距雖然達十年，但他們卻有類近的成長經歷和教育背景。他們在香港接受基礎教育，並於本地大學完成本科／碩士學位課程，亦以香港為居住地，長年從事文藝創作或編輯的工作，於 1997 年以後出版第一本個人小說集。他們在童年或青少年時經歷了八十至九十年代香港經濟和城市化急速發展的時期，見證了香港在回歸前夕的社會焦慮，以及經歷了 1997 年以後香港社會的各種變化，經濟的潮起潮落，以及城市空間的持續變遷。這批作家的創作風格雖然多元，但他們長年在香港生活，自覺地書寫香港的取向則無二致 —— 他們關心資本如何不停形塑香港的城市及身體空間，市區重建造成的舊區消逝，城市空間和自然空間的此長彼消，關注後九七香港城市面貌的變改。這批青年作家，可說是擁有相類社會經驗的「後九七香港青年作家」。毫無疑問，這批「後九七香港青年作家」將會陸續創造個人文學生命中更多更為優秀的作品，但觀乎他們現在的創作實績，確

7　張婉雯本科畢業於香港中文大學中國語言及文學系，博士畢業於香港大學中文學院。張婉雯曾獲聯合文學新人中篇小說首獎（2011）、中國時報文學短篇小說評審獎（2013）等多個文學獎項。第一本小說集《極點》以初生為筆名，出版於 1998 年。

8　可洛原名梁偉洛，本科畢業於香港浸會大學中國語言及文學系。在 1998 年獲得第 24 屆青年文學獎戲劇初級組冠軍，作品名為《教育狂想曲》，這是他第一篇發表的文學創作。第一本小說集《繪逃師》出版於 2005 年。可洛在 2002 年獲中文文學創作獎小說組亞軍，2004 年獲中文文學創作獎新詩組冠軍，小說集《繪圖師》曾獲第 9 屆香港中文文學雙年獎小說組推薦獎。

實值得文學界重視，並對他們的小說進行整體論述，藉此為
香港文學研究注入新的研究視角，以及為香港文學發展，進
行階段性的總結。

本書認為，「後九七香港青年作家」的成長經驗相近，
亦有不少以香港城市空間為書寫對象的小說，若然能夠將之
並置閱讀，應能發現屬於這個文學世代的「情感結構」。「情
感結構」的概念源自雷蒙‧威廉斯（Raymond Williams）。威
廉斯在《馬克斯主義與文學》（*Marxism and Literature*）論及，
每一個時代的人皆有其獨特的社會經驗與社會關係，他們共
同感受到的情緒與經驗，將會凝結在一代人的「情感結構」
（structure of feeling）中，並可以通過該時代的文學作品找到
踪跡。威廉斯使用「情感」一詞，是為了強調它關切行動者
主動感受到的意義與價值，涉及人的衝動、抑制與精神狀態
等個性氣質。這些「情感」並不與思想觀念相對立，它們是
作為感受的思想觀念，與作為思想觀念的感受。至於「結構」
一詞，威廉斯表明這些情緒與經驗在容許個別經驗差異的同
時，會在文學作品中呈現出穩固而明確的模樣，以及深層的
共同性[9]。因為生命步調的改變，是一種可以從文學作品直接
意識到的經驗[10]。艾蘭‧普瑞德（Allan Pred）在闡釋「情感
結構」時，認為威廉斯相信整體生活中的一般組織（general

---

9   Raymond Williams, *Marxism and Literature* (Oxford: Oxford University Press, 1977), pp. 128-135.

10   Raymond Williams, *Problems in Materialism and Culture: Selected Essays* (London: Verso, 1980), p. 27.

organization），只有經由真正的生活經驗，通過「情感結構」
始能把握，而「情感結構」亦非單純自主心靈的產物，而是
產生自社會及歷史脈絡對個人經驗的衝擊 [11]。由此可見，當威
廉斯使用「情感結構」來探討某個時期的整體文化時，他非
常關注社會文化、歷史與個人成長、心靈意識之間的互動。

　　威廉斯在《漫長的革命》（*The Long Revolution*）表示，
前代人可以把社會性格或文化模式傳給新一代，但新一代
在繼承這一切的同時，也會以不同的方式來感受整個生活，
以創造性的反應來塑造出一種新的「情感結構」。[12] 易言之，
隨着時代變遷，「情感結構」也會隨之改變，因此它是「溶
解流動中的社會經驗」[13]。香港經歷 1997 年回歸，以及資本在
後九七時期持續塑造香港的城市空間，對城市景觀不斷進行
「建設性摧毀」[14]；人口增長的同時，城市空間亦經歷「士紳化」
（gentrification），重建區域的房地產價格和租金不斷躍升 [15]。香

11　Allan Pred, "Structuration and Place: On the Becoming of Sense of Place and Structure of Feeling," *Journal for the Theory of Social Behaviour, vol 13, isuee 1,* (March 1983), pp. 55-56.

12　Raymond Williams, *The Long Revolution* (New York: Columbia University Press, 1961), pp. 63-65.

13　Raymond Williams, *Marxism and Literature*, p. 133.

14　大衛 · 哈維（David Harvey）著，葉齊茂、倪曉暉譯：《叛逆的城市：從城市權利到城市革命》（北京：商務印書館，2014 年），頁 17。「建設性摧毀」是指資本為了滿足其擴張的特性，把阻礙積累進一步展開的實質地景拆毀並重造，以開闢新的積累空間。

15　「士紳化」是指在市區更新的過程中，原住該區的較貧窮階級被迫遷走，將空間讓出給較富裕階級發展、生產及積累更多資本。郭恩慈：《東亞城市空間生產：探索東京、上海、香港的城市文化》（台北：田園城市文化事業有限公司，2011 年），頁 174-176。

港人在高度發達的資本主義面前，要麼被塑造成有用的「勞動身體」，要麼被置於無用之列。這些重大變化無疑衝擊了新一代的生活與感受，在後九七時空形成屬於他們的「情感結構」。

大衛·哈維（David Harvey）指出，資本積累本身具有活動上的擴張性，成長（growth）被認為是不可避免的，而且是好事[16]。對資本成長的追逐，構成後九七香港社會的主流意識形態。然而，細讀「後九七香港青年作家」的小說，不難發現他們非但沒有服膺於主流意識形態，還表達了對資本無限積累，把城市空間塑造為適合資本集中和高速流通的城市之深切憂慮，亦批判了資本形塑身體空間的壓迫性方式。當資本在城市空間不斷擴張，自然環境和城市居民感受到的壓力愈發沉重。「士紳化」造成房地產價格和市區租金飆升，在原區居住和生活多年的居民，以及小型商戶被迫遷往他區居住和謀生；持續擴張的城市化則令鄉郊和海洋等自然空間受壓而逐漸消失。謝曉虹在收入《雙城辭典 2》（2012）的〈吞吐〉（2010）中[17]，直言「城市只是像怪物那樣一直在膨脹」[18]。潘國靈在收入《離》（2021）的〈2047 浮城新人種〉（2007）沿用西西以「浮城」隱喻香港的想像軌跡，以諷刺

---

16   大衛·哈維（David Harvey）著，王志弘譯：《新自由主義化的空間：邁向不均地理發展理論》（台北：群學出版有限公司，2008 年），頁 90。

17   〈吞吐〉首次發表於《字花》，2010 年 26 期（2010 年 7-8 月），頁 74-77。《雙城辭典 2》則在 2012 年出版。

18   謝曉虹：《雙城辭典 2》（新北：聯經出版事業股份有限公司，2012 年），頁 19。

的筆觸寫道[19]：

> 浮城地面上，再沒有什麼地方是未經開發的了。寸草不生，不要緊，這個世界有人造草。花不夠香，不要緊，這個世界有人造花香。天空是混濁了一點，但人們並不介意，因為天空早被摩天大樓、高架天橋、高聳入雲的尖塔遮擋了。[20]

眾所周知，2047 年乃是香港回歸五十周年之際。「浮城」的全面都市化是潘國靈擔憂的所在。當「浮城」的城市發展來到極致之時，連自然環境（即使是天空）也會被排拒在人工建設之外。「浮城」中人為了成為更優秀的「勞動身體」，則「一天到晚以隱形眼籤撐大雙眼工作，到該睡眠時就進入睡眠機」[21]。通過睡眠機壓縮人的睡眠周期，「浮城」人能夠把更多時間投入資本主義生產當中。

從這些文學想像可見，潘、謝二人並不認為香港繼續遵從資本主義路線來塑造城市空間，組織香港人的生活方式，能夠為香港人帶來快樂的生活。綜觀與這兩位作家成長經歷接近的其他香港青年作家小說，不難發現迴盪其中的共同聲音——抗拒資本在城市空間的無止境擴張。可洛在《鯨魚之城》（2009），以西西《我城》（1975）的小說人

19　〈2047 浮城新人種〉首次發表於《藝術地圖》（Artmap）於 2007 年 7 月 1 日出版的一日完仿製報章《明天日報》中。《離》則在 2021 年出版。

20　潘國靈：《離》（新北：聯經出版事業股份有限公司，2021 年），頁 153-154。

21　潘國靈：《離》，頁 154。

物重述了一個二十一世紀的「我城」故事。《鯨魚之城》提到中環海邊的老舊碼頭將會被清拆，然後重建成金光閃閃的馬路和商廈；商廈底層則用於興建商場[22]。這種把城市中心地段（中環）由公共空間（老舊碼頭）重建成商業空間的發展模式，正正是資本操控城市空間運用的具體表現。「商場」在《鯨魚之城》不單是反覆出現的意象，更被可洛視為「我城」的未來。小說有一處提及政府定下了「全城商場化發展藍圖」，決意在 2020 年前把「我城」發展成一個「前所未有的超巨大商場」。通過發展郊區、剷平公園和泳池，改建大學、圖書館和博物館為商場，「我城」將會變成一座名副其實的商場之城。如果要實現藍圖，政府必須在開拓土地興建商場的同時，把現存建築悉數拆除，把舊區的人事全盤搬走。這種城市重建／改造對資本主義來說是必須的。資本主義的基礎是對剩餘價值（利潤）無休止的追逐。為了生產剩餘價值，資本家必須生產剩餘產品。對資本主義而言，它永遠都在生產城市化所要求的剩餘產品，而這些無止境生產出來的剩餘產品亦需要無休止的城市化來吸收它們[23]。後九七香港早已高度城市化，只有通過城市空間的「建設性摧毀」，才能持續生產／吸收剩餘價值。不過，面對「建設性摧毀」永無休止的「我城」，阿果「只看見石屎鋼筋，空氣污濁，

---

22   可洛：《鯨魚之城》（香港：日閱堂出版社，2009 年），頁 55-56。

23   大衛・哈維著，葉齊茂、倪曉暉譯：《叛逆的城市：從城市權利到城市革命》，頁 5。

大廈冰冷，燈飾刺眼，每秒都有永遠蓋掩不了的垃圾」[24]。資本積累為「我城」帶來冰冷無情的鋼筋水泥森林，空氣污染和嚴重光害，為「我城」居民的生存構成極大壓力。相類的觀點在《陸行鳥森林》（2010）再次出現，主角楊天偉把香港市區的景觀概括為：「一式一樣的大廈，冰冷的商場，彷彿提醒他現實有多無情冷酷。」[25] 資本塑造的城市空間，從未令可洛感到滿意。

　　如果說可洛不滿資本主義的原因，源自「建設性摧毀」對「我城」的自然環境及居民生活構成的壓力；那麼李維怡在〈聲聲慢〉（2006）中對「建設性摧毀」的抗拒，則源自市區重建摧毀了原有社區的人情關係，令社會中的弱勢（例如長者）承受情感上極大的痛苦。〈聲聲慢〉寫一個發生在香港灣仔的舊區重建故事，主角小碧的家庭受市區重建影響，但身為中學生的她卻在應否接受賠償遷出一事上與家人意見相左：家人認為取得賠償後可以改善居住環境，而小碧則認為遷離這個自爺爺那一代開始居住的單位，無疑等同放棄多年來建立的鄰里人情關係；小碧特別擔心住在四樓的曾婆婆（小碧自小由曾婆婆照顧，與她感情甚篤）從此會失去他們一家的照應[26]。誠如董啟章對這篇小說的評論：「縱使容納了接受重建者的觀點，但作者寄託於小碧和一眾堅守家園

24　可洛：《鯨魚之城》，頁 159-160。

25　可洛：《陸行鳥森林》（香港：日閱堂出版社，2010 年），頁 274。

26　〈聲聲慢〉完成於 2006 年，後來收入 2009 年出版的《行路難》中。見李維怡：《行路難》（香港：kubrick，2009 年），頁 243-245。

的街坊的立場卻十分清晰。」[27] 事實上，董啟章所言的「立場」，遠遠不止於在市區重建一事上對堅守家園者的同情，還展示了李維怡對城市空間任憑資本主義邏輯操控的憂慮。小說題目為〈聲聲慢〉，典出李清照詞。李清照〈聲聲慢〉的「尋尋覓覓，冷冷清清，淒淒慘慘戚戚」，正好映照出受重建影響的曾婆婆，暮年之時被迫與情同親人的鄰居分離，不知安居何處的淒涼境況。

　　至於自言「我的生活就是在城市，怎樣也離不開」的韓麗珠，其創作向來對「空間」甚感興趣[28]。誠如鍾夢婷所言，韓麗珠的小說擅寫城市空間中的各式人際關係[29]。然而，在〈外來者〉（2014）中，韓麗珠把她的文學關懷擴大，呈現了一場資本在城市不斷進行空間擴張後引發的民間抵抗。小說發生在一個異常擁擠的城市，那兒只見「大廈之外是更高聳的大廈，以及巨型的屏幕」。[30] 主角平原是一位賣藥人，居住的鄉村正面對城市擴展引致的拆遷。當負責收回土地的執達吏嘗試說服堅持拒絕遷離的平原接受補償時，平原坦言整個城市的所有地區都在發展，同意離家的人此後只能沒完沒了地展開疲於奔命的遷徙；平原認為在發展已經飽和的時候

27　董啟章：〈寫也難，不寫也難〉，收入李維怡：《行路難》，頁 13。

28　伍家偉主編：《寫作好年華：香港新生代作家訪談與導賞》（香港：匯智出版有限公司，2009 年），頁 24。

29　鍾夢婷：〈「不合時宜」的小說、「不合時宜」的評論 —— 讀韓麗珠《失去洞穴》〉，《字花》，第 58 期（2015 年 11-12 月），頁 134。

30　韓麗珠：〈外來者〉，《短篇小說》，第 16 期（2014 年），頁 43。

仍然要拆毀一些地方以便重建，最後只會令城市變成不適合任何人居住的地方。面對平原的抗辯，執達吏明確表示：「發展是無可避免的事。不往前走，就會落入倒退之中，最後被擠到毀滅的境地裏。」[31] 這種把「發展」視為無可避免之事的論調，不是正好呼應了資本主義的運作邏輯嗎？韓麗珠的小說往往缺乏明確的時空標記，但這篇小說提及的「執達吏」，乃香港司法機構的成員 [32]。鄉郊土地不斷因為城市擴展而被收回之情節，也令人聯想到香港政府在後九七時期為了興建廣深港高速鐵路和發展新界東北而拆遷當地鄉村的做法。小說回應後九七香港社會現實的用心，躍然紙上。

〈外來者〉在結集發表時經過大幅度擴寫，易名為〈失去洞穴〉（2015），可見作者對居所（以「洞穴」為隱喻）即將被夷平的人深表同情。不單如此，小說更批判資本積累引致的空間擴張，認為這終必招來對個體生命的吞噬：「城市的中心，早已被挖掘成了一個又一個的巨大洞穴，洞穴被裝潢成商場或車站，人們終日流連其中，躲避烈日或風雨，而且從沒有發現，自己已被一點一點地吞噬。」[33] 在韓麗珠眼中，鄉村的居民在城市化的過程中失去可以棲身的「洞穴」（居所），而城市居民則流連在資本建造的「巨大洞穴」中；這些「巨大洞穴」並非城市人的真正居所，它們僅是不容居

31　同上，頁 55-56。

32　「執達吏」負責促使人完全遵從及履行法院的判決及命令，當中包括協助有權收回土地／房產的人收回被佔用的土地／房產。

33　韓麗珠：《失去洞穴》（新北：印刻出版有限公司，2015 年），頁 91。

留的商場和車站。為了建造它們，城市人順應資本主義的運作邏輯，不自覺地在資本生產及再生產過程中，消耗自身。

稍為回顧「後九七香港青年作家」面對的社會文化環境，不難理解為何他們對資本在城市空間持續擴張一事特別敏感。自從香港回歸以來，政府以「亞洲世界城市」定位香港，致力發展資本主義，維持香港「資本主義生活方式」。香港回歸後，不單沒有妨礙資本按其運作邏輯持續塑造香港的城市空間和身體空間，反之在全球資本湧入下，運轉速度日增。伴隨日益發達的資本主義衍生的社會問題接踵而來，難以緩解。2006 年，香港政府因為填海工程而清拆擁有四十九年歷史的中環天星碼頭，引發一連串民間的抗議運動。運動雖然無法保留天星碼頭，卻引起了社會對如何運用城市空間的關注。隨後數年，一連串以保育歷史建築以及反對現行城市發展模式為主軸的社會運動陸續展開，無不引起香港青年作家再思持續發展資本主義是否「我城」未來的唯一可能。這些重大社會事件及城市景觀急遽變改帶來的衝擊，在「後九七香港青年作家」的個人經驗中留下不能磨滅的印記，形塑成他們共同的「情感結構」。

本書以為，「後九七香港青年作家」對香港的城市想像縱有不同的個人經驗與表述方式，但這批作家因為擁有相近的成長背景，生活在近似的社會文化環境中，其「情感結構」呈現了明確的深層共同性 —— 那就是對資本在城市（香港）空間的無止境擴張，情感上表現出莫大的憂慮和抗拒。這批作家不約而同地批判資本主義對城市空間和身體空間造成的壓迫，抗拒「我城」沿着發達資本主義城市的軌跡走向

未來。不單如此，他們的「情感結構」還包含了以下重要面向，那就是表現了對「我城」海洋和郊野等「自然空間」的「地方之愛」，以及致力思考和尋覓「我城」是否存在任何形式的替代出路。

或許只有堅持尋覓，始有得見出路的可能。潘國靈〈我城 05 之版本〇一〉把追尋出路的希望寄託在青年一輩身上：小說尾聲提及阿果大學畢業後決意要踏實地生活，走入人群[34]。敘述者以滿懷期待的語調為小說作結：「你們打開的一道道城市和人生交錯的門，迎向你們的，是意想不到的答案。」[35] 謝曉虹〈我城 05 之版本〇二〉則渴望為「i 城」打開逃逸路線，期待替代出路的出現。然而，「意想不到的答案」和逃逸路線只能顯示作家對替代出路的期待，卻非指向彼岸的明確路標。

《鯨魚之城》的阿果和朋友們，經歷了一場觀鯨之旅後，體認到今天的「我城」除了高樓和商場，還有極其值得珍惜的自然環境──海洋和郊野。「我城」若然要變成一座「鯨魚之城」，必須成為人與自然能夠和睦共處的城市。受資本主義支配的「我城」如何能夠做到？《鯨魚之城》寄望於「我城」居民的覺醒，寄望「我城」居民能夠培養一顆對事物（包括自然環境）欣賞的心[36]。〈失去洞穴〉的平原最終

34　潘國靈：《i- 城志》（香港：香港藝術中心、kubrick，2005 年），頁 62。
35　同上，頁 63。
36　可洛：《鯨魚之城》，頁 170。

選擇離開逐漸被鐵絲網圍封的鄉村，但小說的另一位人物：
空，則選擇一直留守。小說沒有交代空的結局，但在平原的
想像中，堅持留下的空就像一顆種子，埋在荒廢而斷絕水電
的房子裏，持續長出鮮嫩的綠芽[37]。這是個富有寓言意味的畫
面，表現了韓麗珠對堅持抵抗資本空間擴張者的同情。這種
對抵抗者的同情，同樣見於李維怡的〈聲聲慢〉—— 即使小
碧無法阻止父親賣出單位，也無法阻止重建計劃的實施，但
她對資本主義邏輯的抵抗（反對單純考慮重建賠償的金額是
否足夠購置新居），對弱勢者的關懷（對曾婆婆的關心），
卻是一道令讀者動容的身影。

二、本書論述範圍

　　本書以潘國靈、陳志華、張婉雯、李維怡、韓麗珠、謝
曉虹、可洛等「後九七香港青年作家」的小說為研究主軸，
聚焦於他們描寫城市空間變改的小說，所論小說最早為韓麗
珠〈輸水管森林〉（1996），最晚為可洛《幻城》（2018）[38]，
覆蓋了香港回歸前後約二十多年的時間。在這二十多年的時

37　韓麗珠：《失去洞穴》，頁 96。

38　〈輸水管森林〉首次發表於《香港文學》，第 138 期（1996 年 6 月），頁
　　72-75，後收入出版於 1998 年 9 月的《輸水管森林》，而《幻城》則出版
　　於 2018 年 10 月。

間裏，這批「後九七香港青年作家」由二十來歲的青年，逐步成為踏入而立之年的後青年。在這段思想勃發和創作力旺盛的歲月，他們如何通過小說展現個人對 1997 年以來，香港城市發展的觀察與思考，呈現屬於他們的「我城」故事？這是本書源起與論旨所在。

　　本書共分七章，除了第一章緒論，第七章結論，第二至六章各按主題編排。第一章緒論，論述「後九七香港青年作家」的概念，以及「後九七香港青年作家」在小說裏展現的「情感結構」。第二章聚焦討論潘國靈和謝曉虹《我城 05》，探討潘謝二人如何改寫西西《我城》，塑造出一座 2005 年的「i 城」，呈現香港那深受資本形塑的城市空間，揭示香港在二十一世紀初成為發達資本主義都市後的諸種空間特質。資本主義不僅按其邏輯塑造城市空間，身體空間亦在其支配之下，故此第二章亦會考察《我城 05》中的「勞動身體」和「疾病身體」。潘謝二人一方面批判資本主義通過教育把「勞動身體」物化，另一方面亦指出「疾病身體」蘊含對資本主義的強大反思性 / 批判性力量。

　　第三章分析可洛《鯨魚之城》怎樣通過「接續改寫」的文學方式，襲用西西《我城》部分的小說主角，設想他們生活在二十一世紀第一個十年的「我城」之所思所感。這一章對《我城》和《鯨魚之城》進行互文分析，考察兩部文本之間的對話交流，探討《鯨魚之城》在襲用《我城》三位人物阿果、阿髮、阿游時運用的寫作策略及其創新。此外，本章亦會援引「發展主義」理論來闡釋小說對香港當下及未來的思考，探討小說如何展現出青年作家對「我城」的憂思，以

及對「我城」發展路向的期許。

　　第四章以陳志華，韓麗珠、可洛三位作家小說中的城市空間想像為切入點，考察他們筆下呈現的香港城市空間特色 —— 首先是資本塑造而成的超密度城市空間，其次是全面商場化的空間。這兩種空間特色不僅是文學想像，更切實反映了後九七香港的城市空間形態。本章通過闡釋「後九七香港青年作家」構築的各種文字城市（「O 城」、「幻城」、「H 地」），探討作家對於活在超密度城市空間和商場之都的感受。與此同時，本章亦會探問作家如何嘗試通過召喚想像力來重塑城市空間。

　　第五章分析「後九七香港青年作家」筆下的市區重建。市區重建為後九七香港的城市景貌帶來不少變化，許多舊區重新發展成為中產階級住宅，或者裝潢華貴的大型商場。張婉雯、李維怡、可洛三位長期在香港生活的「後九七香港青年作家」面對資本重塑城市空間帶來的轉變，以小說展現市區重建怎樣造成人與地方的情感斷裂，以及「無地方性」。本章借助地方心理學，分析「後九七香港青年作家」小說怎樣展現人與地方的情感連結，關注被迫遷者的內心感受，試圖讓讀者了解人被迫從原居地遷徙至他處時，心理健康遭受的影響。本章及後亦會指出市區重建對於舊區建築和文化的破壞，如何讓「後九七香港青年作家」擔憂香港各區最終失去特色，產生「無地方性」的憂慮。最後，本章點出李維怡、可洛，張婉雯三位作家的共同文學關懷，即是盼望日後的城市發展模式能夠尊重香港既有的歷史和文化，藉此表現對香港此城的「地方之愛」。

　　第六章析論「後九七香港青年作家」小說呈現的「自然連結」。「後九七香港青年作家」大都見證了香港不斷通過移山填海來擴張城市空間，以及市區更新日益頻繁的年月。城市空間持續擴張，自然空間遭受愈來愈大的壓力。本章聚焦陳志華、張婉雯、李維怡、謝曉虹、韓麗珠、可洛等作家的小說，探析他們如何理解城市空間與自然空間之間的關係。「後九七香港青年作家」通過小說呈現城市空間與自然空間的此長彼消，指出城市居民因為長居高度人工化的城市空間而失去「自然連結」。事實上，「後九七香港青年作家」除了對高山海洋等自然環境懷有「地方之愛」，還關心人類以外的物種在城市空間的生存狀況，呈現了高度的「自然連結」。

　　第七章是結語，除了總述全書的主要觀點，還會提出對運用「後九七香港青年作家」此一概念來研究香港文學的反思。

　　最後，本書作者有幸得到潘國靈、陳志華、張婉雯、李維怡、陳曦靜、謝曉虹、唐睿、可洛、麥樹堅、葉曉文合共十位作家的協助，完成了相關訪談。訪談中，作家暢談對1997 年以來，對香港城市景貌變遷的觀感與個人寫作之間的關連，以及他們對香港城市空間運用的感受。這些珍貴的訪談資料，以附錄形式刊載於本書，以饗讀者。

第 二 章

從「我城」到「i城」

潘國靈、謝曉虹《i‧城志‧我城05》創造的城市及身體空間

但肯定的是，麥快樂，悠悠、阿髮、阿果，

你們打開一道道城市和人生交錯的門，

迎向你們的，是意想不到的答案。

——潘國靈《我城 05 之版本〇一》

他們環顧四周，都感到這城市異常美麗，

彷彿，這是他們第一次到這裏，

第一次清楚看見這個城市。

——謝曉虹《我城 05 之版本〇二》

一、當「我城」來到 2005 年

　　西西（1938-2022）毫無疑問是香港重要作家，深得兩岸三地評論界青睞。在西西的眾多小說中，誕生於七十年代的《我城》（1975）是她首部長篇小說[1]，亦為其小說創作的分水嶺[2]，在西西的創作譜系中佔有非常重要的地位。1999 年，《我城》更被《亞洲週刊》評選為「二十世紀中文小說一百強」。

　　《我城》以一群年輕人阿果、阿髮、麥快樂、阿游為敘述觀點，以輕淡的筆觸描畫出香港的人事風貌，以陌生化的寫作手法重新觀察「我城」，被陳燕遐形容為是「以平庸的群相表達對這個『又美麗又醜陋的城市』的熱愛」[3]。《我城》情調開朗，處處展現出對尋常生活、平凡人事的喜愛，寫法迥異於前代戮力批判香港社會黑暗的《窮巷》（1948）、《酒徒》（1962）等香港小說。不但如此，西西更通過《我城》創造了一個新的觀念 ——「城籍」，為七十年代沒有「國籍」

1　《我城》自 1975 年開始於香港《快報》連載，共刊發了一百五十天，共有四個版本，分別為素葉版（1979）、允晨版（1989）、素葉增訂本（1996）和洪範版（1999）。見何福仁，〈談談《我城》的幾個版本〉，收入西西：《我城》（台北：洪範書店，1999 年），頁 261-264。

2　西西自言《我城》乃其小說創作的分水嶺，以開朗活潑的寫作方式告別此前冷漠灰暗的存在主義式寫法。見西西、何福仁：〈胡說怎麼說 —— 與西西談她的作品及其他 2〉，《素葉文學》，第 17-18 期（1983 年 6 月），頁 46。

3　陳燕遐：《反叛與對話 —— 論西西的小說》（香港：華南研究出版社，2000 年），頁 10。

的香港人，尋索出身份認同的可能[4]。時至今日，「我城」一詞，儼然已是不少香港人對香港此城的別稱了。《我城》屬香港文學的經典作品，在兩岸三地的文學評論界已成定論。

　　長年研究西西作品的陳潔儀對《我城》推崇備至，認為《我城》在香港歷史和身份認同上具備「紀念碑」式的文學地位[5]，開創了以香港一地為寫作對象的創作傳統，幾可運用拉丁美洲「立根小説」（foundational fiction）的概念來評價[6]。自從《我城》問世後，確實湧現一批以香港為書寫對象的小説，例如董啟章以虛構的 V 城隱喻真實香港的「V 城系列」：《地圖集》(1997)、《V 城繁勝錄》(1998，2012 年再版時易名為《繁勝錄》)、《Catalog》(1999，2011 年再版時易名為《夢華錄》)、《博物誌》(2012)；潘國靈以敍寫城市和自身成長歷程為主線的短篇小説集《傷城記》(1998)；謝曉虹及韓麗珠合著，以香港為素材進行一題兩寫的《雙城辭典 1‧2》(2012)；可洛《鯨魚之城》(2009)，《幻城》(2018) 等。

　　在「後九七香港青年作家」創作的小説中，與《我城》關係密切的小説，不得不提以「我城」為名的《我城 05》。2005 年，即《我城》面世三十年後，香港藝術中心發起了「i-city Festival 2005」創作項目，通過小説、繪畫、動畫和

4　陳智德：《解體我城：香港文學 1950-2005》（香港：花千樹出版有限公司，2010 年），頁 152-155。

5　陳潔儀：〈從「接受」到「經典」：論台灣文學評論界對於「傳播」西西小説的意義〉，《淡江中文學報》，第 29 期（2013 年 12 月），頁 305。

6　陳潔儀：《香港小説與個人記憶》，（香港：天地圖書有限公司，2010 年），頁 62-63。

劇場等別出心裁的形式來向《我城》致意，亦展現了不同
媒介的創作人眼中的「我 / i 城」，力圖表現我城駁雜而豐
滿的形象[7]。在這個創作項目中，潘國靈和謝曉虹負責「小說
的 i 城」，各自寫出兩個版本的《我城 05》[8]。《我城 05》雖然
沿用《我城》的人物，譜寫阿果、阿髮等幾位主角在二十一
世紀初 i 城生活的故事[9]，但無論在情節鋪排和人物形象塑造
上，皆與《我城》存在相當程度的差異。潘國靈和謝曉虹皆
是創作力旺盛的「後九七香港青年作家」。潘國靈的小說創
作多以現代主義為基本形式，時常通過各種文學形式實驗，
處理各種幽暗的人生經驗，例如以疾病為探討主題的《病忘
書》（2001）[10]，探問寫作何為的長篇小說《寫托邦與消失咒》
（2016）。謝曉虹的小說創作深具魔幻寫實意味，例如書寫
各種荒誕人際關係的《好黑》（2003）[11]，以及通過魔幻寫實手
法描寫城市現象及城市人生活經驗的《無遮鬼》（2021）。

　　潘國靈〈我城 05 之版本〇一〉由十八個小節和四個悠
悠撰寫的小說片段組合而成，描繪了大學生阿果、中學生

7　香港藝術中心製造：〈有關《i 城志》〉，收入《i- 城志》，頁 1-3。

8　這兩篇中篇小說分別是潘國靈〈我城 05 之版本〇一〉及謝曉虹〈我城
　　05 之版本〇二〉。

9　為了以小說創作來呼應「i-city Festival 2005」，潘謝二人在小說中均以「i
　　城」來指稱「我城」。本書認為「i」，即英語中「我」的意思。潘謝二人
　　之所以運用小寫的「i」，大抵是要強調筆下的「i 城」乃出於一己對香港
　　的觀察和想像。

10　《病忘書》首次出版於 2001 年，後來在 2012 年由上海三聯書店再版，並
　　加入若干新小說。

11　《好黑》首次出版於 2003 年，後來在 2005 年由寶瓶文化事業股份有限公
　　司再版。

阿髮、踏入社會不久的麥快樂和喜愛寫小說的悠悠的日常生活，着墨於二十一世紀初資本如何塑造香港城市的空間，以及棲居其中的青年人的所見所感。謝曉虹〈我城05之版本〇二〉聚焦於已經投身社會的阿果身上，講述i城在毫無徵兆下受到一場「分裂症」侵襲——患者會裂變成兩個擁有相同樣貌和DNA的人，性格亦產生劇變。藉着敘寫患上「分裂症」的阿果、時常逃學的悠悠在i城的成長經驗，謝曉虹試圖批判資本對i城和個體的操控。

　　論者對《我城05》的討論主要集中於《我城05》和《我城》在選材上的差異，以及小說對二十一世紀初香港城市生活經驗的描繪，還有小說對香港社會政治不同程度的回應[12]。

12　張歷君指出潘謝二人雖然在筆調和文學形式選擇上各有不同，卻同樣以小說回應了香港在回歸後極具標誌性的政治事件，旨在表達作家對社會時事的思考，有別於《我城》對社會和政治討論點到即止的處理手法。見張歷君：〈否定的希望——《我城05》初探〉，收入《i-城志》，頁176-180。陳姿含討論謝曉虹〈我城05之版本〇二〉時，則聚焦小說映現的2003年非典型肺炎（SARS）為香港社會帶來的創傷。見陳姿含：《九七後香港城市圖像——以韓麗珠、謝曉虹、李維怡小說為研究對象》，頁100-102。張清秀析論潘國靈的《我城05》時，指這部小說反映了香港在回歸以後種種的社會問題。見張清秀：〈那些年，那些事——潘國靈筆下的都市記憶〉，《文學評論》，第19期（2012年），頁117-118。小土則從「起居（Habitat）」、「工作（Occupation）」、「母語（Mother-tongue）」和「事件（Event）」四方面來探討西西、潘國靈和謝曉虹筆下的城市生活有何異同，試圖比較三位作家對「家（H-O-M-E）」的看法。見小土：〈再讀《我城》——論西西、潘國靈及謝曉虹《我城》中的生活想像〉，《字花》，第60期（2016年1-2月），頁124-128。陳智德認為《我城05》試圖以經典重寫的方式來喚回失落價值，並引向當時社會現象的解釋。見陳智德：《根著我城：戰後至2000年代的香港文學》，（新北·聯經出版事業股份有限公司，2019年），頁504。黃冠翔探問《我城05》如何轉化前代作家流下來的「本土性」意涵。見黃冠翔：《一九七〇年代以降香港敘事的「主體性」想像與建構》（新竹：清華大學中國文學系博士論文，2020），頁47-56。

本章試圖探問論者未有觸及之處，那就是香港擁有的發達資本主義城市特質，如何在小說投影為 i 城的城市空間？如果 i 城不免是發達資本主義城市（香港）的文學形象，潘謝二人對持續受資本形塑的 i 城之城市空間，以及棲居其中的身體空間，又有怎樣的思考？面對香港由資本推動的城市發展時，兩位作家在小說裏又寄寓了哪些感受？

二、資本主義塑造的 i 城城市空間

　　潘國靈筆下的 i 城在維多利亞港沿岸矗立着十八幢高廈[13]，於璀璨的煙花中顯出壯麗的色彩[14]。即使部分高廈的名字並非實際存在（如獅子銀行總行），但指涉實存大廈的用心昭然若揭（滙豐總行大廈門前擺放了一對銅獅子，可見獅子銀行總行實有所指）。這些高廈標明了香港是跨國企業總公

13　這十八幢高廈包括：竹銀大廈（中銀大廈）、中環廣場、嘉誠集團中心（長江集團中心）、夏愨司令大廈（夏愨大廈）、i 城大會堂（香港大會堂）、i 城會議展覽中心（香港會議展覽中心）、獅子銀行總行（滙豐總行大廈）、渣甸大廈（康樂大廈）、花旗萬通大廈（萬國寶通中心）、交易廣場第一座、交易廣場第二座、國際金融中心一期、國際金融中心二期、水兵道政府合署（金鐘道政府合署）、炳湘地產中心（新鴻基中心）、中環中心、祖國人民解放軍駐 i 城部隊大廈（中國人民解放軍駐香港部隊大廈）、i 城演藝學院（香港演藝學院）。見潘國靈：〈我城 05 之版本〇一〉，頁 23。括號為本書所加，當中的建築物乃其現實所指。

14　潘國靈：〈我城 05 之版本〇一〉，頁 23。

司的所在地，也是資本集中和流通之處。潘國靈和謝曉虹的寫作風格縱然不同，但二人筆下的文字城市 i 城[15]，同時顯出深受資本主義支配的城市空間特色。以下將從三方面展開論述，展示《我城 05》對 i 城城市空間的想像。

1. 雙元城市（Dual City）── i 城內的城市空間區隔

　　謝曉虹筆下的 i 城有兩個涇渭分明的區域，分別是 C 區和 M 區。C 區被巨型的玻璃幕牆建築物包圍；「很多人認為，i 城的繁榮全賴它們，因此，這些建築物一直是 i 城人引以自豪的象徵」[16]。這些矗立 C 區，叫 i 城人引以自豪的巨型建築物，謝曉虹雖未有明言它們的名字，讀者也不難聯想到維多利亞港沿岸的高廈（包括潘國靈提及的那十八幢高廈）。維多利亞港兩岸素來是 i 城的商業中心區（Central Business District），大型銀行、法律事務所、跨國企業總公司或地區總部棲身於頂級商業大樓中，堪稱 i 城資本主義的心臟地帶。C 區的「道路筆直」[17]，暗示這兒講究速度和效率（點與點之間最短的距離必然是直線），務求令資本的流通

15　伯頓‧派克（Burton Pike）把城市分為真實城市（real city）和文字城市兩個層次。真實城市作為一種實然存在，由外部世界（outside world）的種種人造物品（artifact）構築而成，再折射為光譜（spectrum）進入作家的意識。文字城市相對真實城市而存在於文學作品中，是作家意識的文字顯影。Burton Pike, *The Image of the City in Modern Literature* (Princeton: Princeton University Press, 1981), p. IX.

16　謝曉虹：〈我城 05 之版本〇二〉，頁 74。

17　同上，頁 74。

毫無障礙。大衛‧哈維指出，「資本主義就是成長」[18]，而「積累是推動資本主義生產方式成長的引擎」[19]。資本家領導的企業為了維持自己在市場上的位置或者賺取更多金錢，通常會把賺取的部分利潤轉化為資本，擴大生產規模。資本積累是企業擴大生產的前提，亦是資本主義生產方式持續發展的動力。為了積累更多的資本，謝曉虹形容「這些建築物裏總是瀰漫着一種令人狂熱的氣氛，走進去的人都會像上了發條似的，瘋狂地工作，直至幾乎失去知覺」[20]。根據瑞銀集團所做的 2006 年《價格與收入》調查報告，香港人每年工作 2,231 小時，時數位居當年全球第二[21]。i 城人以長時間的勞動維持資本主義引擎的高速運轉，造就 i 城的經濟增長和資本積累。

　　至於 M 區，「街道就像胡亂堆疊在一起的，僵死的竹節蟲，都把它們細長的，曲折的腿一直伸延至骯髒而狹窄的小巷」[22]。曲折而交錯堆疊的街道顯示這是一個雜亂而無序的空間，一個「巨型垃圾房似的區域」[23]，可見它和 C 區有天淵之別。M 區指向 i 城的邊緣（marginal）地區，「一個被領導者

18　大衛‧哈維（David Harvey）著，王志弘、王玥民合譯：《資本的空間：批判地理學芻論》（台北：群學出版有限公司，2010 年），頁 180。

19　大衛‧哈維著，王志弘、王玥民合譯：《資本的空間：批判地理學芻論》，頁 346。

20　謝曉虹：〈我城 05 之版本〇二〉，頁 74。

21　Andreas Hoefert, *Prices and Earnings: A Comparison of Purchasing Power around the Globe*, ed. Simone Hofer (Zurich: UBS AG, Wealth Management Research, 2006), p. 30.

22　謝曉虹：〈我城 05 之版本〇二〉，頁 70。

23　同上，頁 70。

遺忘的區域」[24]。

　　C 區與 M 區，構成了 i 城的中心與邊緣；前者光鮮亮麗，後者骯髒不堪。兩個截然不同的空間，組合起一幅「雙元城市」的圖像。佐迪・博爾哈（Jordi Borja）和曼威・柯司特（Manuel Castells）指出，幾乎每個國家的大都會都出現了嚴重的空間區隔，富裕階層和低下階層處身於大都會的不同空間，彼此毫無連結，有時甚至無法看見雙方的生活[25]。謝曉虹正是要以小說突顯內在於 i 城的空間區隔，以及伴隨而來的生活方式區隔 —— 小說描述阿果在 C 區工作和生活了幾年，幾乎忘記那個他和母親秀秀、妹妹阿髮曾經一起居住的 M 區[26]。這個被阿果逐漸淡忘的 M 區，那兒的人要不是被「另一種生活方式」拋棄，則是自願拋棄「另一種生活方式」[27]。無論出於自願或非自願，M 區的人顯然無法／不願採納「另一種生活方式」。所謂「另一種生活方式」應是指高度配合資本主義生產模式的生活，一種屬於 C 區的生活方式。由此可見，C 區與 M 區不僅存在空間上的區隔（生活在 C 區的人一般不會進入 M 區，反之亦然），其生活方式亦反映了沒有交雜的兩個社會階層。

　　值得注意的是，雙元城市結構造成的社會階層和空間區

24　同上，頁 70。

25　Jordi Borja and Manuel Castells, *Local and Global: The Management of Cities in the Information Age* (London: Earthscan Publications, 1997), pp. 38-44.

26　謝曉虹：〈我城 05 之版本〇二〉，頁 70。

27　同上，頁 70。

隔，即使在擁有血緣關係的親人之間仍然難以超越。小說提到「在很長的一段時間裏，當阿果偶爾想起阿髮和秀秀時，她們都是作為囤積在家裏的舊物出現的」[28]。當阿果在 C 區開展自己的新生活時，留在 M 區的母親和妹妹只能夠以「舊物」的姿態「偶爾」出現在記憶中。

2. 城市空間商品化

　　城市空間在奉行資本主義的 i 城，不再僅僅是人類棲身、活動的場所，還在私有化的過程中變成商品投入市場。潘國靈在〈我城 05 之版本〇一〉提及世上有七座凱旋門[29]，而 i 城則迎來了世界第八座「凱旋門」。這座「凱旋門」高231 米，比世界上其餘的凱旋門都要高。誠如小說所言，凱旋門在歷史上皆是為了紀念國王出征勝利而歸[30]。在沒有國王的 i 城，這座「凱旋門」又紀念了什麼？「凱旋門」是香港新鴻基地產公司發展的豪華住宅項目，其拱門式建築意念來自法國巴黎凱旋門。小說提及的「凱旋門」是 2005 年開始預售的分層住宅物業，它的頂層特色單位曾經創出亞洲最貴分層單位的紀錄（每平方英尺逾港幣三萬元）。小說於此插入了一段對西西《浮城誌異》的評述：「一個作家說，浮

28　謝曉虹：〈我城 05 之版本〇二〉，頁 71。

29　這七座凱旋門分別是：法國巴黎凱旋門、德國柏林凱旋門、義大利羅馬凱旋門、意大利米蘭凱旋門、朝鮮平壤凱旋門，還有義大利羅馬兩根分別紀念特拉亞諾皇帝遠征多瑙河和安東尼皇帝遠征不列顛獲勝的凱旋柱。見潘國靈：〈我城 05 之版本〇一〉，頁 59。

30　同上，頁 59。

城每年風季，城裏的人都會集體做夢，做一個相同的浮人的夢。」《浮城誌異‧驟雨》提到浮城人每年風季都會做一個浮人的夢，夢見自己浮在半空[31]。在〈我城 05 之版本〇一〉，敘述者認為西西沒有明確解說的這個夢，便是「凱旋門」夢——「沒有天空是不可接觸的，夢境中浮人站在半空中，就是為了親吻鑲了鑽石的天際線」[32]。如果浮城人集體的夢在八十年代的浮城（香港）尚未形成明確的內涵，潘國靈則認為在二十一世紀的 i 城，夢境已有明確所指：每一個 i 城人都想擁有自己的「凱旋門」。哈維指出，空間在資本主義城市化的過程中演變成可供買賣的商品，而金錢價值則成為衡量空間的唯一標尺[33]。i 城人夢想擁有「凱旋門」並非因為那是讓人夢寐以求的居住空間，而是「凱旋門」作為商品所代表的金錢價值。當「凱旋門」佔據了 i 城人集體的夢，不啻意味着資本主義在 i 城的全面勝利凱旋。城市空間於 i 城人而言，其作為商品的意義，已經遠超其作為基本生活和活動場所的功能。

3.「家」轉化為消費空間

資本主義除了把城市空間商品化，還會把城市空間再生產為促進消費的空間，以支持資本的不斷積累和增長。〈我

31　西西：〈浮城誌異〉，《手卷》（台北：洪範書店，1988 年），頁 4。

32　潘國靈：〈我城 05 之版本〇一〉，頁 59。

33　David Harvey, *The Urban Experience* (Oxford: B. Blackwell, 1989), p. 177.

城 05 之版本〇一〉中，麥快樂在 i 城芒角行人徒步區負責推銷流動電話月費計劃。芒角乃旺角的舊稱，小說還提到兆萬商場和潮流特區這兩個實際存在於旺角的商場[34]，足見芒角乃旺角的投影。小說描述麥快樂「每天被色彩斑斕的招牌簇擁，被大大小小的屏幕包圍[35]。」芒角和旺角一樣，招牌和電子屏幕林立，內容全部是各式廣告，推銷林林總總的商品。行人走在其中，無時無刻被廣告鼓勵和教導去消費。不獨旺角如此，二十一世紀的香港，城市各處皆被資本再生產為消費空間。「行街是 i 城獨有的方言。雖說行街，大型商場才是平日城市人愛行的『街』，在這些『街』上，一個個亮麗櫥窗向你招手。」[36]「街」的含義本來豐富多采 —— 它是城市的公共空間，各種社會事件發生的場所；既是連接城市人工作和居住場所的通道，也是「漫遊者」（Flâneur）觀察和理解城市的地方。然而，i 城人喜歡的「街」只是大型商場一類的消費空間。「街」的含意被消費主義完全佔據，城市空間被資本塑造為有助其積累的消費空間。

城市空間再生產為消費空間不單改變了 i 城的營造環境（Built Environment），還一點一滴地改變了 i 城人的生活感受。麥快樂在芒角行人徒步區工作之初，每天被大量廣告簇擁，「回到家中會頭痛，睡覺會做異夢」[37]。消費空間內的色

34　潘國靈：〈我城 05 之版本〇一〉，頁 50。

35　同上，頁 50。

36　同上，頁 24

37　同上，頁 50。

彩刺激令麥快樂精神緊張而頭痛，睡眠質素亦大受影響。麥快樂的不適象徵了身體對於廣告宣傳的抵抗，但這種抵抗很快便消失，隨之而來是「慣性」（familiarity）的建立。

昂希・列斐伏爾（Henri Lefebvre）指出「慣性」令人以為自己對周遭一切皆相當了解和認識，令人把現存的一切視為理所當然，從此失去對生活的批判和反思[38]。麥快樂的身心浸淫在五光十色的消費空間（芒角）三個月後，他的身體不單再沒有不適感，回家後反而覺得「一片黑沉沉[39]」。芒角的消費空間徹底變易了麥快樂原先對「家」的意識：「街頭成了室內居所，廣告是牆紙，大屏幕是電視機，影音店是唱機，茶餐廳是書桌。他漸漸明白，人，其實是一頭習慣的動物。只要習慣了，沒有什麼不可以的。」[40]

「家」本來是城市人的居住場所，個人私密生活的空間。加斯東・巴舍拉（Gaston Bachelard）指出，家屋為人抵禦天上和人生的風暴，讓生命在家屋的安適空間中展開[41]。換言之，「家」提供了個體生命安頓和舒展的空間，抵禦外部世界的侵擾。然而，i 城的消費主義已經全面滲入城市的每一寸空間 —— 當麥快樂的「家」在意識中逐漸被芒角的街

38　Henri Lefebvre, *Critique of Everyday Life vol.1*, trans. John Moore (London: Verso, 1991), pp. 14-15.

39　潘國靈：〈我城 05 之版本〇一〉，頁 50。

40　同上，頁 50。

41　加斯東・巴舍拉（Gaston Bachelard）著，龔卓軍譯：《空間詩學》（台北：張老師文化事業股份有限公司，2003 年），頁 68-69。

頭空間同化後，「家」被再生產成另一個消費空間。

如果說「慣性」把麥快樂的「家」再生產為消費空間，秀秀（阿果和阿髮的母親）則主動把「家」設計為消費空間。退休後秀秀把家庭主婦當成一份新工作，努力搜購不同類型的食物和飲品供兒女享用：

> 買飲品她會買蘆薈汁雞骨草夏桑菊柚子蜜低脂無糖芝麻豆漿麥精豆漿，當然少不了阿髮喜歡的汽水，正宗可樂外還有雲呢拿可樂免咖啡因可樂青檸可樂。買薯片會買香辣味燒烤味紫菜味黑椒味韓國泡菜味香芥沙律味。吃甜品會試杏仁味豆腐花芒果味豆腐花綠茶味豆腐花原味薑汁撞奶阿華田薑汁撞奶杏仁薑汁撞奶。月餅除了單黃雙黃三黃之外，還會買雞油蛋黃朱古力五仁果子紫芋黑芝麻豆沙奶黃金華火腿雲呢拿冰皮士多啤梨冰皮。旋轉木馬道 1 號梅麗大廈 18 樓 C 座成了一間頂級超市。[42]

羅拔・巴卡克（Robert Bocock）指出，「消費主義——這種強大的意識型態認為生命的意義在於購買東西和成品的經驗——在現代資本主義中無孔不入。」[43] 秀秀把購買食物和飲品變成了生活的全部，甚至把自己的「家」改造成提供多種多樣日常生活用品的消費空間：「頂級超市」。小說刻

42　潘國靈：〈我城 05 之版本○一〉，頁 35。

43　羅拔・巴卡克（Robert Bocock）著，張君玫、黃鵬仁譯：《消費》（台北：巨流圖書公司，1996 年），頁 80。

意鋪陳秀秀搜購回來的各種口味食物和飲品,既顯示 i 城的超級市場提供的商品種類繁多(同一種商品有多種口味),亦在文字編排上模仿了商品在超級市場貨架的排列方式(同類商品往往排列在貨架上的同一行)。值得注意的是,當商品排列在超級市場貨架時,消費者出於「慣性」,只會感到選擇繁多。然而,當商品以名詞的方式在小說密密麻麻地堆疊成長句時,則營造了一種叫讀者透不過氣的閱讀效果,產生使人眼花繚亂的視覺印象。當消費主義通過「慣性」讓人忘掉它對城市人生活的操控,潘國靈則通過文學的陌生化效果來消解「慣性」,重新令讀者感受 i 城消費空間為人帶來的壓迫感。

　　秀秀對兒女表現愛的方式,便是為兒女購買種類繁多的食物和飲品,讓他們有豐足的飲食供應。可是,當秀秀問阿髮喜歡什麼時,阿髮坦言太多選擇令她感到頭痛;秀秀請阿果在不同口味的薑汁撞奶中選擇時,阿果則因為選擇之間差別太少而不懂回應,只說了一句:「求其吧。」[44] 阿髮和阿果非但沒有為秀秀提供的眾多選擇感到欣喜,反而有一種無所適從的感覺。這種無所適從並非僅僅來自過多的飲食選擇,還在於原屬私密生活空間的「家」,被秀秀改造為消費空間後引起的不適。

　　從前文分析可見,潘國靈和謝曉虹對資本在城市空間的無限擴張實在難有好感,其批判亦相當自覺。至於寫成於

44　潘國靈:〈我城 05 之版本○一〉,頁 35-36。粵語「求其」即「隨便」之意。

七十年代的《我城》，西西則傾向以一種輕鬆愉快的筆調來描述資本對城市空間的改造。《我城》描述阿果到郊外安裝電話柱時，將之形容為「在郊外種電話柱」；阿果對工作的感覺則「像種樹」，而他也喜歡這些在郊外的新生樹木 [45]。「我們不破壞，我們建設」——《我城》以積極的口吻來形容「我城」的基礎建設工程，視資本的空間擴張為建設「我城」的舉措，大抵與七十年代的香港城市發展有關 —— 那時的香港尚未受發達資本主義全面操控；雙元城市、城市空間商品化，以及「家」的消費空間化等現象未算普遍。除此之外，《我城》洋溢的輕鬆愉快之情，亦與西西想要尋求藝術風格上的改變，告別陰冷的筆調有關 [46]。職是之故，當我們把《我城 05》和《我城》並置閱讀，不難發現兩代作家對資本塑造城市空間一事，展現了不盡相同的感受。

---

45   西西：《我城》，頁 207-208。

46   西西在自言寫作《我城》時，「那時候，我已把沙特、加謬、貝克特和阿倫‧羅布 —— 格里葉的書本放下，總覺得他們像傑可梅蒂的雕塑，冷漠而陰暗。這種調子和我的個性不合。我一直喜愛瑪蒂斯、米羅和夏迦爾那些畫家。讀到加西亞‧馬爾克斯的小說，彷彿世界上又充滿了繁花和果園。」見西西：〈序〉，收入西西：《我城》，增訂本（香港：素葉出版社，1996 年），頁 i。

三、發達資本主義下的身體空間

關於空間和身體的關係，琳達‧麥道威爾（Linda Mc Dowell）指出，身體是個地方（place），乃個人的區位和位址，而身體因其物質性，必然佔用空間，並定位於空間之中[47]。尼爾‧史密斯（Neil Smith）亦提及，身體除了是生理空間外，還是一個受社會文化所建構的「個人空間」（personal space）[48]。身體既然是空間的其中一種形式，那麼處於發達資本主義城市中的身體，即免不了受資本所塑造。《我城 05》除了關注資本如何營建 i 城的城市空間外，亦以阿果和阿髮的經歷，展現了資本主義怎樣在 i 城按其邏輯來塑造個人的身體空間。

1. 勞動身體

哈維認為，身體雖然有一些與生俱來的特質（生物遺傳學上）不能被取消，但身體在某種意義上具有歷史和地理的可塑性，集多重社會生態過程於一身。身體如果要維持其存在，必須與環境進行交流，並不斷轉化自身來適應環境[49]。

47　琳達‧麥道威爾（Linda McDowell）著，徐苔玲、王志弘合譯：《性別、認同與地方：女性主義地理學概説》（台北：群學出版有限公司，2006年），頁 48-56。

48　Neil Smith, "Homeless/global: Scaling Places," in Jon Bird, et al. eds., *Mapping the Futures: Local Cultures, Global Change* (London: Routledge, 1993), p. 102.

49　David Harvey, *Space of Hope* (Berkeley: University of California Press, 2000), pp. 98-99.

身體既然處於資本主義構築而成的環境中，想要存活，則無可避免需要配合資本的生產、積累和運作模式，成為「勞動身體」（working body）[50]。資本對於「勞動身體」的塑造，在謝曉虹〈我城 05 之版本〇二〉裏，有相當自覺的探討。

在 i 城的中心區 C 區，謝曉虹以充滿象徵性的筆觸描繪了在該區工作的「勞動身體」：

> 走上了天橋，阿果們把相機的腳架置好。他們知道，只要在那裏稍稍等待，便會看到密密麻麻的人群，從那些建築物裏湧出來。在他們拍下來的照片裏可以看到，那些人穿着一式一樣的襯衣，脖子都在緊束的領帶裏，艱難地伸展出來。如果把照片局部放大，便會看見數不清的，面相模糊的臉，以及無數複印出來似的表情。[51]

在 C 區工作的人「穿着一式一樣的襯衣」，意味着這些「勞動身體」全部服膺於資本主義生產方式；「脖子都在緊束的領帶裏，艱難地伸展出來」則暗示了他們能應付高強度的長時間勞動，即使感到窒息亦會支撐下去。可見 C 區的人之所以面目模糊而表情一致，缺乏獨立的面貌，全因為他們不過是被動員到資本所規定的特定目標中的身體，他們就像勞動工具一樣，其作為生產力以外的面向並不受到重視。

令人扼腕的是，i 城人非但不抗拒這種生活方式，反而

50　David Harvey, *Space of Hope*, p. 103.

51　謝曉虹：〈我城 05 之版本〇二〉，頁 74。

朝思暮想到 C 區工作。i 城人習慣讚美那些在 C 區工作的人，認為 i 城的繁榮全繫於 C 區[52]。在 C 區工作的人被視為城市精英，對 i 城的繁榮有重大貢獻。

那麼，i 城人是怎樣被塑造成能夠充分適應資本主義生產方式的「勞動身體」？小說提及阿果憶起少年時代的學校生活，以及他怎樣成為學校模範生：

> 他想，其實，要當模範生並不困難，只要掌握其中的竅門便可以了。在阿果就讀的那所學校裏，他們並不要求他過多地思考，只要服從他們，並把各種事情重複演練純熟，這樣，他便可以得到各種各樣的獎品。最初只是各種獎狀、橡皮擦；後來，當他進入 C 區後，便是汽車手錶房子……[53]

與其說謝曉虹在此勾勒了一條在 i 城成為模範生和 C 區城市精英的人生路徑，倒不如說謝曉虹點出了資本主義如何通過激勵機制（最先在學校，後來在社會）來塑造有用的「勞動身體」。哈維論及，資本主義生產方式在「能力」和「可能性」兩方面，致力於推展「勞動身體」的極限：

> 一方面，資本需要受過教育的、靈活的勞動者，但另一方面，它又拒絕認為勞動者應該能夠獨立思考。雖然勞動者的教育看起來很重要，但它卻不能是那類允許自由思想的教育。資本需要某些種

52　同上，頁 74。
53　同上，頁 75。

類的技巧，但憎恨任何種類的壟斷技巧。雖然一隻
「受過訓練的大猩猩」足以勝任一些工作，但其他
一些工作仍然需要創造性的、負責任的工人。雖然
對權威的服從和尊重（有時是卑微的屈從）是極為
重要的，但勞動過程的「塑形之火」（form-giving
fire）所必需的創造性激情、自發的反應和活力同
樣必須被釋放、被動員。[54]

　　謝曉虹正好點出了資本對「勞動身體」的這種矛盾要
求。資本一方面要求「勞動身體」受過良好教育，能夠靈活
地勝任各種生產工作（學生需要把各種日後有助促進生產的
知識和技能演練純熟），另一方面，又拒絕認為「勞動身體」
應該能夠獨立思考（學校不要求學生過多地思考）。「勞動
身體」需要有「創造性激情、自發的反應和活力」，但必需
要服從權威（服從學校的師長）。為了處理資本對「勞動身
體」的這種矛盾，資本主義需要某種規訓性監視手段、懲罰
和意識形態控制[55]，令人不會抗拒資本的塑形。謝曉虹在〈我
城 05 之版本○二〉告訴讀者，學校如何在資本主義中發揮
了規訓與意識形態控制的功能。

　　與模範生阿果不同，阿髮（阿果的妹妹）是反叛學生，
住在由「骯髒而狹窄的小巷」構成，「巨型垃圾房似的」M

54　大衛・哈維（David Harvey）著，胡大平譯：《希望的空間》（南京：南京
　　大學出版社，2006 年），頁 99-100。

55　David Harvey, *Space of Hope*, p. 105.

區 [56]。正如前文所述，M 區的人的生活方式無法配合資本主義生產模式，阿髮亦不例外。阿髮經常逃學到街上，追求自己想做的事。每次逃學被抓後，都會被「他們」（師長）罰站在黑板前，遭反覆追問畢業後的去向。當阿髮告訴「他們」自己喜歡繪畫，「他們」則只是關心阿髮是否想成為畫家。阿髮坦言並非想成為畫家，她只是喜歡「把一件物件，改換成另外一個模樣。」及後，阿髮更表示自己可能會陸續喜歡潛水、編毛衣、做蛋糕等。當「他們」聽到阿髮的答案後便皺起眉頭，開始悠長的訓話，告訴阿髮應該從現在開始計劃自己想要擁有的東西，包含房子、汽車、職位等，並列明一個時間表來爭取它們 [57]。

阿髮嚮往一種個性能自由舒展的生活。但當她的個性不能契合於資本主義生產模式時，學校便通過規訓和懲罰（師長不滿的表情和悠長的訓話）來改造她。即使阿髮追求的「勞動」（把一件物件，改換成另外一個模樣）對她而言充滿創意，只要不符資本規定的特定目標，她便不算一個合格的「勞動身體」，需要接受改造。這種改造，絕對不會顧及個體的感受和意願。

潘國靈〈我城 05 之版本○一〉亦留意到教育把年輕人培育為資本主義需要的「勞動身體」。在這個版本裏，阿髮

56　謝曉虹：〈我城 05 之版本○二〉，頁 70。
57　同上，頁 101。

即將參加香港中學會考。[58] 小說的敘述者以「物化」的方式把
溫習中的阿髮形容為電腦：

> 阿髮的 RAM 不支負荷。怎樣也是 64M。只要
> 關機睡了一覺，所有臨時記憶又 reformat，打回原
> 形。所以，最近阿髮有點害怕睡覺。總想在睡眠前
> 趕緊將 RAM 的記憶掃入永久記憶。但阿髮的永久
> 記憶容量也不夠大，只有 10G。【……】
>
> 　溫書溫到 memory overflow。Battery low。頭
> 痛。母親秀秀提神的方法是喝濃郁咖啡。阿髮不喜
> 歡喝咖啡，咖啡因一進入大腦 CPU，就眼光光不
> 能關機。[59]

小說以儲存各種臨時資料的電腦記憶體（RAM）來形
容阿髮的短期記憶；以硬碟的記憶容量（10G）形容阿髮的
永久記憶容量；以中央處理器（CPU）來形容阿髮的大腦；
把大腦記憶過程寫成電腦儲存資料的過程，顯然是把阿髮
「物化」為電腦。這種「物化」不僅見於敘述者對阿髮的描
述，更見於阿髮對自己的形容。當阿髮思考自己是否喜歡了
網友 qwerty（qwerty 是一種標準電腦鍵盤佈局）時，她把二
人的關係比喻為蘋果和 IBM（兩家電腦生產商），又認為「自

58　香港考試及評核局於 1978 年開始舉辦香港中學會考，乃香港極具規模的
　　公開考試。大部分學生在完成五年中學教育後，均會應考中學會考，其
　　成績用作升學或求職。2011 年舉行了最後一屆香港中學會考，現被香港
　　中學文憑考試取代。

59　潘國靈：〈我城 05 之版本〇一〉，頁 43。

己的心，是沒有 space 再 partition 出來的了。想着想着，阿髮覺得自己 hang 機了」[60]。無論是把內心的空間視為可以分割的電腦硬碟空間 [61]，還是把思維反應不暢順說成是「hang 機」（電腦當機沒有反應），這裏都可見出一種「自我物化」的表現。

阿髮「自我物化」為電腦一事值得讀者注意。踏入二十一世紀後，企業不論規模大小，都在生產上大量使用電腦，藉此提高生產力。電腦成為重要的生產資本。與人類不同，電腦只要接駁電源，基本上可以二十四小時不停工作，不需要通過休息和閒暇生活來恢復精力。隨着家用電腦日漸普及，居家就業愈發普遍。個人即使在下班或休假期間，仍然能夠通過互聯網，以家用電腦來處理工作。阿髮「自我物化」為電腦一事提醒讀者，為了適應發達資本主義的生產模式，「勞動身體」必須面對上班與下班之間的界線日益模糊之事實：「勞動身體」下班後不過是一部處於待機狀態的電腦，隨時可以重新啟動投入生產（例如被上司召回公司處理突發事情）。

為了應付會考，阿髮把自己「物化」為電腦。這樣的情節告訴讀者，資本主義希望通過教育來塑造怎樣的「勞動身體」——他們最好像電腦一樣能夠長時間工作，靈活勝任各種工作之餘又不會獨立思考，以免威脅資本主義的發展。然

---

60 同上，頁 46。

61 電腦硬碟可以分割（partition）成不同的儲存區域。

而，當阿髮成功「物化」為電腦後，她和機器的差別又在哪裏？潘國靈意欲揭示的是，資本主義對「勞動身體」的塑造，不啻是一種把活生生的人「物化」的過程。悲哀的是，人在被塑造為「勞動身體」的同時，往往會進行「自我物化」而不自知。

回首《我城》，小說彷彿早已預告資本主義將會通過教育把「我城」人塑造成資本主義所需要的「勞動身體」。小說提及麥快樂和阿果在修理電話的過程中，常常發現電話線因為銅線外層的塑膠脫落而產生問題。這些外露的銅線與其他物體接觸後，便會把別人的電話聲音傳過來。有一次，阿果在修理電話時聽到一段不明來歷的聲音，通過電話線傳出：「現代教育的目的是把每一個人變成一部百科全書。如果你不是一個精明能幹、聰明、永遠對、機器一般準確、電腦也似的人，那麼，你到這個世界上來幹什麼呢。」[62] 這段說話出現於《我城》絕非偶然，它是西西對現代教育的判斷，以及未來的預測。西西曾任教師，對香港教育相當關心。〈貴子弟〉和〈雪髮〉皆是探討香港教育問題的小說，當中對於教學法、香港學校的教育環境有真切的思考。可以說，西西在寫作《我城》時，已經敏銳地留意到急速擴張的資本主義正通過教育把年輕人塑造成機器／電腦一般的「勞動身體」。到了《我城 05》面世時，西西當日在《我城》寫下的這段「來歷不明」的話，已經在 i 城得到徹底的實現。

62　西西：《我城》，頁 186。

2. 疾病身體

資本主義把「勞動身體」區分為有用和無用兩種。前文述及資本如何通過教育來塑造出有用的「勞動身體」，那麼無用的「勞動身體」又是什麼？哈維指出，無用的「勞動身體」便是那些不能繼續承擔可變資本的人，即那些在資本主義生產過程中不能起作用，無法從事具體勞動的身體[63]。他們可能由於生理或心理的原因成為「疾病身體」，不能勞動而被資本主義社會排拒，成為「社會之外」的人。

這類無法融入資本主義 i 城的「疾病身體」構成《我城05》的重要面向。潘國靈〈我城 05 之版本〇一〉的悠悠和謝曉虹〈我城 05 之版本〇二〉的阿果，皆屬「疾病身體」。兩位作家亦通過這些「疾病身體」，批判 i 城把資本主義視為唯一發展方式的做法。

在〈我城 05 之版本〇二〉中，阿果突然患上「分裂症」。患上分裂症的人會「失去工作的熱情及競爭意識」，[64] 阿果只好離開他一直工作的 C 區。隨着「分裂症」蔓延，i 城的領導者宣佈把這群無法融入資本主義生產方式的分裂人視為「病變的現象」、「社會沉重的負擔」、「快將被社會淘汰的人」，期待 i 城人會提出將分裂人消滅的要求。長久以來信奉人道主義的 i 城人則發出「幫助分裂人重投社會！救

63　David Harvey, *Space of Hope*, p. 106.

64　謝曉虹：〈我城 05 之版本〇二〉，頁 73。

救分裂人！」的呼籲。[65] 無論是消滅還是拯救，i 城人都沒有想過接受分裂人成為社會正常的一員，對這批「疾病身體」始終懷有否定態度，認定他們在 i 城要麼以「疾病身體」的樣式被淘汰消滅，要麼被救治恢復成正常的「勞動身體」。

　　值得注意的是，謝曉虹對於 i 城人看待「疾病身體」的態度提出異議，認為從「疾病身體」的視角始能夠揭示 i 城被遮蔽的面貌。阿果雖然患上「分裂症」，丟掉在 C 區的工作，但他卻是從那時開始意識到「我們必須重頭理解這裏，就像我們重頭理解我們自己一樣」[66]。如果不是突如其來的「分裂」，阿果們根本不會萌生重新理解 i 城和自己的念頭。謝曉虹於此顛倒了健康與疾病的相對位置，一如她的研究對象魯迅在《狂人日記》所做的那樣[67]。狂人唯有在瘋狂之中，才能清醒地看透這是一個吃人的世界；阿果們唯有在分裂之後，才有機會了解資本主義的殘酷本相。「健康的」世界不能接納狂人，要麼通過治療同化他，要麼吃掉他；「健康的」i 城不能接納分裂人，要麼通過治療拯救他們，要麼消滅他們。狂人 / 分裂人被視為侵擾世界 / i 城健康的異物，絕不能容許他們存留。不過，《狂人日記》和〈我城 05 之版本〇二〉對未來的展望大不相同。狂人最終病癒，「赴某地候

65　同上，頁 75。

66　同上，頁 73。

67　謝曉虹曾經發表一篇題為〈五四的童話觀念與讀者對象 —— 以魯迅的童話譯介為例〉的論文，收入徐蘭君、安德魯・瓊斯（Andrew F. Jones）主編：《兒童的發現：現代中國文學及文化中的兒童問題》（北京：北京大學出版社，2011 年），頁 133-152。

補[68]」，意謂狂人的清醒無法持續，他最終返回正常人的道路上，世界始終不變。然而，阿果們直到小說結束依然處於「分裂」當中，從未痊癒，因而保存改變 i 城的力量。

　　「分裂」是〈我城 05 之版本○二〉的重要主題。張歷君認為這種「分裂」展現了佛洛伊德所言「文明及其不滿」的矛盾邏輯[69]。張歷君的見解固然有理，但本書嘗試說明「分裂」在〈我城 05 之版本○二〉另有所指。正如前文分析，突如其來的「分裂」構成阿果們反思現存生活的契機，亦開啟了吉爾‧德勒茲（Gilles Deleuze）意義上的逃逸線。逃逸線——德勒茲指出，逃逸線能夠把人帶離身處的節段，前往前所未有的目的地，一處無法預見的地方[70]。逃逸線永遠存在背叛[71]，背叛「支配性指涉與現存秩序的世界」[72]，雷諾‧博格（Ronald Bogue）解釋，逃逸線「是匯聚在透視圖的消失點上的線，導向地平線彼端」[73]。分裂症把阿果帶離 C 區，讓他離開一直以來由資本主義意識形態所凝塑的人生路線，

68　魯迅：〈狂人日記〉，《魯迅全集》，第 1 卷，（北京：人民文學出版社，2005 年），頁 444。

69　張歷君：〈否定的希望——《我城 05》初探〉，頁 179。

70　Gilles Deleuze and Claire Parnet, "Politics," in Gilles Deleuze and Félix Guattari, On the Line, trans. John Johnston (New York: Columbia University Press, 1983), pp. 70-71.

71　Gilles Deleuze and Claire Parnet, Dialogues, trans. Hugh Tomlinson and Barbara Habberjam (New York: Columbia University Press, 1987), p. 40.

72　Gilles Deleuze and Claire Parnet, Dialogues, p. 41.

73　雷諾‧博格（Ronald Bogue）著，李育霖譯：《德勒茲論文學》（台北：麥田出版，2006 年），頁 261。

認清資本主義的局限。對信奉資本主義的主流社會而言，阿果們無疑是脫軌分子（脫離由資本主義規定的人生軌道），但「脫離軌道即是改變軌道及創造新的軌道，出軌／調軌、取消路線／重定路線、誤導／導正」[74]。約翰．溫斯雷德（John Winslade）指出，逃逸線並非只是一種反抗，還是創造性的轉向（creative shifts），它為人生帶來新的可能性[75]。背叛主流意識形態的阿果們沿逃逸線離開 C 區一段日子後，在一家「Fruit Café 果之店」工作，轉向另外的人生[76]。

　　如果「分裂」對 i 城人而言打開了逃逸線的話，那麼「分裂」對 i 城而言又意味着什麼呢？對深信資本主義運作邏輯的 i 城人而言，「分裂人」只會削弱 i 城的競爭力，構成城市的負擔。可是，這些懷疑 i 城是否應該持續發展資本主義的「分裂人」，對 i 城而言未嘗不是逃逸線的所在：

　　　　專家承認，對於突然出現的分裂人，科學對他們的理解，只在一個初步摸索的階段。就像黑暗中的一道門，他們甚至不能確定它的位置，更不可能知道，它對 i 城的未來意味什麼。[77]

　　縱使「分裂人」對 i 城而言是「黑暗中的一道門」，門後風景如何，或光明或昏暗，無人得知。然而，「分裂人」

74　雷諾．博格著，李育霖譯：《德勒茲論文學》，頁 262。

75　John Winslade, "Tracing Lines of Flight: Implications of the Work of Gilles Deleuze for Narrative Practice," *Family Process*, 48.3(September 2009), p. 338.

76　謝曉虹：〈我城 05 之版本○二〉，頁 87。

77　同上，頁 72。

的存在終究是一道打開未知領域，撼動現存秩序，通往創造
性轉向的門。

　　不能忽略的是，「分裂」雖然突然發生，卻非原因不
明。阿果們隱約記得，自從城市換上新的領導者，兩面火紅
色旗幟升起的那天，「正是他們分裂的時候」。[78]〈我城 05 之
版本○二〉除了「七月一日」外，[79] 通篇沒有明確的時間標
記，而這段帶有明確時間提示的情節則令讀者倍加關注。情
節指向香港回歸的那個七月一日（1997 年）——香港的領導
者從英國政府指派的港督，換上中華人民共和國政府委任的
特別行政區首長；兩面火紅色旗幟，一面是中華人民共和國
國旗，另一面則是香港特別行政區區旗。在香港回歸，兩地
由「分裂」復歸「統一」之際，維持資本主義生活方式的香
港社會實則隱含另類「分裂」的面向——這兒絕對不是指
香港將會再次從中國「分裂」出去，而是對香港長久以來
以發達資本主義為追求的社會發展道路的一次「分裂」。謝
曉虹認為，現有的城市發展路向對生活在 i 城的人來說，只
會把人鑲嵌在僵化的人生路線上，令 i 城人承受沉重的壓迫
感，消解個性解放的可能。隨着香港前途問題塵埃落定，
1997 年之前社會擔憂的災難未有降臨，「第四代香港人」日

78　同上，頁 79。

79　小說有兩處明確提及七月一日，分別是阿果記下自己在 M 區的家沒有碰
　　上秀秀和阿髮（頁 71），以及小說結尾部分輯錄的阿果、阿髮等人物的網
　　誌文章（頁 101）。

漸長成，[80] 謝曉虹顯然期待香港能夠孕育一條超越發達資本主義的發展道路。這條道路應該怎麼走？〈我城 05 之版本○二〉未有明確敘述，但肯定是一條能夠容許「分裂人」阿果們、尋求個性解放的阿髮覓得生存位置的道路。

「疾病身體」向來是潘國靈小說關懷的對象。他的小說集《病忘書》和《傷城記》中，不少作品皆以「病」為主題。在〈我城 05 之版本○一〉，「病」也未有離開 i 城。喜歡寫小說的悠悠是精神病患者，需要服用抗抑鬱藥「百解憂」（Prozac）[81]。潘國靈筆下的悠悠與《我城》的悠悠擁有內在連繫 —— 悠悠在西西筆下喜歡繪畫，「高興怎麼畫就怎麼畫[82]」；悠悠在潘國靈筆下，則醉心於寫作「悠悠的城」系列小說[83]。無論是西西還是潘國靈，悠悠都被設定成充滿想像力，喜歡藝術的角色。潘國靈與西西不同的是，西西通過健康的悠悠表達了藝術是「自由」的看法，潘國靈則藉患有精神病的悠悠，強調藝術對 i 城這個「正常」資本主義城市的批判性力量。

〈我城 05 之版本○一〉在不同位置插入了悠悠寫的四篇

80　呂大樂在《四代香港人》中把香港世代劃分為四，第一代香港人出生於第二次世界大戰前；第二代則是戰後嬰兒潮世代；第三代則是 1966-1975 年間誕生的一代；第四代則是 1976-1990 年間出生的一代，亦即謝曉虹的那一代人。詳見呂大樂：《四代香港人》（香港：進一步多媒體有限公司，2007 年）。

81　潘國靈：〈我城 05 之版本○一〉，頁 55。

82　西西：《我城》，頁 21。

83　潘國靈：〈我城 05 之版本○一〉，頁 62。

小説[84]。這些小説在健康的阿果看來只是毫不連貫的斷片，但在悠悠看來，這些斷片不單是她內心世界的反映[85]，更是「一個關於我成長的城市小説[86]」。當中兩篇，更包含了潘國靈對資本主義 i 城的批判。

《悠悠的「浮沉之城」》繼承了西西在《浮城誌異》中以「浮城」喻況香港的寫法，配上了瑪格列特的畫作：《無形的世界》（the invisible world）。《浮城誌異》中的「浮城」懸在半空，暗示香港前途未明。然而，悠悠筆下的「浮城」不斷往下沉，甚至有一天可能終會着陸，即使「浮城」人以意志和信心來承托它，也難以永續「浮城」奇蹟。與悠悠小説相配的《無形的世界》中，巨石停在室內地板上，巨石頂上的城堡已然消失，呼應小説所言：「或者終有一日，浮城從半空中掉下來，由比利牛斯山脈的城堡，變成看不見的城市」。「浮城」下沉無疑反映了潘國靈對香港前景感到悲觀，但這種悲觀實源自後九七時期，內地政府與香港政府協力在香港維持的資本主義生活方式。潘國靈憂慮的不是這種生活方式行將被社會主義取代，而是資本主義生活方式在香港終會遇上無可克服的瓶頸，達到自身的臨界點，最後引致城市的消亡。

〈悠悠的「眼睛之城」〉把 i 城描述為「一座最自由的

84　這四篇小説分別是〈悠悠的「浮沉之城」〉、〈悠悠的「眼睛之城」〉、〈悠悠的「烏鴉之城」〉和〈悠悠的「口罩之城」〉。

85　潘國靈：〈我城 05 之版本〇一〉，頁 55。

86　同上，頁 31。

環形監獄」。小說提到公司開除了一位僱員，原因在於他的
電郵戶口被公司在一個月內截下八十個與工作無關的電郵；
公司的監控攝錄機更偷偷拍下他上班時經常打盹的錄像。i
城不僅要求人成為有用的「勞動身體」，更通過各式監控手
段，要求人成為片刻都不能懈怠的「勞動身體」。值得深思
的是，小說把那位被開除的僱員描述為《摩登時代》中的差
利卓別靈[87]。眾所周知，《摩登時代》是一齣諷刺資本家剝削
工人的電影，映現差利卓別靈對資本主義社會的批判。潘國
靈刻意把僱員與《摩登時代》中的差利卓別靈相提並論，顯
然是要告訴讀者，資本主義生產方式隱含的殘忍力量，至今
從未變改。

　　香港社會在 1997 年前夕，一直懼怕失去資本主義生活
方式。然而，當香港在後九七時期持續發展資本主義，香港
人是否就能安枕無憂？伯特・帕克（Robert Park）指出，城
市是人創造和生活其中的世界，而居民往往沒有明確意識到
改造城市的同時也是在改造自己[88]。易言之，當資本按照自
己的邏輯對城市空間進行改造，改造也會同步發生在寓居其
中的身體空間上。在《我城 05》中，潘國靈和謝曉虹敏銳
地感受到資本主義在城市和身體空間上投下的塑形之火。城
市空間愈是配合資本的邏輯，個體生命受到的壓迫則愈大。

87　潘國靈：〈我城 05 之版本○一〉，頁 41。

88　Robert Ezra Park, *On Social Control and Collective Behavior. Selected Papers*, ed.
　　Ralph H. Turner (Chicago: University of Chicago Press, 1967), p. 3.

另一方面，當資本按照其需要來塑造身體時，更把身體區分為有用的「勞動身體」和無用的「疾病身體」。前者的自由和個性發展空間被大大消減，後者則被視為社會的負擔，沒有存在價值。可是，對潘國靈和謝曉虹而言，被資本主義歸類為無用的「疾病身體」，正正是對資本主義最強大的反思性／批判性力量的來源。

四、當 i 城在 2005 年成為資本主義「典範城市」

或許西西在創作《我城》時，希望以開朗活潑的方式[89]，寫下她對香港的個人感受。或許西西從未想過，《我城》將會成為香港文學的經典之作，啟發後來的作家反覆以「城」來想像香港，書寫香港。《我城 05》繼承了《我城》開啟的寫作道路，強調筆下之城，乃「我」（或「i」，小寫之我）之個人所居、所見、所感，所想的產物，是一座糅合現實與想像的文字城市。細讀《我城 05》，不難發現其情調與關懷，與《我城》差異甚大；部分主要人物的形象，例如謝曉虹筆下的阿果和阿髮，更可謂是對《我城》的顛倒。當中差異不僅由於作品出自不同作家之手，更攸關兩部作品產生的

89　西西、何福仁：〈胡說怎麼說 ── 與西西談她的作品及其他 2〉，頁 46。

歷史時空、作家個人經驗的不同。

　　從《我城》到《我城 05》，香港經歷了極不平凡的 30年，唯一不變的是，「我 / i 城」一直視資本主義生活方式為唯一的選擇，i 城亦比「我城」在資本主義的道路上走得更快更遠。珍妮特·吳（Janet Ng）嘗以「典範城市」（paradigm city）來形容 1997 至 2005 年間（特別行政區首長董建華的任期），香港追求的城市認同。珍妮特·吳認為，中國政府視發展資本主義為香港社會的義務，藉此爭取香港人對特區政府的支持和忠誠。香港必須是一個有秩序和紀律的資本主義社會，才能達致安定繁榮[90]。然而，身為資本主義「典範城市」的香港，其城市空間經受資本的高度塑造後，將會呈現怎樣的模樣？資本主義怎樣塑造個人的身體空間，使其成為「典範城市」生產出來的典範身體？潘國靈、謝曉虹以作家的敏銳感受和豐沛想像力，以《我城 05》的空間書寫給出了屬於文學的答案。

　　《我城 05》書寫的 i 城，在資本塑造下呈現出「雙元城市」的空間特性。在 C 區與 M 區，有一道無形的界線區隔開兩個社會階層及兩種生活方式；空間區隔同時帶來人際關係上的區隔。此外，城市空間變成可供出售的商品投入市場，成為 i 城人集體追逐的對象。即使原應屬於個人生活

90　Janet Ng, *Paradigm City: Space, Culture, and Capitalism in Hong Kong* (Albany: SUNY Press, 2009), p. 67.

場域的「家」，亦無法阻擋消費主義滲透，被改造成消費空間。受資本高度塑造的城市空間予人的壓迫，《i 城 05》有相當細膩的表現。

　　i 城中的身體，除了佔據一定的物理空間，也是受社會文化（包括資本）所建構的身體空間。在身體空間中，資本按其邏輯，通過學校塑造其成為能夠配合資本主義運轉的「勞動身體」。這些有用的「勞動身體」將會得到物質回報，表現出色者亦被 i 城人視為城市精英。不過，為了成為城市精英，i 城人不單需要放棄那些與促進生產力無關的個性，還得自我「物化」成優秀的生產工具。當香港人以勤勉和工時極長聞名世界之際，《我城 05》則揭示資本在 i 城塑造「勞動身體」的本相。

　　至於因病而無法承擔可變資本的「疾病身體」，無論是精神病患者還是分裂人，皆成為被治療或消滅的對象。當 i 城亟欲將他們重新納入資本主義的正軌／排除在外，潘國靈和謝曉虹不約而同從這些「疾病身體」發現了對資本主義的反思性／批判性力量。

　　香港奉行資本主義生活方式多年，居民對資本的空間滲透和支配早已形成「慣性」，間或感到不適，卻甚少意識到持續發展資本主義的代價。對香港主流社會一直引以自豪的資本主義生活方式進行反思及批判，喚起讀者對相關議題的深思，實乃《我城 05》的重要文學價值。《我城 05》對資本主義的批判，既接續了西西《我城》關注香港此城此地生活方式的文學寫作，亦可謂開啟了「後九七香港青年作家」通過文學寫作來思考「我／i 城」何去何從的文學面向。

第 三 章

鯨魚至「我城」

可洛《鯨魚之城》對「我城」的重塑

我們十二個人，一隻貓，

親眼看着這條在城裏流連多日的鯨魚，

朝着晨星的方向，飛往天空。

——可洛《鯨魚之城》

一、從《我城》起航的「我城」書寫

誠如前一章所論，誕生於七十年代的《我城》不僅是西西的首部長篇小說，還對後來的香港文學影響深遠，開創了以香港此城為書寫對象的文學譜系。在這一批以香港為虛構／想像對象的小說中，除了潘國靈和謝曉虹通過《我城05》對《我城》進行創造性改寫之外，不能忽視的還有可洛《鯨魚之城》（2009）。

可洛喜歡從事各種文學形式風格的實驗，創作具有現代主義風格。他曾經模仿社交平台 Facebook 的特點，創作短篇小說集《小說面書》（2011）；亦撰寫了融合網絡遊戲與科學幻想的長篇小說系列「女媧之門」。《鯨魚之城》與《幻城》（2018）這兩本以香港為寫作對象的小說，則展現了可洛對香港城市空間運用和生活經驗的關注。可洛在 2009 年出版的《鯨魚之城》之所以值得注意，原因有三。第一，它誕生在一個具有標誌性的年份 ——《我城》洪範版（《我城》的終訂本，出版於 1999 年，也是目前書市流通的版本）面世後十年。第二，《鯨魚之城》的創作靈感來自《我城》——作者在〈序〉明言重讀《我城》以後，決心運用一種輕鬆活潑的寫法來創作《鯨魚之城》，這種寫法有別於自己以往偏向陰冷沉重的風格[1]。第三，《鯨魚之城》共有十三位人物，當中有

1　　可洛：〈《鯨魚之城》序〉，收入可洛：《鯨魚之城》，頁 I-II。

三位（阿果、阿髮、阿游）源自《我城》；《我城》的阿果，在《鯨魚之城》繼續擔當主要角色。通過阿果的經歷，可洛以 2009 年的香港為舞台，寫出了另一個時空的「我城」故事。

《鯨魚之城》出版後，相關研究可見於譚以諾〈美麗新世界與將來的城：並讀《我城》和《鯨魚之城》〉，以及黃冠翔《一九七〇年代以降香港敘事的「主體性」想像與建構》。譚以諾運用「想望新世界」為切入點，分析阿果、阿髮、米高等小說人物對創造 / 追求「美麗新世界」（美好世界）的願望 [2]。黃冠翔意識到《鯨魚之城》繼承並轉化了《我城》對城市問題的關注，以及本地香港經驗的書寫 [3]。然而，在表現年輕人對未來的熱情想望和香港本土經驗之外，小說對 1997 以來香港的城市發展與未來路向有何思考？從互文性角度出發，《鯨魚之城》如何吸收和轉化《我城》，寫出屬於新一代青年作家的「我城」故事？本章聚焦於《我城》和《鯨魚之城》的互文分析，考察兩部文本之間的對話交流，探討《鯨魚之城》在襲用《我城》三位人物阿果、阿髮、阿游時運用的寫作策略及其創新之處。此外，本章亦會援引「發展主義」理論來闡釋小說對香港當下及未來的思考；探討小說如何展現出青年作家對「我城」的憂思，以及對「我城」發展路向的期許。

2　譚以諾：〈美麗新世界與將來的城：並讀《我城》和《鯨魚之城》〉，《文學評論》，第 7 期（2010 年 4 月），頁 43-48。

3　黃冠翔：《一九七〇年代以降香港敘事的「主體性」想像與建構》，頁 45-56。

二、互文性視野下的《我城》與《鯨魚之城》

「互文性」（intertextuality 或作「文本互涉」、「文本間性」）的概念源自米哈依爾・米哈依洛維奇・巴赫金（Mikhail Mikhailovich Bakhtin，1895-1975）的小說理論，後由茱莉亞・克里斯特娃（Julia Kristeva，1941-）正式提出。巴赫金在探討希臘時期至文藝復興的小說時指出，小說的特點在於它是多音的（希臘文 polyglossia，即英文 polyphony）[4]。一切小說在本質上都內含對話的形象，作者與其他人的語言、風格、世界觀在小說中構成了對話關係（dialogical relationship）[5]。即使是組構小說的基本素材──文字（word），它的意思總是在對話性互動中變化，而非不變；當文字從一個語境（context）進入另一個語境，從一個社群進入另一個社群，從某代人進入另一代人，都必然受語境的力量制約，滲透着來自他人的聲音[6]。因此，語言並非由抽象文法構成的系統，反而充斥着意識形態的力量[7]。得力於巴赫金對語言和小說的分析，茱莉亞・克里斯特娃正式提出

---

[4]　Mikhail M. Bakhtin, *Dialogic Imagination: Four Essays*, ed. Michael Holquist, trans. Caryl Emerson and Michael Holquist (Austin: University of Texas Press, 1981), p. 50.

[5]　Ibid., pp. 45-46.

[6]　Mikhail M. Bakhtin, *Problems of Dostoevsky's Poetics*, ed. & trans. Caryl Emerson (Minneapolis: University of Minnesota Press, 1984), p. 202.

[7]　Mikhail M. Bakhtin, *Dialogic Imagination: Four Essays*, p. 271.

了「互文性」（intertextuality）的概念。

　　克里斯特娃在闡釋巴赫金的小說語言風格理論時指出[8]，「文學文字」（literary word）是文本層面上的交匯處（intersection of textual surfaces），絕非擁有固定意義的定點。為此，文學文字乃作者、人物、當代文化語境、早前文化語境之間的對話。文學文本的結構絕非簡單的「存在」（exist），而是在與「另一個」（another）結構的關係中產生[9]。根據巴赫金就對話（dialogue）提出的三個向度（寫作主體、受話人、文化脈絡背景），克里斯特娃把文字界定為「水平」（文本的文字屬於寫作主體和受話人），與「垂直」（文本的文字來自較早或同時期的其他文學作品）兩種方式，使得橫向軸（主體—受話人）與縱向軸（文本—語境）重合，導出重要的觀點：「任何文字（文本）都是其他文字（文本）的交織，從中至少能夠讀出另一詞語（文本）」[10]；甚至可以說：「任何文本皆是由引文鑲嵌構成，任何文本都是對另一文本的轉化和吸收」[11]。因此，文本成為一種

8　關於克里斯特娃對巴赫金就語言、小說理論提出的解讀，以及她對「互文性」概念的闡發，主要見於 "The Bounded Text" 及 "Word, Dialogue, Novel" 兩篇文章。見 Julia Kristeva, *Desire in Language: A Semiotic Approach to Literature and Arts*, ed. Leon S. Roudiez, trans. Thomas Gora, Alice Jardine and Leon S. Roudiez (New York: Columbia University Press, 1980), pp. 36-63, pp. 64-91.

9　Julia Kristeva, *Desire in Language: A Semiotic Approach to Literature and Arts*, pp. 64-65.

10　Ibid., p.66.

11　Ibid., p.66.

文字移轉貫通的組織設置（trans-linguistic apparatus），重新調配語言秩序（瓦解與建構兼具）的同時，關涉溝通語言及各種先現或並時（synchronic）的陳述，文本因此具有豐饒性（productivity）[12]，有多重聲音在內部相互交織。

克里斯特娃把小說文本內的語言（words）分為三類，分別是直接語言（*direct* word）、客觀型語言（*object-oriented* word）和多義矛盾語言（*ambivalent* word）。所謂多義矛盾語言，即是作者在使用他人語言時，既保留其原來的意義，又賦予新的意義。多義矛盾語言是兩種符號系統結合的產物，令文本意義變得相對。造成多義矛盾語言的方法有三種，分別是「風格模仿」（stylizing）、「戲擬」（parody）和「隱含的內在爭論」（hidden interior polemic）[13]。克里斯特娃提出的「互文性」概念打破了文本自主自足的觀念。任何文本都是一種互文，讀者可以從中讀出其他文本。她對多義矛盾語言的三種分析，亦提供了闡釋小說的新視角，幫助讀者從一個文本中讀出其他文本，並分析這些文本之間的關係。

克里斯特娃之後，傑哈·熱奈特（Gérard Genette，1930-2018）嘗試把「互文性」確立為一種可以識別和客觀的文學手法。他在《隱跡手稿：二級文學》一書把文本分為五類跨文本關係（transtextual relationships）[14]，並給予克

12　Ibid., p.36.

13　Ibid., p. 73.

14　Gérard Genette, *Palimpsests: Literature in the Second Degree*, trans. Channa Newman and Claude Doubinsky (Lincoln: University of Nebraska Press, 1997), pp. 1-7.

里斯特娃的「互文性」概念一個狹義上的定義：「即兩個或若干文本之間的互現關係，從本相上至為典型地表現為一文本在另一文本中切實出現」[15]。其文學表現形式為「引用」（quoting）、「抄襲」（plagiarism）和「用典」（allusion）[16]。熱奈特表示，《隱跡手稿：二級文學》將會把注意力放在「承文性」（hypertextuality）的探討上。所謂「承文性」，即構成聯結文本 B（承文本〔hypertext〕）與前現文本 A（藍本〔hypotext〕）之間的攀附關係，承文本是在藍本的基礎上嫁接而成[17]。根據承文本與藍本之間的關係，可分為簡單改造「變換」（transformation）和間接改造「摹仿」（imitation）兩類[18]。薩莫瓦約・蒂菲納（Samoyault Tiphaine）認為，《隱跡手稿：二級文學》的出現，明確劃定了「互文性」和「承文性」的含義，把前者明確定義為兩篇文本的共存（甲文和乙文同時出現在乙文中）；後者則是一篇文本的派生（乙文

15　Gérard Genette, *Palimpsests: Literature in the Second Degree*, pp. 1-2. 譯文參考熱奈特（Gérard Genette）著，史忠義譯：《熱奈特論文集》（天津：百花文藝出版社，2001 年），頁 69。

16　Gérard Genette, *Palimpsests: Literature in the Second Degree*, p. 2.

17　Ibid., p. 5.

18　根據熱奈特的解釋，當承文本把前現文本的情節直接搬到另一時空來上演，可稱為「變換」，屬於承文本對藍本簡單改造；例如《尤利西斯》（*Ulysses*）把《奧德賽》（*Odyssey*）的情節搬至二十世紀的都柏林。至於「摹仿」，則是指承文本和藍本之間，一種複雜、間接的改造關係。承文本雖然敘述了一個與藍本完全不同的故事，卻借鑑了因藍本而確立的文類來創作；例如《埃涅阿斯紀》（*Aeneid*）便是一部「摹仿」《奧德賽》的史詩。Gérard Genette, *Palimpsests: Literature in the Second Degree*, pp. 5-7.

從甲文派生而來，但甲文並不切實出現在乙文中）[19]。儘管日後論者在運用「互文性」時，依然把文本之間的共存和派生關係統稱為「互文性」（本章亦是如此），並不像熱奈特那樣做出嚴謹細緻的辨析，但熱奈特的努力讓我們能夠釐清某一文本與其前現文本之間的關係（即藍本和承文本），為論者提供了描述這些關係的理論術語和分析工具。

當我們以互文性角度來閱讀小說（文本），便是把文本視為一個由無數其他文本（文學、社會、歷史）交織建構而成的互文網絡。單獨的文本不再自主自足，必須與其他文本相互指涉，衍生新義，構成文本的多元意義。《鯨魚之城》是對《我城》的續寫，小說對於《我城》的創造性轉化和挪用，既體現了克里斯特娃對小說語言的分析、熱奈特對「承文性」的嚴謹定義，也有與可洛的其他作品、外部社會「對話」的地方。

讀者固然可以把《鯨魚之城》視為獨立的文本來看待，但如果借助「互文性」概念來閱讀，將會發掘出小說更為豐富的含義。以熱奈特「承文性」的觀念來看待《我城》和《鯨魚之城》，便會發現《我城》乃是《鯨魚之城》的藍本，《鯨魚之城》則是《我城》的承文本，由《我城》派生而出。從小說的故事層面來看，《鯨魚之城》之於《我城》屬於熱奈特所謂的「接續續寫」（forward continuation[20]），即是《鯨

19　薩莫瓦約‧蒂菲納（Samoyault Tiphaine）著，邵煒譯：《互文性研究》（天津：天津人民出版社，2003 年），頁 20-21。

20　Gérard Genette, *Palimpsests: Literature in the Second Degree*, p. 177.

魚之城》的故事乃是《我城》的續寫。《鯨魚之城》講述《我城》的兩位人物——阿果和阿髮在「我城」長大後的經歷和見聞，並加入了阿安、莉莉等新人物。依循「接續續寫」方向閱讀《鯨魚之城》，讀者不難發現故事明顯承接《我城》，小說在敘述手法上更有許多明確的標記，讓讀者發現它和《我城》的互文關係；舉例來說，把人物的說話刻意編列在破折號之後，而非括號之內[21]；敘述者通過詳述小說內不同照片上的景貌來交代「我城」在空間景觀上的變化等[22]。

　　《我城》之所以被論者認為它在香港文學中有「紀念碑」式的文學地位，大抵與它通過小說為香港造像，以及在情感上認同香港此城此地有關。關於前者，《我城》有不少轉化自香港七十年代的地標和地名，例如海港大廈（轉化自海運大廈）、肥沙嘴（轉化自尖沙咀）等[23]；也有記錄當時的日常娛樂和時事，例如年輕人喜歡結伴到離島遠足和露營[24]、水庫乾涸（香港在向廣東大量輸入東江水以前，在六十至七十年代時常出現水塘因天旱而儲水量下跌，淡水供應不足的情況）[25]。小說在某些部分更以少量粵語入文，再以嘴巴和寫字

21　可洛的其他小說並未見運用同類手法；可見在《鯨魚之城》中，把人物說話編列在破折號之後的手法，乃襲自《我城》。

22　在《我城》的第 6 節中，西西以六幀照片來描述麥快樂在不同公園工作的情景，以此來描述「我城」各處的休憩空間（公園）。見西西：《我城》，頁 61-76。至於《鯨魚之城》的第 4 節，則以四幀照片來順時序描述馬蹄川經歷的變化。見可洛：《鯨魚之城》，頁 66–73。

23　西西：《我城》，頁 17。

24　同上，頁 138-163。

25　同上，頁 132-133。

的手互相吵架為喻，帶出在香港書寫語言（現代漢語）和口頭語言（廣東話）長年存在落差的文化現象[26]。小說家雖然不是史官，小說更非紀錄片，但《我城》與七十年代的香港時事互涉，毫無疑問是西西刻意為特定時空裏的「我城」留下一份文學記錄。至於後者，最為矚目的便是小說對「我城」率真的情感告白：「我喜歡這城市的天空」、「我喜歡這城市的海」、「我喜歡這城市的路」[27]──不論是這城市的自然風光（天空、海），還是人工建築（路），「我」都毫無保留地喜歡它們。

《鯨魚之城》在通過小說刻劃「我城」，以及認同香港這兩點上忠實地繼承了《我城》。《鯨魚之城》有不少地方沿用《我城》的地名，例如肥沙嘴；也有新的轉化[28]，如馬蹄山[29]（轉化自馬鞍山，並不見於《我城》）。日常娛樂和時事方面，《鯨魚之城》記錄（反映）了香港人的主要消閒活動為逛商場[30]、座頭鯨闖入香港水域（2009 年 3 月 16 日，一條長十米的座頭鯨在遷徙往北冰洋時迷途，被發現在香港東博寮海峽游弋）等[31]。文化現象方面，社交媒體（Facebook）在年輕人之間流行[32]，《鯨魚之城》亦有記載。作家把地名、時

---

26   同上，頁 150-151。

27   同上，頁 157-158。

28   可洛：《鯨魚之城》，頁 48。

29   同上，頁 5。

30   同上，頁 48。

31   同上，頁 10-11。

32   同上，頁 183。

事和文化現象寫入小說本屬常事，但《鯨魚之城》內卻有大量發生於 2005 年以後的香港時事，例如紅酒免稅 [33]（2008年）、政府清拆舊中環天星碼頭 [34]（2006 年）、旺角（小說稱其為芒角）發生有人高空投擲腐液濺傷途人事件 [35]（2008年）；如此密集地把時事寫入小說，《鯨魚之城》確實像《我城》一樣，希望與時代對話，記錄時代。在認同香港方面，《鯨魚之城》雖然沒有類似《我城》的情感告白，但它對「我城」的一往情深，還是從長大後的阿果和阿髮依然堅持在「我城」建立美麗新世界的願望裏見出。不過，二者在情感認同的範圍上還是稍有不同，誠如陳燕遐所言，「《我城》中仍可看到糾纏的中國情結，譬如阿傻會以能夠做黃帝子孫為榮，即使在這城裏會因此而沒有護照」[36]。然而，到了《鯨魚之城》，情感認同的範圍主要集中在香港，這大抵和兩代作家的人生經歷和成長經驗不盡相同有關（西西出生於上海，大約十二、十三歲左右來港，而可洛則出生及成長於香港）。

　　從上述分析可見，《鯨魚之城》（承文本）在以小說為香港造像，以及情感上認同香港這兩方面，與《我城》（藍本）在書寫方向上並無二致。不過，兩者至為明確的聯繫，

33　同上，頁 28。

34　同上，頁 54-55。

35　同上，頁 87-91。

36　陳燕遐：〈書寫香港：王安憶、施叔青、西西的香港故事〉，《現代中文文學學報》，第 2 卷第 2 期（1999 年 4 月），頁 108、91-117。

莫過於《鯨魚之城》襲用了《我城》的三位人物 —— 阿果、阿髮和阿游，述說他們在 1997 年以後香港發生的故事。通過分析《鯨魚之城》如何把這三位《我城》人物安置在新的文本和歷史語境中，將可以分析可洛對《我城》的接受與轉化，以及他對「我城」的觀察和想像。

1. 阿果 [37]

《我城》中的阿果，中學畢業後投身電話公司擔任技工，負責鋪設電話線。阿果並不認為自己的工作卑微低下，反倒覺得這份工作非常有趣，做得十分快樂 [38]。何福仁認為，這樣的阿果雖然平凡，卻是踏實虔誠，謙虛地學習，不斷改進自己的「小寫的我」，體現了年輕人開放、樂觀進取，不斷發展等美好素質 [39]。至於《鯨魚之城》的阿果，可洛在續寫時忠實地保留了《我城》的設定 —— 阿果依然認為鋪設電話線是一份有趣的工作，決心「做好這份工」。只是，時移世易，隨着手提電話的普及，電話公司不再派人鋪設電話線，後來更解散了阿果所屬的部門。阿果不願轉去服務推廣部，便決定轉行在髮型屋做學徒 [40]。

阿果為什麼喜歡鋪設電話線的工作？因為阿果認為這是

37　為了區別《我城》和《鯨魚之城》中的阿果，後文將把《我城》中的阿果全部以標楷體顯示。

38　西西：《我城》，頁 157-158。

39　何福仁：〈《我城》的一種讀法〉，收入西西：《我城》，頁 244-247。

40　可洛：《鯨魚之城》，頁 43-48。

有趣的差事，而且在電話公司工作又沒有那種工業文明的冰凍感[41]。到了《鯨魚之城》，可洛在描述長大後的阿果憶述當年考進電話公司的心情時，寫道：

> 中學畢業後，我考進了電話公司，得到一份有趣的工作。那天晴空萬里，我的心情極好，當時我覺得，電話公司是世上最偉大的公司，接繫着城裏每一個人，交通着每一顆心。我的工作是鋪設電話線，鋪設好了，電話便能接通，我們能夠跟電話另一邊的人說聲：喂，你好嗎？[42]

《我城》的阿果只說自己喜歡電話，因為那是「傳達的媒介」[43]；《鯨魚之城》的阿果則認為鋪設電話線能夠連繫人心，讓人交流心事和笑聲[44]。兩個文本對鋪設電話線皆抱持正面態度，但《鯨魚之城》卻有進一步的詮釋——這位阿果不但喜歡鋪電話線的工作，還深信自己能用電話連繫美麗的新世界[45]；阿果對工作的要求不僅是有趣，還必須為人和社會帶來正面意義。從互文性的角度觀之，此乃克里斯特娃所言的「風格模仿」——可洛在使用阿果這個人物時，既保留《我城》原來的意義（阿果在電話公司的工作及其對工作的積極態度），又賦予新的意義（阿果不單覺得電話公司的

41　西西：《我城》，頁 34。

42　可洛：《鯨魚之城》，頁 43。

43　同上，頁 43。

44　同上，頁 43-44。

45　同上，頁 44。

工作是有趣的，還要求自己的工作有助把「我城」建造成美麗新世界[46]）。阿果不願在服務推廣部工作，寧願轉職做髮型屋學徒，因為他無法在服務推廣部找到工作的意義；在髮型屋工作則不同，阿果相信只要為顧客剪出合適的髮型，便可以幫助他們避開不幸[47]。阿果的工作是否真的有助建立美麗新世界或者不再重要，重要的是工作上的趣味性無法滿足《鯨魚之城》裏的阿果 —— 他期望自己的工作有助建立美好的「我城」。這顯示了比《我城》更進一步的香港認同 —— 工作不止於謀生和有趣，更重要是有助建造更美好的「我城」。這既是可洛對香港年輕人的觀察，也是他對同代人的期許。這一點從《鯨魚之城》對阿髮的描繪有更明確的發揮。

2. 阿髮[48]

《我城》的第 5 節集中刻劃即將參加升學試的阿髮的學習生活[49]。阿髮受到女班主任的影響，立志長大後要創造美麗新世界。為了達成這個目標，阿髮努力複習，讓自己變得更聰明[50]。《我城》未有明言阿髮在變得聰明後，打算運用什麼方法來創造美麗新世界；可洛對此則來了一次「風格模仿」—— 長大後的阿髮像女班主任那樣當上老師，以培育學

46　此處的美麗新世界，讀者宜從字面意義上理解。

47　可洛：《鯨魚之城》，頁 57。

48　為了區別《我城》和《鯨魚之城》中的阿髮，後文將把《我城》中的阿髮全部以標楷體顯示。

49　西西：《我城》，頁 51-60。

50　同上，頁 52-54。

生為職志。阿髮堅守崗位，日間努力教學，晚間進修和批改作業，希望讓學生的成績只進不退[51]。阿髮選擇當老師，表明可洛相信教育是創造美麗新世界的有效途徑。然而，這條途徑按照「我城」目前的教育政策來走，成效是否彰顯？在後九七的「我城」，就連阿髮都禁不住懷疑起來。小說描述阿髮工作的學校自從推動改革以來，老師方寸大亂，甚至不懂得教書了[52]。這兒的學校改革指向小說以外的社會文本，那就是後九七時期香港政府致力推動的教育改革[53]。誠如《香港教育制度改革建議》所言：「學習，可以為個人創造未來；教育，能夠為社會開拓明天。」[54]為了幫助學生順利升學，接受高等教育，阿髮為他們每人掛上了一個鬧鐘。

在胸前掛上鬧鐘的做法引自《我城》，是一種時間管理的做法。《我城》的阿髮為了提醒自己需要定時轉換工作（例如鬧鐘一響便做作業，再響便踢毽子），遂把鬧鐘掛在胸前[55]。饒有意味的是，如果我們細讀《我城》，將會發現阿髮將要升上中學前，因為功課和作業老是做不完（阿髮常買作

51　可洛：《鯨魚之城》，頁 77。

52　同上，頁 77。

53　2000 年 10 月，香港特別行政區首長董建華接納了教育統籌委員會於 2000 年 9 月向政府提交的《香港教育制度改革建議》，課程、評核機制及不同教育階段的收生制度進行改革。見教育統籌委員會：〈香港教育制度改革建議〉（http://www.edb.gov.hk/tc/about-edb/policy/edu-reform），2022 月 10 月 1 日瀏覽。

54　教育統籌委員會：〈香港教育制度改革建議〉（http://www.edb.gov.hk/tc/about-edb/policy/edu-reform），2022 月 10 月 1 日瀏覽。

55　西西：《我城》，頁 52-53。

業簿給自己），才要掛上鬧鐘來提示自己得合理分配讀書和
遊戲的時間[56]。但在《鯨魚之城》中，阿髮把鬧鐘掛在胸前的
做法視為當年通過升學試的成功之道[57]，而她把這種方法應用
在學生身上，亦是為了幫助學生順利升學。《鯨魚之城》未
有交代這種方法是否奏效，但身為老師的阿髮卻發現完全遵
照教育局頒發的指引來做，只能培育出一代對任何事物都不
感興趣，從早到晚只和書本、作業打交道，無時無刻關心考
試的學生。老師如果在課堂上不講考試題目、答題技巧，反
而講文化、藝術、時事的話，學生便完全失去興趣[58]。

　　如果自己努力教導的學生不再關心考試升學以外的事
物，阿髮當初究竟是為了什麼當上教師呢？幫助學生成功
應試，是否就會出現勝任開拓明天的下一代？阿髮相信教育
可以為美麗新世界做預備，但她對於「我城」現行的教育制
度是否能夠幫助下一代開拓更美好的未來深感困惑。不過，
阿髮並未輕言絕望。她在班主任課上對還未完全睡醒的學
生說：

> 　　各位同學，你們或許知道，或許不知道，這個
> 世界有多壞。我們讓你們來到世界，卻沒有為你們
> 建造一個理想的環境，實在抱歉。我們明知世界不
> 好，但無能為力，我們太懶惰了，除了道歉，還可

56　西西：《我城》，頁 52-53。

57　可洛：《鯨魚之城》，頁 78。

58　同上，頁 81-83。

以說什麼呢。但你們不要灰心，這個世界會好起來
的，因為你們來了，看見了，經歷了，請趁年輕的
時候，按你們的想法來創造美麗新世界。如果連你
們都做不來，請把這番話告訴你們的學生或孩子，
我相信，有一天世界會變得完美無缺。[59]

　　這段文字和班主任當年告訴阿髮的說話，除了文句稍
見不同外，內容幾乎一模一樣[60]。《鯨魚之城》未有直接點明
出處，應屬熱奈特所言的「引用」（或者更準確來說是「暗
引」）。不過，結尾部分的「如果連你們都做不來，請把這
番話告訴你們的學生或孩子，我相信，有一天世界會變得完
美無缺」，卻未載於《我城》，應是可洛根據《我城》原文
的再發揮，旨在強調自身即使竭盡全力依然無法辦到的事，
仍然應該寄望下一代來完成。隨後，阿髮吩咐學生脫下掛在
胸前的鬧鐘。

　　不妨把脫下鬧鐘的動作理解為「解放」的象徵。這種
「解放」是雙重的：對學生來說，老師不再為他們規定學習
節奏，讓他們重新取得學習的自主權（正如阿髮當年是自願
掛上鬧鐘，而非被迫），按照自己的想法來嘗試創造美麗新

59　同上，頁 83-84。

60　班主任在《我城》對阿髮說的話，原文為：「目前的世界不好。我們讓你
　　們到世界上來，沒有為你們好好建造起一個理想的生活環境，實在很慚
　　愧。但我們沒有辦法，因為我們的能力有限，又或者我們懶惰，除了抱
　　歉，沒有辦法。我們很慚愧，但你們不必灰心難過；你們既然來了，看
　　見了，知道了，而且你們年輕，你們可以依你們的理想來創造美麗新世
　　界。」見西西：《我城》，頁 54。

世界；對阿髮來說，她放棄了把往日成功升學的方法強加在學生身上，不再以片面追求優異學業成績的教育方法來束縛學生，重新確立教育的價值。小說在第十節講述阿果組織旅行團出海觀看鯨魚，阿髮也跟着去，因為她想要把所見所感帶回學校與學生分享 —— 她要「將自己的回憶和生命，摺成一隻紙飛機，飛向學生，讓他們接住」[61]。教育畢竟是薪火相傳的事業，只要對下一代心存希望，希望始終長存。西西對「我城」的未來常存希望，對年輕人的可能性始終深信不疑；即使在《我城》面世三十多年後的 2009 年，《鯨魚之城》還是毫無疑問地傳承了《我城》對未來的樂觀想望，對仍然年輕的阿果和阿髮充滿期盼[62]。

根據陳潔儀的分析，七十年代中期的香港正值社會轉型，前路未定，香港文學作品對香港未來的想像也莫衷一是，故此《我城》對未來寄予殷切盼望，實屬罕見[63]。《我城》洋溢的積極樂觀精神，大概也與西西想要告別冷漠陰暗，寫一個符合自己個性、色彩豐富的小說有關，正如西西在《我

61　同上，頁 172。

62　值得注意的是，如果《我城》裏的阿果和阿髮在七十年代是青少年（阿果剛剛中學畢業，阿髮則準備升中考試），那麼他們在時空背景為後九七的《鯨魚之城》中，理應已經成長為四十至五十多歲的中年人才對。可是，阿果和阿髮在《鯨魚之城》裏，不過是二十多歲的年輕人。可洛刻意不根據小說指涉的現實時空令阿果和阿髮變老，仍然讓他們保持年輕，目的在於繼承《我城》以年輕人角度來觀察、書寫「我城」的手法。

63　陳潔儀：《香港小說與個人記憶》，頁 92。

城》再版時的序言所說那樣[64]。誠如前文所述，《鯨魚之城》
繼承了《我城》對未來的樂觀態度，而這種對「我城」未來
懷抱希望的寫法，在後九七香港文學中亦屬異采。董啟章在
回歸之際寫成的《V 城繁勝錄》，直指 V 城在大回歸時期，
經歷了長達五十年的衰亡期[65]；可謂對「我城」的未來不敢
樂觀。香港回歸以後，香港小說似乎依然籠罩在一片陰冷詭
異的氣氛中。劉紹銘在 2004 年評論回歸前後香港新一代作
家的創作時，即以「無愛紀」來加以形容[66]。與可洛份屬同
輩的年輕作家韓麗珠和謝曉虹，其創作被劉紹銘認為帶有中
國內地作家殘雪的風格特徵，陰冷而詭異[67]。在謝曉虹的《好
黑》（2003）、韓麗珠的《寧靜的獸》（2004）、《風箏家族》
（2008）、《灰花》（2009）裏，荒誕異化的城市生活與人倫
關係俯拾皆是。這點除了與作家個人風格有關外，大概也與
回歸以來香港社會不斷面對各種重大挑戰有關。正如高馬
可（John M. Carrol）所言，「香港特別行政區從成立之初起

64　西西在自言寫作《我城》時，「那時候，我已把沙特、加謬、貝克特和阿
　　倫·羅布 —— 格里葉的書本放下，總覺得他們像傑可梅蒂的雕塑，冷漠
　　而陰暗。這種調子和我的個性不合。我一直喜愛瑪蒂斯、米羅和夏迦爾
　　那些畫家。讀到加西亞·馬爾克斯的小說，仿佛世界上又充滿了繁花和
　　果園。」見西西：〈序〉，收入西西：《我城》，增訂本，頁 i。

65　董啟章：《V 城繁勝錄》（香港：香港藝術中心課程部，1998 年），頁 131。

66　「無愛紀」乃黃碧雲 2001 年發表的中篇小說的名字。劉紹銘的評論收入
　　劉紹銘：《一爐煙火：劉紹銘自選集》（香港：天地圖書有限公司，2005
　　年），頁 2-9。

67　同上，頁 4-7。

就有點風雨飄搖」[68]。1997 年初至 1998 年初香港爆發禽流感（H5N1 禽鳥類流行性感冒），特區政府下令撲殺一百五十萬隻雞。1997 年席捲亞洲的金融風暴令香港股市暴跌，房地產價值急速下挫，香港經濟陷入衰退。至於被高馬可形容為香港後殖民時代歷史上最重大的時件 —— 簡稱沙士（SARS）的嚴重急性呼吸道綜合症則於 2003 年侵襲香港[69]，嚴重削弱了香港人對特區政府的管治信心；同年 7 月 1 日，香港有超過五十萬人上街遊行，表示對香港特區政府施政的不滿，是香港自六七暴動（1967 年）以來最大型的示威活動。2006年至 2007 年，政府為了開展中區填海第三期工程項目，不顧保育人士反對，堅持清拆位於中環，歷史悠久的天星碼頭和皇后碼頭，導致保育人士發起一連串的抗議及佔領運動。兩個碼頭被拆後，香港人對城市規劃的關注大增，此後特區政府無論在市區重建、新界東北發展、大型基礎建設選址等問題做任何決定，皆在社會引發極大爭議。2008 年，美國次按危機引發金融海嘯，香港股市和房地產價值再度急挫，香港經濟陷入新一輪危機。在這樣的社會氛圍下，寫成於2009 年的《鯨魚之城》，對「我城」的未來依然樂觀，在後九七香港文學中，相當難得。那麼，「我城」有樂觀的理由嗎？本章在稍後闡釋小說對「我城」未來路向的思考時，將

68　高馬可（John M. Carroll）著，林立偉譯：《香港簡史：從殖民地至特別行政區》，（香港：中華書局（香港）有限公司，2013 年），頁 274。

69　同上，頁 285。

會指出可洛的答案。

3. 阿游 [70]

　　在《我城》裏，阿游是阿果的好朋友，喜歡航海和船，還沒有參加中學會考便加入船公司，在船上做電工 [71]。筆者認為阿游的名字暗示了他是「遊子」，而小說也說他喜歡流浪 [72]，希望可以到地球上的每一個角落，於是搭上了巴拿馬貨輪東方號 [73]，開始在各個港口之間來回穿梭。阿游坐的船到過許多不同城市，橫越赤道，從北美洲到南美洲，見識了各地的風土人情。這種喜好新鮮事物的性格與《我城》年輕一代的「求新」（像阿髮便追求美好新世界）精神一脈相承。陳潔儀在分析《我城》的人物設計時，指阿游「代表的是現代性的冒險和開拓精神」 [74]。相比保有《我城》原來人物經歷的阿果和阿髮，可洛在《鯨魚之城》對阿游的處理並非續寫，而是改寫。《鯨魚之城》的阿游自小便跟爺爺出海，是「水上人」，透過販賣淡水給其他船家維生 [75]，擁有一艘機動舢舨「木頭號 [76]」。除了名字、長年生活在海上、喜歡流浪以外，

70　為了區別《我城》和《鯨魚之城》中的阿游，後文將把《我城》中的阿游全部以標楷體顯示。

71　西西：《我城》，頁171。

72　同上，頁171。

73　同上，頁172-173。

74　陳潔儀：《香港小說與個人記憶》，頁89。

75　可洛：《鯨魚之城》，頁191。

76　同上，頁186。

《鯨魚之城》的阿游和《我城》的阿游基本上是相同名字的兩位不同人物。不過，兩者在小說中同樣擔當導引者的角色，為阿果開啟了新視域 ——《我城》的阿游通過寄給阿果的信件和明信片，讓阿果認識了「我城」以外的許多國家和城市，為他帶來了遠方「新大陸」的資訊，成為連結阿果和世界的導引者[77]；《鯨魚之城》的阿游，則帶着阿果一行人在大海上尋找鯨魚的蹤跡，最終讓阿果得見浮上水面的座頭鯨[78]，經歷一次奇妙的體驗，成為連結阿果和鯨魚的導引者。饒有意味的是，《我城》的阿游為阿果帶來了香港以外的風景和事物，讓他發現了香港以外的世界；而《鯨魚之城》的阿游則為阿果帶來了香港以內，但他從未發現和經驗過的事物。如果說《我城》的阿游意味了一種向海外拓展的冒險精神，那麼《鯨魚之城》的阿游則意味了面向香港自身，重新發現本地特色的努力。

　　除了扮演導引者的角色，可洛對阿游的創造性改寫，還為《鯨魚之城》的「眾我」添加了重要的一員。《鯨魚之城》的人物，全都生活在「我城」陸上的都市建築中，唯有阿游「天生就是和大海一起生活的人」[79]，一輩子住在「我城」的海洋上。阿游的背景提醒讀者，陸上的人工建築絕非「我城」的全部，「我城」還包括蔚藍的海洋。《鯨魚之城》相當

77　　西西：《我城》，頁180。

78　　可洛：《鯨魚之城》，頁202。

79　　同上，頁192。

重視「我城」的海洋，致力打破讀者僅僅把「我城」想像成一個充滿人工建築的大都會的想像。

三、《鯨魚之城》對「我城」未來發展的思考

　　兩本小說對「我城」未來皆抱有樂觀精神，但西西《我城》似乎更關注當下的城市面貌和年輕人的生活，對「我城」應該走向一個怎樣的未來，往往只以「外太空」或「美麗新世界」為象徵，對於其具體模樣，有何特色，《我城》並沒有仔細描繪[80]。反之，可洛《鯨魚之城》卻把「我城」應該通往一個怎樣的未來，當成小說的重要主題來處理，從熱奈特的觀點視之，應屬承文本對藍本的「主題變換」（thematic transformation）[81]。

　　通過對藍本的「主題變換」，《鯨魚之城》呈現了可洛對「我城」未來路向的思考，同時反省數十年來一直支配香港城市發展的主流意識形態 ——「發展主義」。下文先闡釋何謂「發展主義」，解釋「發展主義」怎樣成為香港社會主流的意識形態，接着再分析《鯨魚之城》對「發展主義」的省思，以及小說對「我城」未來路向的想像。

80　陳潔儀：《香港小說與個人記憶》，頁 103。

81　Gérard Genette, *Palimpsests: Literature in the Second Degree*, p. 213.

1. 發展、發展主義與香港

　　雷蒙・威廉斯指出，「發展」（development）一詞，其詞源的意義有「展開」（unfold）和「舒卷」（unroll）之意，[82] 後來在十八世紀經歷了詞義上的演變，被當成「進化」（evolution）的同義詞，而「進化」一詞，又往往意指「一個必然或理性的發展」。生物學對於「發展」的解釋，廣義上指未成熟的形體充分發展成成熟的形體；狹義上則指生物由「低級」發展到「高級」的狀態。[83] 後來，當「發展」一詞進入經濟社會領域後，更被用來描述社會狀況及變遷──任何社會必定會經歷一個可被預知的「發展過程」（stages of development），[84] 從「低度發展社會」（underdeveloped societies）/「發展中社會」（developing societies）走向「已發展社會」（developed societies）。

　　今天世界各國積極發展，「發展」之聲不絕於耳。當「發展」被世界各國領袖奉為圭臬，不再對「發展」本身進行反思之際，「發展」很容易便轉化成「發展主義」（developmentalism）。威廉・伊斯特利（William Easterly）指出，「發展主義」乃一種意識形態，它許諾通過專家設計的「自由市場」（free markets）來解決包括貧窮在內的一切

82　雷蒙・威廉斯著，劉建基譯：《關鍵詞：文化與社會的詞匯》（北京：生活・讀書・新知三聯書店，2005 年），頁 125。

83　同上，頁 158。

84　同上，頁 126。

社會問題 [85]。這種強調通過國家經濟增長來改善民生的意識形態，創造了一種以商業價值及消費文化為顯著特色的西方生活模式，並藉着市場的霸權擴散至全世界 [86]。作為資本主義合法性根源的發展主義 [87]，阿里夫・德里克（Arif Dirlik）對此有相當精闢的解說：

> 所謂發展主義是與發展不同的一種意識形態取向，其特徵是對發展的拜物教化、或將發展歸屬為一種自然力量，人類對這一力量的任何抗拒或質疑都將面臨以下的風險：注定的停滯和貧窮。[88]

從前文對「發展」一詞的分析足見，「發展」本身內含一種線性進化觀念。當「發展」轉化成「發展主義」，並且成為社會支配性的意識形態時，它便會構成「一種以經濟增長是社會進步的先決條件的信念 [89]」，把任何妨礙經濟增長、「自由市場」運作的勢力視為阻擋社會必然或理性發展的力量，如果不加以去除，社會必然陷入停滯不前的惡劣境地。

谷淑美論到「發展主義」與香港的關係時，提到「發展

85　William Easterly, "The Ideology of Development", *Foreign Policy*, No. 161 (July-August 2007), p. 31.

86　Rajni Kothari, *Rethinking Development: In Search of Humane Alternatives* (Delhi: Ajanta Publications, 1990), p. 214.

87　阿里夫・德里克（Arif Dirlik）著，趙雷譯：〈發展主義：一種批判〉，《馬克思主義與現實》，第 2 期（2014 年 4 月），頁 100。

88　同上，頁 99。

89　許寶強：〈發展主義的迷思〉，《讀書》，第 7 期（1999 年 7 月），頁 18。

主義」是一套以直線經濟發展觀作為骨幹的意識形態，構成了奉行資本主義的政府長久以來把香港打造為現代／全球城市的支柱[90]。受這種意識形態影響，香港政府、地產發展商和不少社會人士皆堅信，在地少人多的香港，如果要推動社會前進，最好的方法莫過於拆建式的發展模式 —— 這是社會進步的象徵[91]。然而，自從九十年代開始，這種發展模式遇上保護維港運動、保衛天星碼頭、保衛皇后碼頭等一系列保育運動的挑戰[92]。香港社會開始有聲音質疑香港是否必須依循發展主義限定的軌道前進。除了發展主義以外，「我城」的未來有否另外的可能？筆者認為，《鯨魚之城》對這個問題的嚴肅思考，正正隱含於小說的愛情故事中。

2. 阿果的愛情抉擇等同「我城」未來道路的選擇

　　《鯨魚之城》有一點與《我城》寫法迥異，那就是《我城》始終與愛情無涉，而《鯨魚之城》則有一條愛情線索自始至終貫穿全書 —— 那就是阿果與阿安、莉莉之間的愛情故事。不過，誠如前文分析，《鯨魚之城》的阿果在人物性格上大抵與《我城》無異，依然善良而純真[93]。《我城》的阿

90　谷淑美：〈香港城市保育運動的文化政治 —— 歷史、空間及集體回憶〉，收入呂大樂、吳俊雄、馬傑偉合編：《香港‧生活‧文化》（香港：牛津大學出版社，2011 年），頁 89。

91　同上，頁 89。

92　同上，頁 89-90。

93　可洛：《鯨魚之城》，頁 159。

果充滿想像力，站在木梯上看見天空時，便想像這道木梯最好是天梯，讓他能夠在天空的高處遇見巨人及會生金蛋的母雞[94]。《鯨魚之城》的阿果同樣充滿想像力，例如他會把報紙頭版讀成「標題詩」[95]，把地鐵廂內的告示，諸如「請小心月台空隙」、「請勿飲食」讀成名為〈車廂內〉的短詩[96]。對生活充滿想像的阿果有一位名叫阿安的女朋友，卻常常因為自己「想些不切實際的事」而遭到她討厭[97]。阿安與阿果不同，她喜歡安穩的地方，不愛冒險[98]，最喜歡逛商場，因為「那裏沒有陽光，沒有風雨，沒有蚊蟲，沒有汽車噴出的廢氣」[99]。在商場裏的阿安，活像海裏的魚兒一樣游來游去，看見心愛的東西便會買下[100]。阿果自言：「我和阿安的愛情故事，都發生在商場裏。」[101]二人雖然在價值觀上有不同，阿果對阿安依然一往情深，後來觸發他們分手的導火線，乃是告別碼頭事件。

　　《鯨魚之城》在第三節敘述坐落中環海邊，出生於 1958 年的碼頭宣佈退休。從碼頭於 1958 年出世，碼頭身上的機

94　西西：《我城》，頁 109。

95　可洛：《鯨魚之城》，頁 10。

96　同上，頁 12。

97　同上，頁 58。

98　同上，頁 49。

99　同上，頁 51-52。

100　同上，頁 53。

101　同上，頁 52。

械時鐘由比利時王子送贈等細節可見[102]，小說描述的「碼頭」可與現實香港裏的中環天星碼頭對應起來[103]。碼頭清拆在即，阿果很想和阿安一起去跟碼頭道別，卻被斷然拒絕，二人更為此鬧得不愉快[104]。小說如此記述：

> 無論我（筆者按：阿果）如何請求，她都堅決不去。你知道，我只能夠逛商場，要去你自己去。她說。政府說，碼頭退休是為了退位讓賢，將來海邊會有美麗的馬路和商廈，金光閃閃，如果在肥沙嘴隔岸觀望，那將會是一片醉人風景。阿安等的也是這一天，她知道，商廈底層總會附設商場，商場是商廈的根，是鐵路的中轉站，對她來說，是寶藏。[105]

這段敘述值得細讀。首先，這段文字表達了阿安對碼頭毫無眷戀之情 ── 與老舊的碼頭相比，阿安更支持政府篤信的拆建式發展模式 ── 清拆擁有歷史價值卻老舊的天星碼頭，重新在中環海濱興建金光閃閃的商廈，香港才能顯示自身美輪美奐、五光十色的都市魅力。「她說」以後緊接是「政府說」，兩把聲音彷彿重合為一。清拆舊碼頭將會為

102　同上，頁 54。

103　天星碼頭報時鐘樓內的銅鐘由比利時王子送贈怡和洋行，再由怡和洋行贈予天星小輪。見〈屢次填海碼頭 4 度搬遷〉，《新報》，2006 年 11 月 12 日，A03 版〈要聞〉。

104　可洛：《鯨魚之城》，頁 54-56。

105　同上，頁 55-56。

肥沙嘴帶來金光閃閃的新商場，而這些商場對阿安來說猶如「寶藏」般充滿價值。事實上，這種對商場的熱愛之情，不獨阿安一人擁有。敘述者告訴我們：「像阿安喜歡逛商場的人實在太多，不單是老年人，連年輕人都喜歡躲在商場裏」[106]。香港政府為了補貼鐵路項目發展，往往把鐵路站上蓋發展成大型商場和私人屋苑。商場既是鐵路的中轉站，也構成了香港人集體生活的重心。其次，「商場是商廈的根」一句，既是對「我城」商場空間位置的描述，同時暗示了當下香港的經濟根基，建立於商場內的零售銷售業之上。為了推動零售銷售業發展，拉動城市經濟，政府必須不斷興建新的商場。可洛早就察覺到遊逛商場的經歷構成了「我城」日常生活經驗的重要部分；在〈咖啡杯裏的商場〉（2006）中 [107]，可洛便仔細分析了商場的特質、香港人遊逛商場的經驗，以及寫出了個人對未來商場的想像。在《鯨魚之城》，「商場」更是一反覆出現的意象，儼然成為「我城」的未來。小說如此描述政府的宏圖大計：

> 政府為了滿足市民需求，致力開拓土地，興建商場。阿木曾經在網上找到「全城商場化發展藍圖」，發現政府決意在 2020 年前，將全城變成一個前所未有的超巨大商場。他們的主意還真是層出

106　同上，頁 52。

107　小說收入可洛的短篇小說集《她和他的盛夏》。見可洛：〈咖啡杯裏的商場〉，《她和他的盛夏》（香港：匯智出版有限公司，2006 年），頁 146-157。

不窮，例如炸開一座山，填平一個海灣，用貨車搬
走舊區所有的人和事物，讓出空地，剷平公園和泳
池，將大學、圖書館和博物館改建，將野生動植物
搬到海洋公園，發展郊區，統統變成商場。[108]

　　既然發展主義就如德里克所言是一種拜物教，那麼政府
為了追求更大的經濟發展，擬定「全城商場化發展藍圖」，
實在不足為奇。如果要實現藍圖，政府必須在開拓土地興建
商場的同時，把「我城」現存的建築拆除，把舊區的人事
搬走 —— 凡此種種不正是香港拆建式發展模式的慣常做法
嗎？拆建式發展模式持續的話，商場便是「我城」未來的終
極模式。2001 年香港音樂組合 My Little Airport 推出第五張
專輯時，取名為《香港是個大商場》，可謂與《鯨魚之城》
的預想遙相呼應。

　　事實上，標誌香港「商場化」時代來臨的海運大廈（當
時香港最大型的購物中心）在 1966 年開幕時，並沒有人想
到香港終將成為一個大商場。海運大廈現代而西化的外觀，
舒心開揚的氣氛相當有吸引力，這是香港年輕人學會購物、
消費和認識外面世界的地方，既是連接世界的窗口，當中
的咖啡店更是知識分子聚會的場所[109]。當《我城》中的悠悠
穿着涼鞋在「冬暖夏涼」的海港大廈（對應現實中的「海

108　可洛：《鯨魚之城》，頁 52。

109　呂大樂：《那似曾相識的七十年代》（香港：中華書局（香港）有限公司，
　　　2012 年），頁 112-118。

運大廈」）散步，悠閑地欣賞大堂裏舉行的美術展時[110]，商場在《我城》是一個供市民在工餘時間享受藝術，尋找日常生活以外另類可能的空間：那是一處「喜歡展覽花道」、「偶然舉行一次大家聽」音樂會的地方[111]。「香港／我城是個大商場」——尚在西西的文學想像之外。

　　時光荏苒，在發展主義的大纛前，富有歷史意義的碼頭被要求「退位讓賢」，讓路給日新月異，卻由連鎖商店佔據，內在裝潢大同小異的大商場。然而，「我城」並非人人都是阿安，還有阿果。「碼頭宣佈退休後，人人都趕去跟它道別，拍照留念。警察見人太多，到場維持秩序。」[112] 阿果同樣希望與碼頭告別，還為此與阿安鬧得不愉快[113]。為什麼碼頭退休（政府清拆天星碼頭）事件值得寫入小説？那不僅因為隨着政府堅持清拆天星碼頭而爆發的保育人士佔領運動（「保衛天星碼頭運動」）乃當時矚目的社會事件——事件更開啟了日後一連串以保育歷史建築（例如 2007 年的「保衛皇后碼頭運動」）、新界老村（2009 年「保衛菜園村運動」）為主軸的社會運動；還因為位於維多利亞港海濱的中環天星碼頭見證了香港的歷史蛻變，標誌了香港人共享的寶貴記憶。天星小輪在海底隧道建成（1972 年）、地下鐵通車

110　西西：《我城》，頁 17。

111　同上，頁 17。

112　可洛：《鯨魚之城》，頁 55。

113　同上，頁 56。

（1979 年）之前，乃連接香港島和九龍唯一的交通工具[114]。直到清拆之時，天星碼頭鐘樓一直是香港人日常生活裏非常熟悉的建築，不單成為了香港人記憶的載體，亦成為城市歷史的見證。碼頭服務的最後一天，有十五萬市民與遊客聚集在碼頭一帶，與碼頭告別[115]，此情此景猶如潘國靈所言，「他們當中很多沒參加後來的抗爭，但最少滙成了十五萬人。特意登船，都是珍惜」[116]。

　　莫忘「我城」來時路 —— 金光閃閃的商場是沒有記憶的，店舖隨着經濟周期改變而更迭，商場業主為了追逐更高的利潤不時更改租戶，或者重新裝修整個商場來提升租務回報。尤有甚者，整個商場可以拆卸重建；情形就像屹立在香港九龍尖沙咀梳士巴利道的新世界中心（1982 年開幕），在八十年代曾經是尖沙咀非常熱鬧的商場，其商場部分卻在 2010 年被發展商新世界發展全面清拆重建，項目命名為「Victoria Dockside」（即今天的 K11 MUSEA）；但歷史建築則不然，它們數十，甚至上百年來屹立在同一位置，風

114　趙綺鈴：〈文化身份與香港的城市面貌〉，收入馬國明主編：《組裝香港》（香港：嶺南大學文化研究系、進一步多媒體有限公司，2010 年），頁 64。

115　根據報章報道，中環天星碼頭在營運的最後一天，有多達十五萬名市民和遊客前往碼頭乘坐小輪。當天晚上天星小輪有限公司更舉行了告別碼頭活動，惟入夜後人流太多，警方需要採取人流控制措施。見〈最後一日十五萬人搭船惜別舊天星〉，《大公報》，2006 年 11 月 12 日，A08 版〈港聞〉。

116　潘國靈：〈天星鐘樓〉，《經濟日報》，2006 年 12 月 20 日，C14 版〈寫意·靈機一觸〉。

雨不改地記錄城市歷史的同時，更成為當地人日常生活記憶的載體。歷史記憶寄身於建築，成為當地居民喚起往日情感經驗，連結個人經歷的媒介。若然「我城」的歷史建築盡皆讓位予日新月異、變幻不居的商場，「我城」的記憶又該寄身何處？人仍在，物已非。當「我」有一天不再認得「我城」時，「我城」還能說是「我」的「城」嗎？

職是之故，可洛對於「我城」的歷史建築顯見珍惜。碼頭事件有一段小插曲，講述阿果的朋友阿木趁市民忙着拍照，警察忙於架設路欄時把天星鐘樓內藏的機械銅鐘偷回家，希望把它好好保存之餘，「還想為它設計一個新功能，就是做張嘴巴，好讓它能把自己的故事告訴下一代的孩子」[117]。如果機械銅鐘能夠說話，它定必成為歷史的活見證，把自己所經歷、所目睹的香港故事／記憶傳遞給下一代。

阿木是《鯨魚之城》值得留意的小說人物。他曾經被阿果視為最了解他的人[118]；雖然是「隱蔽青年」，卻以行動支持阿果出海觀看座頭鯨的想法[119]，與阿果可謂心意相通。阿木在叔叔的電腦維修店工作，負責打理維修店和修理各種電腦、電器[120]。在這個消費主義盛行，貪新厭舊的社會中，可洛安排阿木以修理為業，不斷挽救舊物的生命，使其不致被棄，不啻表現了一種對盛載回憶的舊物的珍惜之情。天星鐘

117　可洛：《鯨魚之城》，頁55。
118　同上，頁1。
119　同上，頁158。
120　同上，頁25-28。

樓機械時鐘系統由一大（報時銅鐘）四小（音樂銅鐘），共五個銅鐘組成；報時銅鐘直徑達三呎三吋，以個人之力根本無法搬動。小說中的阿木能夠不聲不響地在人潮中把銅鐘抱走，無疑是不可思議的。不可思議的事情之所以能夠發生，純然出於小說家的虛構，以及對銅鐘的愛惜。現實中，天星小輪公司在新建的天星碼頭上使用購自荷蘭的電子新鐘，舊鐘則擺放在新鐘樓大堂內展覽[121]。銅鐘雖然獲得保留，卻失去往日的報時功能。作家雖然無力改變社會現實，卻能在小說裏改寫現實，抒發己志 —— 銅鐘與其只能用作展覽，不如由我（阿木）暫時保管，日後為它做張能說話的嘴巴後，讓它繼續發聲 —— 這種把歷史文物「私有化」，期待它們日後能夠傳承「我城」故事的舉措，反映了可洛對歷史記憶的重視，對歷史建築物因城市發展而消逝，懷有深刻依戀和不捨。

　　回到小說的愛情故事之上。碼頭事件揭示了阿果和阿安價值觀有別，為二人日後分手埋下伏筆。饒有意味的是，阿果和阿安無法繼續相愛，非關感情漸淡，亦非因為第三者，而是二人對「我城」現狀抱持相反的觀感。小說有一段值得細讀的敘述：

> 阿安覺得，現在的世界已經很美，有花有草，
> 天空很藍，大廈宏偉，燈飾漂亮，有永遠賣不完的

121　張麗碧：〈天星百萬購原音新鐘樓〉，《明報》，2006 年 8 月 28 日，A04
　　　版〈港聞〉。

新奇東西。可是，阿果只看見石屎鋼筋，空氣污
濁，大廈冰冷，燈飾刺眼，每秒都有永遠蓋掩不了
的垃圾。[122]

　　誠如前文分析，阿安認為服膺發展主義的「我城」無可
挑剔——發達資本主義為「我城」帶來美麗的城市景觀，
還有世界各地的新奇貨品。恰恰相反，阿果眼中的「我城」
正在承受發展主義帶來的惡果——由功能性建築組成的鋼
筋水泥森林冰冷無情，空氣污染和光害皆異常嚴重。與阿
果相類的觀點後來再次在《陸行鳥森林》（2010）出現，
可洛通過主角楊天偉的視角，把香港市區的景觀概括為：
「一式一樣的大廈，冰冷的商場，彷彿提醒他現實有多無情
冷酷」[123]。

　　阿果與阿安在碼頭事件後醞釀分手，不妨視為部分香港
人重新審視拆建式發展模式是否香港未來唯一選擇的側寫。
葉蔭聰指出，香港自保衛天星及皇后碼頭運動後，社會激發
起「保育潮」，甚至展開了一場捍衛香港文化及社區的城市
運動[124]。《鯨魚之城》未有對這兩個碼頭的保衛運動着墨太多
（小說只有暗示市民向天星碼頭告別），也沒有對後來在香
港發生的「保育潮」有多少描述，但是阿果的愛情轉向，卻
明確展現了可洛盼望「我城」走上一條受發展主義支配以外

122　可洛：《鯨魚之城》，頁 159-160。

123　可洛：《陸行鳥森林》，頁 274。

124　葉蔭聰：〈集體行動力與新社會運動——有關「本土行動」的研究〉，收
　　　入呂大樂、吳俊雄、馬傑偉合編：《香港‧生活‧文化》，頁 123。

的道路。

　　由是觀之，在愛情故事的包裝下，深藏了作者對「我城」的觀察和期盼。陳潔儀在分析《我城》時，便提出《我城》展現的，是一種既「我」亦「城」的特殊關係，無論小說如何敘寫主要人物的日常生活，其立足點一直是腳下的此城此地[125]。《鯨魚之城》不單延續了這種既「我」亦「城」的特殊關係，亦有深化 —— 阿果等主要人物的日常行動不單與腳下的「我城」緊密相連；阿果的愛情抉擇更扣連上可洛對「我城」未來路向的期盼 ——「我」（阿果）的愛情路與「城」的發展路，二者重疊為一。

　　阿果後來的女朋友名叫莉莉，是一位攝影師，工餘之時常常尋找「平凡卻有美感的事物，主動為他們拍照片」[126]。不難見出，莉莉就像阿果一樣，善於從日常生活中發掘值得珍惜、憶記的美好事物。蘇珊・桑塔格（Susan Sontag）提醒我們，攝影是一種「將被拍攝的東西據為己有」的形式[127]，通過照片（一種「簡潔的時間切片」[128]），人可以「替代性地擁有某一珍愛的人或物」[129]。無論是多值得珍愛的事物或地景，在發展主義的大潮下，通通朝不保夕。香港歌手謝安琪

125　陳潔儀：《香港小說與個人記憶》，頁 87-88。

126　可洛：《鯨魚之城》，頁 97。

127　蘇珊・桑塔格（Susan Sontag）著，黃翰荻譯：《論攝影》（台北：唐山出版社，1997 年），頁 2。

128　同上，頁 16。

129　同上，頁 204。

〈囍帖街〉（2008 年）那句膾炙人口的歌詞一矢中的地點出
「我城」的現況：「築得起／人應該接受／都有日倒下」。個
人既然難以實際地保留珍愛的事物或地景，便只能以攝影來
記錄。宋姐認為，生活在這個事物快速消逝的現代社會裏，
攝影是一種絕佳的記錄工具：

> 當人類的風景開始以一種令人暈眩的速度改變
> 那一刻起，相機開始複製這個世界 —— 當在一很
> 短的時間內，有太多形式的生物及社會生命被摧
> 毀，正好有一種東西可用來記錄消逝中的種種。[130]

正因為「我城」經歷太多的拆毀和變遷，即使舊地重
遊，亦再無一磚一瓦讓人可以連結過去。然而，即使人無法
阻止事物的消逝或毀滅，至少可以通過照片來連結往昔，確
認某人某物曾經存在。人在回憶過去之時，常常因為記憶逐
漸褪色和變形而感到婉惜不已；存在於照片中的人和物，不
單可以證實自己曾經親歷其境，還可以拔除部分由於他們的
消逝而產生的悔恨與焦慮[131]。

耐人尋味的是，敘述者提及整個馬蹄山只剩下莉莉會到
沖印店沖洗照片[132]。為什麼身為專業攝影師的莉莉喜歡用膠
卷照相機？小說在第五節為讀者提供了答案。第五節記述莉
莉和阿果、阿木三人清晨時分走到一條尚未建好的天橋上看

130　同上，頁 14。
131　同上，頁 14。
132　可洛：《鯨魚之城》，頁 93。

海。莉莉在橋上架好專業數碼照相機為日出拍照，卻在幫阿果和阿木拍照時，刻意運用婆婆留給她的膠卷照相機[133]。眾所周知，膠卷照相機不像數碼照相機那樣，一旦拍了效果不佳的照片可以馬上重拍，甚至隨時刪除所拍照片。膠卷攝影必須在按快門前完成各種設定，事後無法大幅度修改，是種一次性的工藝，其拍攝成果為獨一無二，且不能完美複製的底片[134]。為此，採用膠卷攝影的人必然對每一次拍攝機會倍感珍惜，渴望為此時此刻留下獨一無二的光影紀錄。日出固然值得留念，但一起看日出的人更是無價。莉莉是有情之人，一直珍藏婆婆留給她的膠卷照相機；此刻以充滿紀念價值的舊膠卷照相機來為朋友拍照，體現了她對眼前人的珍惜之情，對美好記憶的重視。

對人對事常懷珍惜之情的不獨莉莉，還有阿果。阿果離開一刀剪時，除了剪刀，便只帶走了一個藏有八束頭髮的鐵盒，這八束頭髮分別是他升任髮型師後最初三天來光顧他的客人，而這些客人全是他的親友和鄰里[135]。即使和阿安分手了，阿果對她依然珍惜 —— 得悉阿安自殺未遂而入院，阿果曾到醫院探望她[136]。凡此種種皆可見出，阿果與阿安分手後愛上莉莉，實與他和莉莉共享相同的價值觀有關 —— 他倆對人對事常懷珍惜之情。

---

133   同上，頁 91-93。

134   伍振榮：《攝影天書》（香港：博藝集團有限公司，2014 年），頁 41。

135   可洛：《鯨魚之城》，頁 59。

136   同上，頁 16-17。

　　《鯨魚之城》對珍惜之情的強調，除了前述的歷史建築，還有一個不能忽視的面向，那就是對「我城」的大海非常珍愛。前文述及阿木、莉莉和阿果特意到尚未建成的天橋盡頭看海，為什麼要刻意去看海呢？因為「城裏的商場愈建愈多，海洋便愈變愈小[137]」，「我城」的海正備受發展主義的威脅：

> 　　人們說，很快大家就可以從肥沙嘴，走路到中環了。城裏的海洋，在不久的將來，便會像喪家狗似的被逐出城去。那時，他們或會在原本是海的地方，建一座超級大的商場，人們如果不穿過商場，或沒有消費到指定金額，就不得在肥沙嘴和中環之間往來。在這天還未來臨的今日，肥沙嘴和中環之間，還有一小片海，大郵輪無法駛進來，而小船則因為風浪太大，被拋得像飛魚一樣，在海面驚險的滑翔。
>
> 　　終有一天，這城裏不再需要船，但人們並不擔心，有人立即拿出計算機來。我的那層樓，沒有了海景，售價要下調三十萬才行，但由於超級大商場即將建好了，我又得把售價提高五十萬元，他說。[138]

為了開闢發展用地，香港多年以來皆以填海造地為手段。然而，當「我城」填海到達某個時刻，作家不禁發出如此嘆喟：「城裏的海洋，在不久的將來，便會像喪家狗似的被逐出城去」。對支持發展主義的人來說，「我城」的海

137　同上夆，頁 54。
138　同上，頁 48-49。

洋本身並無經濟價值之外的意義，頂多是海景 —— 影響房價的一個因素而已。谷淑美指出，雖然維多利亞港是香港既全球且本地的身份象徵，卻在歷次的填海工程中縮減了超過一半的面積，使香港島和九龍半島的距離由 2,300 米縮減至 920 米 [139]。如果維多利亞港是香港的身份象徵，海港最終因為發展而消失，是否意味着發展主義終必反身自噬，毀去香港之為「我城」的身份認同？

可洛對於這片逐漸消失於「我城」的海洋，顯然是念念不忘的。要不然，他不必在小說的另一處講述了一個「藍天海岸」的故事。「藍天海岸」並非一處自然美景，而是馬蹄山簇新的屋苑，其粉藍色的外牆被敘述者形容為「有點假扮天空的意味 [140]」。故事的主角 —— 位於屋苑中庭的大樹被「藍天海岸」四面圍困，無法與曾經朝夕共對的大海相見，只好拜託路過的候鳥代它問候大海 [141]。事實上，被圍困的何止大樹？像阿木、阿果和莉莉這些生活在「我城」的平凡人，要不是刻意登上尚未建成的天橋，怎能衝破屏風樓的圍困，遠眺大海的景色？

人們拿起一張維多利亞港的明信片，矚目的往往是維港兩旁繁華的都市景觀，那些屹立於「我城」的摩天大廈。然而，那片藍色的海洋和大廈背後翠綠的山嶺，何嘗不是組成

139　谷淑美：〈香港城市保育運動的文化政治 —— 歷史、空間及集體回憶〉，頁 91。

140　可洛：《鯨魚之城》，頁 73。

141　同上，頁 74-75。

「我城」不可或缺的一部分？筆者以為，《鯨魚之城》對「我城」的海洋念茲在茲，背後指向更大的關懷──「我城」值得關注的不僅是她亮麗的都市景觀，還有與「我城」共生的海洋和郊野。香港三面環海，根據地政總署的資料顯示，在香港 2,755.03 平方公里的水陸面積中，有高達 1,648.37 平方公里的海洋（佔全港水陸面積接近 60%[142]）。除了海洋，香港更有高達 40% 的土地被劃為受法例保護的郊野公園，[143] 從市區前往郊野公園不需一小時車程。劉克襄遍遊香港山徑，提出在晚近的半世紀，香港快速發展經濟的同時，能夠積累出豐厚的綠色風景，實乃特殊現象[144]。可洛在《鯨魚之城》意欲提醒讀者的是，今天的「我城」除了高樓和商場，還有極其值得珍惜的自然環境──海洋和郊野。

　　小說結尾的觀鯨之旅把作家對自然環境的「珍惜之情」表露無遺。旅行由莉莉和阿果牽頭，參加者有阿木、阿髮等一行十一人。敘述者指出參加這次旅行的人「只需要好奇，和擁有一顆欣賞事物的心[145]」。懂得欣賞自然之美，才會珍

142　香港特別行政區政府地政總署測繪處：〈香港陸地及海面面積〉（http://www.landsd.gov.hk/mapping/tc/publications/total.htm），2022 月 10 月 1 日瀏覽。。

143　杜立基：〈城市與自然的和解：香港的郊野公園 ──殖民地遺產的貢獻與局限〉，收入本土論述編輯委員會、新力量網絡合編：《本土論述 2009：香港的市民抗爭與殖民地秩序》（台北：漫遊者文化事業股份有限公司，2009 年），頁 18。

144　劉克襄：《四分之三的香港：行山・穿村・遇見風水林》（台北：遠流出版事業股份有限公司，2014 年），頁 11。

145　可洛：《鯨魚之城》，頁 170。

惜與人類共生的自然。阿果邀請阿髮同行時說：「我們更要去看鯨魚，為美麗新世界做預備」[146]。觀鯨與建立「美麗新世界」有何關係？阿果在鯨魚出現前夕所說的話道出了關鍵；阿果說：

> 鯨魚是在海裏游來游去，大得可以吞下小木偶的動物，牠不是魚，但跟魚一樣，跟人一樣，是美麗又偉大的生命。[147]

唯獨懂得欣賞生命的美麗，拋棄人類中心主義，把人、魚、鯨魚 —— 各種生靈皆視為「美麗又偉大的生命」，「我城」才有可能擺脫發展主義至上的思維，懷着對自然環境的珍惜之情，成為一座「鯨魚之城」。從「我喜歡……」到「我珍惜……」；《我城》面世三十多年後，對早已視「我城」為家的可洛及其同代人而言，「我喜歡我城」早已不言而喻，當下更重要的是「我珍惜我城」——珍惜「我城」的歷史，珍惜「我城」難得的郊野和海洋。在這一點上，《鯨魚之城》和《我城》顯示了對美麗新世界的不同想像——《我城》對美麗新世界無疑有一份樂觀的期待，但這份期待只擁有模糊的輪廓。然而，到了可洛《鯨魚之城》，這份想望便有了具體的內涵——《鯨魚之城》的書名提醒我們的，不是「我城」變成一座屬於鯨魚的城，而是「我城」應該是一座歡迎鯨魚來訪，人與自然能夠和睦共處的美麗新城。要創造

---

146   可洛：《鯨魚之城》，頁 171。

147   同上，頁 199。

一個能夠與大自然和睦共處的美麗新城，阿果提醒我們，必得從培養自身對「我城」自然環境的珍惜之情做起。

四、從「我喜歡」到「我珍惜」的文學改寫

西西《我城》無疑是香港文學中的經典作品，為日後一系列以書寫香港為要旨的作品提供了參照的範例，更成為可洛「接續續寫」的對象。從「互文性」概念觀之，《鯨魚之城》在通過小說刻劃「我城」，以及認同香港這兩點與《我城》寫法相通。在小說人物方面，《鯨魚之城》更襲用了《我城》的三位人物：阿果、阿髮和阿游，一方面以「風格模仿」的手法寫出依然年輕的阿果和阿髮在後九七香港的所思所感，表現作家對當日香港年輕人的期許，對「我城」未來充滿希望的樂觀情懷；另一方面對阿游進行創造性改寫，引起讀者對「我城」海洋的關注。

張少強敏銳地指出，香港人長年以來受制於單向線性的發展主義，因應漁村變城市的「香港故事」自行演敘，以「繁榮安定」為香港應該追求的目標[148]。為了「繁榮安定」，「我城」經歷大幅度的城市面貌整改，成為國際金融中心

148　張少強：〈導言：臨界之都〉，收入張少強、梁啟智、陳嘉銘合編：《香港·城市·想像》（香港：匯智出版有限公司，2014 年），頁 xvi。

之際，也成為一個「全面都市化」（Completely Urbanized Society）的社會，每一個角落都要散發出都市的魅力，通過粉飾一新的都市景觀和建設來把人為的設想推至極限；生活型態也圍繞着消閒和享樂，因此必須大力興建美輪美奐的商場和主題公園 [149]。「我城」中人的目光亦逐漸被璀璨耀眼的城市景觀所框限，活動空間逐漸離不開商場，渾然不覺「我城」在發展主義的道路上愈是華麗轉身，愈是走上一條不歸路。「在這個城市裏，每天總有這些那些，和我們默然道別，漸漸隱去」[150]。寫就於七十年代的《我城》並非對消逝的事物沒有感覺，但在那個香港剛剛開始大規模移山填海來造地發展城市的年代，西西對「我城」景貌的變改未有強烈感受；然而到了二十一世紀第一個十年的尾聲，《鯨魚之城》變得對「我城」的面貌改變相當敏感 ── 當發展主義致力把「我城」粉刷成五光十色的世界大都會時，「我城」是否正在拋棄銘刻自身過去歷史的古物古蹟？「我城」是否過分關注發展自己的都市面貌，渾然忘卻與周遭的自然環境保持和諧，忽略了海洋和郊野也是「我城」之為「我城」的重要一部分？

　　不過，小説對「我城」並不絕望，可洛依然堅信「我城」可以選擇另一種未來，成為一個與自然和諧共處的城

149　馬國明：《全面都市化的社會》（香港：進一步多媒體有限公司，2007 年），頁 24-41。

150　西西：《我城》，頁 119。

市，關鍵在於「我城」中人得首先改變自己，學習對周遭事物培養珍惜之情。唯有每一個平凡的個體都選擇改變，「我城」才不致變成一個排拒自然的大商場。改變或許不能一蹴而就，但《鯨魚之城》終究是樂觀的 —— 阿安自從參加了觀鯨之旅後，深愛商場之情雖未變改，但開始嘗試到更多地方，例如建在商場旁邊的公園[151]。離開商場逛公園縱然只是一小步，卻是意義重大的一步。寄望個體的改變，承認發展主義的局限，重新把歷史、自然納入「我城」的視野，可洛在《鯨魚之城》承載了一位青年作家對「我城」的省思。

151　可洛：《鯨魚之城》，頁 210-211。

第 四 章

在高樓與商場之間

可洛、陳志華、韓麗珠筆下的超密度城市空間

「虛假和真實同樣由創造而來，
它們都背着相同的根源。」

——韓麗珠〈假窗〉

一、高樓與商場組裝而成的城市

　　本書在第二、三章討論了《我城05》和《鯨魚之城》如何通過虛構的「i城」和「鯨魚之城」展現了「後九七香港青年作家」對於香港資本主義生活方式和發展主義的反思，足見香港的城市生活及城市空間乃「後九七香港青年作家」持續關注的主題。本章打算探問的是，隨着資本持續塑造香港地景，哪些城市空間成為「後九七香港青年作家」反覆敘寫的對象？他們敘寫這些城市空間時展現了哪些共同感受？面對日趨單一化的城市空間，個人的想像力如何重新塑造城市，打開嶄新的可能性？本章將會聚焦於陳志華、韓麗珠和可洛這三位「後九七香港青年作家」的小說，把他們通過文字創造的「O城」、「鯨魚之城」、「幻城」、「H地」並置閱讀，回應上述的問題，進一步探問「後九七香港青年作家」的文學關懷。

　　陳志華的小說創作主要見於《失蹤的象》，寫作以現代主義風格為主，當中的〈O城記〉和〈木偶之家〉雖然是短篇小說，卻對香港的城市空間特質有極為敏銳的觀察。陳志華在〈O城記〉（2008）描繪了一座不斷通過填海和擴建來積累財富的城市O城[1]。「O」意味着由零開始，能夠把

1　〈O城記〉最早發表於《明報》，2008年6月16日，D04〈世紀版〉。後收入陳志華短篇小說集《失蹤的象》。

不同的東西填進去，因而擁有無盡的可能[2]。那麼，填進去的是什麼呢？小説回答：「我只知道 O 城仍在不斷填海，不斷擴建，堆起更多財富」[3]。無論是「填海」增加土地，還是在土地上不斷「擴建」，城市空間擴展的目的都是為了積累資本，讓資本主義在香港得以持續蓬勃發展。段義孚在《空間與地方》論及人類與空間的關係時指出，在人類的不同感官中，視覺對於人類的空間意識至為重要，其他感官諸如聽覺和觸覺，則擴大並豐富了視覺帶來的空間意識[4]。既然視覺對於塑造人類的空間感受如此重要，那麼陳志華塑造的文字城市呈現了怎樣的視覺印象？「我眼下的 O 城，是個高樓密布的城市，有數不清的購物商場。」[5] 對陳志華而言，資本塑造的 O 城最終形成了一幅由「高樓」和「商場」組構而成的城市景貌。

　　O 城的城市空間映現了香港自 2000 年以後大行其道的空間發展模式 ——「高樓」和「商場」混合而成的城市規劃。香港近年可供發展的土地相當有限。香港特區政府在 2017 年 9 月成立了土地供應專責小組，小組發表的報告指出 1995 至 2005 年，香港已發展土地的面積共增加了 6,000 公

2　　陳志華：〈O 城記〉，《失蹤的象》（香港：kubrick，2008 年），頁 84。

3　　同上，頁 84。

4　　Tuan Yi-Fu, *Space and Place: The Perspective of Experience* (Minneapolis: University of Minnesota Press, 1977), p.16

5　　陳志華：〈O 城記〉，《失蹤的象》，頁 75。

頃（60 平方公里），在 2005 年至 2015 年卻大跌至 400 公頃
（4 平方公里）[6]；報告認為香港在往後十年（2019-2028）若
然要持續發展，預計短缺 815 公頃土地（8.15 平方公里）[7]，
土地供應嚴重短缺。誠如黎東耀所言，自 2000 年以來，香
港的市區大型發展計劃幾乎按照「垂直都市主義」（Vertical
Urbanism）進行。這種規劃設計可以分為兩類：第一類在新
建鐵路站上蓋建築廣闊的基座（board podium）置放商場，
再在基座上興建商業／住宅大廈（例如香港站上蓋的國際金
融中心）；第二類則在面積較小的市區更新項目中建築高基
座（tall podium）置放商場，再在基座上興建商業／住宅大
廈[8]。香港政府長年倚賴賣地收益補貼公共財政開支，造成地
價不菲。房地產發展商為了增加利潤，不斷把建築物向高空
延伸，盡可能增加可出售／出租的樓面面積。如此的發展模
式造成香港擁有世界最多的摩天大廈，總數達 1309 棟；每
平方英里的商場密度亦屬世界最高[9]。

　　「高樓」和「商場」不獨是 O 城矚目的城市空間，也反
覆出現在「後九七香港青年作家」的小說，寄寓了他們的空

6　　土地供應專責小組：〈土地供應專責小組報告（2018 年 12 月）〉，頁 31
　　（https://www.devb.gov.hk/tc/boards_and_committees/task_force_on_land_
　　supply/report/index.html），2022 月 10 月 1 日瀏覽。

7　　同上，頁 14，2022 月 10 月 1 日瀏覽。

8　　Stefan Al, *Mall City: Hong Kong's Dreamworlds of Consumption* (Hong Kong:
　　Hong Kong University Press, 2016), p. 53.

9　　Stefan Al, *Mall City: Hong Kong's Dreamworlds of Consumption*, p. 1.

間感受。下文將會從兩方面開展討論：超密度城市與圍牆效
應，以及商場之都。

二、超密度城市與圍牆效應

　　韓麗珠的小説向來備受香港和台灣兩地關注，小説深具
魔幻寫實主義風格。韓麗珠的小説主題極為廣泛，例如《風
箏家族》（2008）對於各種現代人人際關係的複雜之處，特
別是親人之間的糾結情感有細膩的描繪；《灰花》（2009）則
描寫了家族中的三代女性，小説涉及生與死，流徙與歸屬等
主題。在「後九七香港青年作家」中，韓麗珠的小説創作
數量最多，亦最受研究者關注。韓麗珠的首本個人短篇小説
集《輸水管森林》出版於 1998 年，同名小説〈輸水管森林〉
（1996）在她十七歲時寫成，旋即為她贏得香港文學界的肯
定[10]。有關〈輸水管森林〉的主題和寫作風格，現存已有不少

10　小説收入許子東主編的《香港短篇小説選（1996-1997）》，得到許子東高
　　度肯定。許子東認為小説以一連串「殘雪式」（即具有中國當代作家殘雪
　　風格）的細節（洗腸、偷窺、病房等）將外婆垂死一事，與城市的更新
　　聯繫起來。當中腸子般的大廈輸水管成為既令人讚歎又令人恐懼的都市
　　風景。見許子東主編：《香港短篇小説選（1996-1997）》（香港：三聯書店
　　（香港）有限公司，2000 年），頁 5。後來，在 2001 年出版的「三城記
　　小説系列」第一輯「香港卷」，主編許子東選用〈輸水管森林〉為該卷冠
　　名之作，顯見他提攜新鋭青年作家的用心。

討論，本章在此無意重複。[11] 本書意欲指出的是，寫成於香港
回歸前一年的〈輸水管森林〉，其篇名可謂九十年代至今香
港城市空間的絕佳隱喻。

「輸水管森林」以「輸水管」與「森林」兩個概念組合
而成 —— 前者是人工建設，乃至整體城市營造環境不可或
缺的設施[12]；後者則是眾多樹木組成的自然環境，為大自然的
動植物提供棲息地。香港缺乏土地資源，山多平地少，城市
景觀的主要特色便是市區連綿密植的樹狀塔樓，塔樓全部都
像森林那些為了贏得陽光的樹木那樣極力向天空延伸。不論
是哪種戶型的住宅大廈，一般不低於三十層[13]。矗立於維多利
亞港兩岸的，有兩棵「參天巨樹」（兩幢四百至五百米高的
塔樓）—— 屹立於中環香港站的國際金融中心二期（88 層，
落成於 2003 年）和油麻地九龍站的環球貿易廣場（118 層，
落成於 2011 年）。薛求理認為，這兩棟高樓把香港維多利
亞港的景色從西往東鎖定。從九龍半島的尖沙咀帶透視仰角
望去，國際金融中心二期在視覺上還要比香港島的太平山

11　事實上，〈輸水管森林〉以「外婆壞了的腸子和城市舊大廈的輸水管互為
　　隱喻」，以及「殘雪式」的寫作風格，一直為其他評論者津津樂道，堪稱
　　當代香港文學的經典之作。見黎海華：〈陌生的異域 —— 閱讀韓麗珠〉，
　　《城市文藝》，第 63 期（2013 年 2 月），頁 82；劉紹銘：〈香港文學無愛
　　紀〉，《信報財經新聞》，2004 年 6 月 19 日，第 24 版。

12　從屋宇設備工程的角度來看，水、電、空調三大系統乃現代建築物不可
　　或缺的設備。輸水管（不論輸送食水還是污水）暢通無阻，是現代建築
　　物提供宜居環境的前提。

13　張為平：《隱形邏輯：香港式建築極限》（香港：商務印書館（香港）有
　　限公司，2015 年），頁 76。

（高 554 米）高出一倍 [14]。兩棵「參天巨樹」之間的高樓錯落有致地構成一座「森林」。另，「輸水管」內部中空，容許水流動其中的通道意態，反映了香港容許全球資本任意匯聚流通的空間特色。如果視「水」為資本流通的象徵；[15] 那麼「輸水管」便是資本流通的管道。香港擁有連結全球的股票和房地產市場，全球資本可以毫無障礙地自由進出，在「輸水管森林」內不斷流通和積累，按其需要塑造和更新城市空間，猶如大自然的水於樹幹內流動不息，為資本主義「輸水管森林」的持續發展／生長提供動力。

　　全球資本持續塑造香港地景，最終令香港的城市空間承受「雙重壓縮」，一方面是全球化壓縮：空間被迫服從於全球化資本積累的目的，以增加剩餘價值；另一方面則是地方性壓縮，全球化壓力導致不斷惡化的人口及城市住房密度問題，空間被迫適應有增無減的城市密度 [16]。雙重壓縮最終造成超密度（hyper density）的城市空間現象。[17] 香港的市區人口

14　薛求理：《城境 —— 香港建築 1946-2011》（香港：商務印書館（香港）有限公司，2014 年），頁 248。

15　粵語時常把「水」喻為「資金」。例如「薪金」在粵語中稱為「薪水」。在股票交易市場，不時把來自內地的資金，視為「北水」。大衛・哈維取鏡自大自然，以「水的循環運動」做比喻以描述資本運作的方式。詳見大衛・哈維（David Harvey）著，毛翊宇譯：《資本思維的瘋狂矛盾：大衛哈維新解馬克思與《資本論》》（新北：聯經出版事業股份有限公司，2018 年），頁 28-31。

16　黃宗儀：〈鏡像：酒吧、迪斯尼計劃、都市空間與香港藍調〉，收入包亞明等編：《上海酒吧：空間、消費與想像》（江蘇：江蘇人民出版社，2001 年），頁 206。

17　張為平：《隱形邏輯：香港式建築極限》，頁 III。

密度大概為每平方公里 2.7 萬人，比紐約、東京等全球化城
市至少高出五倍[18]。

在〈O 城記〉裏，超密度催生了在「堆填谷」的極限城
市景觀 ——「屏風樓」：

> 偶然還會出現屏風一樣的樓盤，像圍牆一般擋
> 在前面。居民為了擁有一個狹小的空間，都得付出
> 高昂的價錢。房子跟房子擠在一起，打開窗子，就
> 可以跟鄰居握手了。[19]

「堆填谷」的土地由填海得來，除了大量住宅，附近還
有垃圾堆填區[20]。熟識香港地理的讀者不難發現「堆填谷」指
涉現實香港的將軍澳[21]。「堆填谷」內高樓之間距離極少（「打
開窗子，就可以跟鄰居握手了」），其密集式排列方式更造
成「屏風一樣」的城市景觀，即所謂「屏風樓」[22]。屏風樓在

18　土地供應專責小組：〈土地供應專責小組報告（2018 年 12 月）〉，頁 10
（https://www.devb.gov.hk/tc/boards_and_committees/task_force_on_land_
supply/report/index.html），2022 月 10 月 1 日瀏覽。

19　陳志華：〈O 城記〉，《失蹤的象》，頁 83。

20　同上，頁 84。

21　香港新界西南部的將軍澳在八十年代中期開始發展新市鎮，同時亦成為
香港主要的垃圾堆填區。

22　「屏風樓」在學術界未有明確定義。香港民間團體「環保觸覺」聯同建築
師及規劃師，設定了六個屏風樓宇指標。如果滿足其中三個或以上，便
有很大機會屬「屏風樓」。這六個指標分別為：(1) 屋苑內座與座之間沒
有足夠距離（少於 15 米）；(2) 屋苑各樓宇的平均高度（包括平台）超
過 35 層；(3) 屋苑內的樓宇布局是接近「一」字排開；(4) 樓宇的位置
是具影響性（例：海邊、市中心、通風廊）；(5) 屋苑或樓宇的較闊一面
是迎向盛行風；(6) 附近有比較低矮的樓宇。見環保觸覺：《圍城：從屏
風樓看香港的城市規劃》（香港：Warrior Book，2009 年），頁 99。

地少人多的香港並非新事物，但它在 1997 年以後大規模出現，成為香港遍地可見的城市景觀[23]。屏風樓加劇了城市空間的密度，造成圍牆效應（wall effect），對社區的通風[24]、採光及景觀造成負面影響。然而，屏風樓除了影響空氣流通和污染物消散，更造成城市居民心理上的圍牆效應。在可洛和韓麗珠的小説裏，屏風樓更被當作超密度城市空間的專屬符號。

《幻城》（2018）由六篇情節既相關亦獨立的故事組成，講述一座建造於巨大鯨魚背上的高塔城市 ── 幻城上發生的事[25]。讀者不難發現這座「鯨魚背上的城市」乃可洛前作《鯨魚之城》的延伸和變體，亦可以視為可洛對香港當下的觀感，以及未來的預想。《鯨魚之城》接續續寫西西《我城》，描繪了一條鯨魚誤闖「我城」水域的故事，展現了可

23　「屏風樓」之所以在 1997 年之後大量出現，與以下三個因素有密切關係：（一）自從赤鱲角香港國際機場在 1998 年投入運作，原先為了保障航道安全而設的全港建築物高度限制在同年終止，維多利亞港兩岸的新建大廈有更多空間向高空延伸；（二）特區政府為了增加住宅供應，提高地盤地積比率（plot ratio），比率愈高，可興建的樓宇面積愈高；（三）新建鐵路站上蓋的建築地盤受鐵路站設計影響，一般呈長方形。前述三種因素共同作用下，房地產發展商為了令住宅單位獲得良好景觀、通風和寧靜的居住環境，以便賣得更好的價格，四十至六十層的住宅往往採取連城式建築群佈局，形成「屏風樓」。

24　沿海岸線以連城佈局排列的高層大廈將會造成「圍牆效應」，為城市的通風及空氣污染帶來明顯的負面影響。S.H.L. Yim, J.C.H. Fung, A.K.H. Lau and S.C. Kot, "Air Ventilation Impacts of the 'Wall Effect' Resulting from the Alignment of High-rise Buildings," *Atmosphere Environment, vol 43, issue 32,* (October 2009), p. 4993.

25　《幻城》由六篇小説組成，分別是〈阿果的線上和線下生活〉、〈想死〉、〈怕醜草〉、〈守人〉、〈幻城〉、〈幻城的四季〉。

洛對「我城」受發展主義支配的憂思。到了《幻城》，鯨魚和高塔連成一體，創造出獨特的「我城」形象。小說在目錄頁的前一頁寫道：

> 傳說幻城建立在一條巨大無比的鯨魚的背脊
> 上，為了提防鯨魚潛入海中淹沒城市，幻城人把建
> 築物愈蓋愈高，層層相疊，城頂通天。[26]

為了不讓城市被海水淹沒，幻城不可能水平擴展，只能垂直發展，最終演變成擁有 180 樓層的高塔城市。幻城的視覺形象無疑讓人想起香港的超高層摩天大廈，而可洛把這種視覺形象以想像力推至極限 —— 幻城本身就是一座通天高樓，內部的每一樓層都是獨立的大型城區，擁有包括屏風樓在內的各種人工建築。

在 O 城只是偶然出現的屏風樓，於幻城已經遍地皆是。〈怕醜草〉的施天雅在音樂會結束後，拿着啤酒瓶在 80 層區的街上一抬頭，立時「看見一望無際的屏風樓[27]」。即使在市中心外圍，摩天大廈略見疏落，「但它們還是像屏風一樣，遮擋着遠處的風景」[28]。大部分幻城人居住的房屋面積都十分細小，窗外的風景就是隔壁摩天大廈的外牆[29]。不單如此，幻城更是一個沒有天空的城市，每個人的頭頂上都是上

---

26   可洛：《幻城》（香港：立夏文創，2018 年），目錄頁前一頁。

27   可洛：〈怕醜草〉，《幻城》，頁 105。

28   可洛：〈守城人〉，《幻城》，頁 143。

29   同上，頁 160。

一層的地基而已[30]。狹小的房屋、處處可見的屏風樓、密封樓層⋯⋯高樓構成了一層又一層的圍牆，把幻城人圍困其中，造成他們心理上的巨大壓迫感[31]。

「大概每個幻城人一生之中，總有過輕生的念頭。」[32]當壓迫感超越幻城人可以承受的極限時，他們便選擇自殺。自殺是〈想死〉聚焦處理的主題。〈想死〉通過一對夫婦（在醫院婦產科任職護士的妻子和在防止自殺署工作的丈夫）的生活，探討了幻城的城市空間如何造成日益嚴重的跳樓自殺問題。幻城有「一望無際的高樓大廈、不斷攀升和下降的巨型升降機、看不見盡頭的高架道路」[33]，讓人隨便在這些地方一躍而下便會粉身碎骨。為了應對危機，政府成立了防止自殺署，調查幻城人自殺的原因，並向政府提交防範建議[34]。為了防止幻城人跳樓，政府後來把全城建築物的窗子改裝成不能打開的梗窗（固定窗），玻璃堅固而難以被打破；在沒有窗子的高處則加裝高度達兩米以上的鐵絲網或圍欄——結果，密封式高樓成為安全的籠子／監獄，窗外的風景都被鐵絲網或圍欄擋住[35]。〈想死〉裏的妻子從醫院回到居所時，總感到自己別無選擇地回到一座監獄，以致她覺得所有活在

30　可洛：〈幻城〉，《幻城》，頁 240。

31　可洛：〈想死〉，《幻城》，頁 64。

32　可洛：〈幻城的四季〉，《幻城》，頁 258。

33　可洛：〈想死〉，《幻城》，頁 61。

34　同上，頁 44。

35　同上，頁 62-63。

幻城的人，都在壓迫感折騰下經歷一場緩慢的集體自殺[36]。

除了改造城市空間防範自殺，政府還根據防止自殺署的建議禁止電視台和製作公司製作含有自殺劇情情節的電視劇，以免幻城人模仿劇中人自殺的方式來尋死[37]。雖然政府不斷增設防範措施來保障幻城人的生命安全，幻城人還是繼續想方設法尋死。尋死對幻城人為什麼有這樣巨大的吸引力？可洛通過一個自殺未遂的個案告訴讀者答案。

一位患有慢性病，失去丈夫和女兒的四十五歲女人打算把自己埋在垃圾堆裏自殺，最終獲救。獲救後，她被關在四周都包上軟膠和軟墊的病房內接受專門治療。可是，四個月的治療依然無法打消她自殺的念頭[38]。她渴望尋死，並不因為身世可憐，而是自覺無法在這個限制愈來愈多，連自殺的自由都被剝奪的城市生活下去。她反問一直勸告自己珍惜生命的調查員：「活着就不苦嗎？在這個城市裏，死法可以有多種，但活法只有一種，哪個更苦？」[39] 充滿壓迫感的城市空間，以及各種規限個體自由的保障生命安全措施，令幻城人的生活方式變得愈趨單一。感到生活方式別無選擇的還包括身為護士的妻子。妻子在醫院婦產科工作，理應時常感受到生之喜悅，理應對生命倍加愛惜，但過着平靜生活的她卻時常感到不自由；直至她在丈夫口中聽見多種多樣的自

---

36   同上，頁 64。

37   同上，頁 45。

38   同上，頁 50–53。

39   同上，頁 52。

殺方式時，突然感到死亡原來才是在幻城體現自由的唯一方式 [40]。

讀者不難看出，垂直擴展的幻城影射了垂直都市主義盛行的香港。幻城處處可見屏風樓，高樓的窗子無法打開，建築物四周有過多的鐵絲網和圍欄——圍牆效應不單帶來磨蝕人心的壓迫感，把幻城人推往慢性自殺的路上，更嚴重的影響是，它消解了幻城人在生活方面的想像力，就像妻子縱然想過辭去護士的工作，但小說從未透露她想像過自己可以從事其他職業，或者在辭工以後追求別樣的理想／發展，她只能順從眼前令她無從抗拒而又感到痛苦的安排。她厭惡沒有選擇的生活，卻又不知道自己可以選擇什麼；情況就像渴望擺脫鳥籠的鳥，其實無法想像鳥籠以外的世界。要不是丈夫告訴她幻城人有各種各樣的自殺方式，她也不會想到原來在自殺的方式上，她是可以自由想像和選擇的。

單一的城市空間塑造出單一的生活方式。幻城如是，香港亦如是。進入二十一世紀，香港自從經歷亞洲金融風暴後決意走上一條以金融和房地產主導城市發展的道路，金融和房地產成為經濟增長的主要動力，城市空間以便利資本積累為主要方向來進行擴展和更新 [41]，最終發展出屏風樓處處可見的超密度城市空間。不少人活在其中縱然感到受困，渴望改

40　同上，頁 58。

41　余嘉明、李劍明：〈經濟金融化與香港經濟〉，收入羅金義、鄭宇碩編：《留給梁振英的棋局：通析曾蔭權時代》（香港：香港城市大學出版社，2013年），頁 81-82。

變，卻也無法想像出其他具體可行的生活方式。超密度的城市空間正在不知不覺中圍限了人對生活方式的想像力。

超密度的城市空間同樣反覆出現在韓麗珠的小說中。《離心帶》（2013）寫街道上的人抬頭「發現天空被高聳的建築物切割成細碎小塊時，並不會感到驚訝」[42]。舉目盡是高樓的描寫也出現在〈清洗〉（2015）：「有人抬頭，發現參差不齊的大廈把他們圍困在中央。」[43]〈假窗〉（2015）裏的「H地」高樓林立[44]，「大廈密密麻麻地矗立在四周，那些設計相仿的建築物，組成了無法跨越的高牆，把匆忙趕路的人圍困在其中」[45]。至於城市邊陲的新發展區，超密度的城市空間不單絲毫沒有改善，還更為嚴重：「在那裏，大廈和大廈之間的距離更窄小，住宅也更稠密，建築物像迷宮那樣把人們圍困。」[46]與窗子尚存的幻城不同，H地最新的建築趨勢是無窗。H地的高樓與高樓之間的距離非常窄小，窗子不再能夠引入新鮮空氣和陽光，只能帶來空調產生的廢氣和街道上嘈雜的人聲和車聲，加上「從一扇敞開的窗子掉到街上去的獨居者，數目愈來愈多」，為了讓人心神平靜，小說內的房屋

42   韓麗珠：〈渡海〉，《離心帶》（新北：印刻出版有限公司，2013 年），頁 5。

43   韓麗珠：〈清洗〉，《失去洞穴》（新北：印刻出版有限公司，2015 年），頁 185。

44   〈假窗〉在 2014 年最初發表於《香港文學》，後來在大幅度擴寫後收入《失去洞穴》（2015）。韓麗珠：〈假窗〉，《香港文學》，第 349 期（2014 年 1 月）。

45   韓麗珠：〈假窗〉，《失去洞穴》，頁 132。

46   同上，頁 133。

仲介向正在找房子租住的微說:「無窗是一種必然的趨勢」[47]。

　　生活在密封高樓裏的人有什麼感覺?微搬進去後,感到「自己的生命正在房子裏緩慢地凍結起來,她像個旁觀者一籌莫展,但一點也不難過」[48]。在密封的高樓裏生活,人就像處於冬眠狀態的動物,呼吸猶在,卻再無感受生活的力量。

　　事實上,受困於超密度城市空間的人並非不渴望得到自由。微乘坐房屋仲介的車子時,把目光投放在那片被高樓切割得七零八落的天空,「只有那裏是清淨的虛隙,讓她得到喘息的機會」[49]。事實上,無論在可洛還是韓麗珠筆下,予人無限空間感的天空都象徵可供實現自由的所在。誠如段義孚在分析空間和個人感受之間的聯繫時指出,寬敞的空間容易令人聯想起自由,自由意味寬敞,意味人有力量和足夠的空間來行動。實現自由(Being freedom)的基本意思就是擁有超越現狀的能力[50]。對可洛和韓麗珠來說,急欲超越的現狀便是擺脫眼前超密度的城市空間,以及附載其中的單一生活方式。

　　〈失去洞穴〉(2015)對於生活在超密度城市空間裏的人,如何渴望獲得寬敞的空間來實現自由,有進一步的描繪:

47　同上,頁134。

48　同上,頁134。

49　同上,頁133。

50　Tuan Yi-Fu, *Space and Place: The Perspective of Experience*, p. 52.

> 他（筆者按：河流）想要把目光放在遙遠的前
> 方，某個可以自由呼吸的空曠所在，可是大廈之外
> 是更高聳的大廈，以及巨型的屏幕。他抬頭往上方
> 尋找可以給他任何慰藉的雲，但那裏只有一個七零
> 八落的天空。[51]

河流無法忍受繼續在超密度城市空間裏生活，他期望前
往更為空曠的地方尋求自由。然而，一層又一層林立的大廈
彷彿巨形牆壁那樣擋住河流的去路和視線。河流即使抬頭望
天，渴望天上的浮雲能予他心靈慰藉，但他只能夠看見被高
樓和屏幕剪裁得七零八落的天空。如果無際的天空象徵了完
整的自由，那麼超密度的城市空間便把這種自由切割得「七
零八落」──在河流居住的城市有着過多的規定，例如要在
扶手電梯上站在左方、成人必須看顧攜同的小孩、走路的時
候雙手切勿左右搖擺、咀嚼的時候不可同時講話等。這些規
定能夠保障超密度城市空間內的秩序，讓擠擁的城市保持運
作順暢，卻令河流感到窒息。河流急欲擺脫眼前的超密度城
市空間，以及其中由各種規條交織而成的生活方式，於是隨
意乘上一輛可以把窗子打開的公共汽車，最終到達了一條瀕
臨清拆的鄉村[52]。

韓麗珠的小說時常展現對自由的渴望，例如《縫身》
（2010）裏的「我」寧願以死來結束生命，也要重拾個體自

---

51   韓麗珠：〈失去洞穴〉，《失去洞穴》，頁 64。

52   同上，頁 65。

由，把跟「他」縫合的身體切割分開[53]。《離心帶》（2013）的阿鳥患上「飄蕩症」，渴望能夠把自己放飛到半空，在那片象徵生命另類可能的自由空間「建造一個新的世界」[54]。在〈失去洞穴〉裏，韓麗珠繼續把寬敞和自由相連繫，着墨之處則是可以仰望遼闊天空的鄉村。超密度的城市空間不僅在物理上嚴重局限身體的活動，凡事服膺於資本積累的都市邏輯更囿限了人的心靈自由。在備受資本形塑，地景和生活方式都愈來愈單一的城市，河流出走至鄉村的舉動無疑是追求自由和生命另類可能的反抗行為。遺憾的是，這種反抗終究徒勞無功。河流棲身的鄉村最終因為城市持續擴張而被清拆，他被迫重返城市，住進一個必須丟棄大量物件，才能把自己和極少量日用品擠進去的小套房[55]。河流被迫重新回到超密度的城市空間，一切追求自由的行動皆以失敗收場。

雖然可洛和韓麗珠筆下不乏渴求自由，尋求圍牆以外之天空的小說人物，但他們同時敏銳地察覺到，圍牆效應予人壓迫感的同時，亦能夠為人帶來實實在在的安全感，由此可見他們二人非常明瞭人性的多元複雜之處。〈想死〉裏的丈夫非常需要安全感[56]，他因為工作所需，不單有份制定「幻城」的各種圍欄和建築物的設計標準，還在居所安裝了軟

53　韓麗珠：《縫身》（台北：聯合文學出版社股份有限公司，2010 年），頁 223。

54　韓麗珠：《離心帶》，頁 253。

55　韓麗珠：〈失去洞穴〉，《失去洞穴》，頁 96。

56　可洛：〈想死〉，《幻城》，頁 49。

牆、防撞墊等各種保障家居安全的設備；[57] 對他來說，唯有一切風險都在控制之內，一切井井有條，他才感到安全。圍牆效應為妻子帶來的壓迫感，對他來說反過來是安全感。

如此見解同樣迴響在《離心帶》之內。阿鳥如此評價城市裏大部分的人：「大部分的人，終其一生，都在建築一座安全的牢獄，把自己囚禁，而無法具備，活在囚牢之外的勇氣」[58]。對阿鳥來說是「牢獄」的城市，對城市裏大部分人而言卻是一座安全的堡壘。

那麼，當這些活在牢獄中的人渴望舒展手腳，尋求活動空間的時候，便可以前往那個讓他們舒心快樂的地方 —— 商場。

三、商場之都

陳志華在〈O城記〉描述 O 城時，除了提及它是「高樓密佈的城市」外，還「有數不清的購物商場[59]。」可洛在《鯨魚之城》亦記述政府打算在 2020 年把全城發展成一個

57　可洛：〈想死〉，《幻城》，頁 69。

58　韓麗珠：《離心帶》，頁 97。

59　陳志華：〈O城記〉，《失蹤的象》，頁 75。

「前所未有的超巨大商場」。[60] 在一個土地面積增長速率遠不及人口增長和經濟發展的城市，當資本致力產生對其自身的再生產，便會塑造出有利其積累的地理景觀[61]，資本在香港創造的顯著地景便是林立各區的購物商場[62]。

　　購物商場除了服務本地市民，還為訪港旅客提供購物去處。香港回歸以後，訪港旅客總數反覆上升，旅遊業被視為香港四大支柱產業之一[63]。1997 年訪港旅客總數為 1,040 萬，中國內地旅客佔整體訪港旅客 22%[64]，2018 年訪港旅客總數達到 6,514 萬[65]，中國內地旅客佔整體訪港旅客 78%[66]。港澳個人遊計劃（自由行）自 2003 年推行以來，中國內地遊客來

60　可洛：《鯨魚之城》，頁 52。

61　大衛·哈維（David Harvey）著，許瑞宋譯：《資本社會的 17 個矛盾》（新北：聯經出版事業股份有限公司，2016 年），頁 160。

62　朱耀偉：《本土神話：全球化年代的論述生產》（台北：台灣學生書局，2002 年），頁 99。

63　旅遊業向來被視為香港四大支柱行業之一。詳見香港特別行政區政府統計署：〈香港經濟的四個主要行業〉（https://www.censtatd.gov.hk/tc/EIndexbySubject.html?pcode=FA100099&scode=80），2022 月 10 月 1 日瀏覽。

64　香港特別行政區政府統計處：《香港統計月刊（2000 年 1 月）》（香港：政府統計處，2000 年），頁 FD4。

65　香港特別行政區政府商務及經濟發展局旅遊事務署：〈2018 年旅遊業表現〉（https://www.tourism.gov.hk/tc/tourism-statistics-2018.php），2022 月 10 月 1 日瀏覽。

66　入境事務處：〈2018 年 12 月訪港旅客統計〉，《HKTB Research》網站，2019 年 1 月，網址：https://partnernet.hktb.com/filemanager/intranet/pm/VisitorArrivalStatistics/ViS_Stat_C/ViS_C_2018/Tourism%20Statistics%2012%202018_R1.pdf（2019 年 9 月 6 日上網）。香港旅遊發展局：〈2018 年香港旅遊業統計〉，（https://securepartnernet.hktb.com/filemanager/intranet/ir/ResearchStatistics/paper/Stat-Review/StatReview2018/Statistical%20Review%202018.pdf），2022 月 10 月 1 日瀏覽。

訪香港的人數不斷上升（至 2018 年），導致購物商場空間在香港的需求一直有增無減。

呂大樂認為香港「商場化」時代的序幕始於 1966 年香港九龍尖沙咀的海運大廈開幕之時（當時香港最大型的購物中心），標誌了香港社會發展以及消費文化進入新階段[67]。朱耀偉亦提及香港在發展新市鎮時，往往先興建一個市中心廣場（大型購物和娛樂商場），其他建設再圍繞這個「中心」向外擴散[68]。香港房地產發展商投入大量資本建設能夠吸引消費者的地標式大型購物商場，從中賺取豐厚的租務回報。1997 年以後，香港的大型購物商場不時置放於高基座或多層高樓之內。舉例來說，2004 年在旺角建成的朗豪坊，樓高十二層；2007 年於九龍灣開幕的 MegaBox，高達十九層；2012 年落成的銅鑼灣希慎廣場，則樓高達十七層。即使在多層百貨公司聞名於世的日本，亦未見這類樓高十七至十九層的大型購物商場。香港這類集購物、娛樂與餐飲業務於一身的多層式大型購物商場可謂世上罕見，構成了香港獨特的城市景觀，每天都吸引大量市民和遊客徜徉其中，流連忘返。然而，這種追逐天空的購物商場出現於香港，實在不應讓人感到意外；誠如巴瑞・謝爾頓（Barrie Shelton）所言，香港的發展壓力相當實在，而政府在城市發展上操有強大的力量，令城市傾向以垂直方式來擴充自身容量，並發展成為

67　呂大樂：《那似曾相識的七十年代》，頁 111-112。

68　朱耀偉：《本土神話：全球化年代的論述生產》，頁 92。

「商場之都」（Mall City）[69]。

　　事實上，在超密度城市的街道上遊走，物理和心理上的圍牆效應都讓人感到不適。再者，香港天氣潮濕，炎熱多雨。無論外地遊客還是本地居民，大都喜歡遊逛設有空調的大型購物商場。大型購物商場幾乎都位於鐵路站附近，交通極為便利；一周中的任何日子都能在大型購物商場看見川流不息的人群。伴隨大型購物商場在各區交通樞紐位置陸續建成，商場在「後九七香港青年作家」筆下已經不再是日常生活以外的另類空間，而是日常生活本身，甚或城市空間的主要呈現模式。

　　陳志華在〈O 城記〉寫道：「要講述 O 城的故事，不能不提浪豪角這個地方」[70]，因為「很多人都說，它根本就是 O 城的縮影」[71]。小說裏的「浪豪角」本來名叫「爛頭角」，因為當地地形好像伸到海裏的破牛角。O 城人認為「爛頭角」的名字不好聽，故此在「浪豪商場」（對應現實中旺角的「朗豪坊」）落成後，該地便易名為「浪豪角」。地名的主要功能在於標示方向和位置，對於一國一地的經濟、行政皆有功能上的意義。地名亦反映了人與空間之間的關係，甚至可以成為意識形態導入的重要符號，故此地名的轉變除了標示社

69　Stefan Al, *Mall City: Hong Kong's Dreamworlds of Consumption*, p.32.

70　陳志華：〈O 城記〉，《失蹤的象》，頁 76。

71　同上，頁 76。

會方向的重大轉變，亦透露了這種改變的作用的本質。[72] 如果
「爛頭角」一名想要突顯的是空間在地理位置和方位上的特
點，那麼易名為「浪豪角」則意味着想要突顯該空間的主導
性功能 —— 商場。

如果〈O 城記〉描寫的 O 城在商場以外還剩下作為市
民居住空間的高樓，那麼〈木偶之家〉便把城市空間商場
化的想像推向極致。羅拉是生活在 4826 號商場（可見商場
在當地數量極多）的木偶，她醒來以後希望「看看這個世
界」[73]，到處尋找離開商場，前往外面世界的方法。羅拉試過
問途人商場的出口在哪裏，但無人能夠給她正確的答案，就
連「商場指南」也沒有標示商場的出口 [74]。後來，她遇上一位
穿着黑色娃娃服的少女，引發以下對話：

> 少女問羅拉：「你呆呆的站在這裏幹什麼？」
> 羅拉說她想尋找商場的出口，去看看外面的世界。
> 少女追問：「什麼是外面的世界？」羅拉解釋：「就
> 是商場以外的世界。」可是少女說：「商場外面還
> 是另一個商場啊。」羅拉問：「那麼在這個商場和
> 那個商場以外呢？」少女回答：「都是商場啦。只
> 是編號不一樣而已。」羅拉愈聽愈糊塗了，說：「總

---

72 葉韻翠對地名研究及晚近的批判地名學做了相當詳盡的介紹，詳見葉韻
   翠：〈批判地名學 —— 國家與地方、族群的對話〉，《地理學報》，第 68
   期（2013 年），頁 73-75。

73 陳志華：〈木偶之家〉，《失蹤的象》，頁 110。陳志華〈木偶之家〉首次
   發表於《字花》，第 9 期（2007 年 9 月）。

74 同上，頁 114-115。

有不是商場的地方吧。」少女就從口袋裏掏出一本
紅色小書，翻開頭一頁，指給她看：「太初有商場 /
In the Beginning was the Mall」。[75]

　　商場以外再無世界，商場便是世界本身。「太初有商
場」——對於少女和羅拉來說，她們自出生開始便活在商場
之中，以後也會繼續活在商場之內。直到小説結束，不論羅
拉怎樣努力，她依然無法離開迷宮般的商場。商場取代了住
宅、公園、街區、社區中心，成為城市人生存和活動的唯一
空間。這種資本把世界／城市空間徹底「商場化」的想像亦
可見於可洛《鯨魚之城》。《鯨魚之城》在描述政府的「全
城商場化發展藍圖」時便提到，除了傳統的移山填海，政府
還打算把那些在資本積累效果上遠遠不及購物商場，像是公
園、泳池、大學等建築物全部拆除[76]。整座城市變成商場將會
是資本主義創造出來的終極地景。饒有意味的是，政府興建
超巨大商場的原因並非僅是為了配合資本積累，也是為了滿
足市民需求。可洛告訴我們：「像阿安喜歡逛商場的人實在
太多，不單是老年人，連年輕人都喜歡躲在商場裏」[77]。〈木
偶之家〉的少女道出了城市人喜歡逛商場的原因：「商場氣
候宜人，有空調，又不怕風吹雨打。我們可以在這裏出生，
然後在這裏老死，多好啊。」假若少女因為自有意識起便活

75　　同上，頁 118。

76　　可洛：《鯨魚之城》，頁 52。

77　　同上，頁 52。

在商場，於是從未想像過離開商場的話；那麼阿安則是自願選擇生活在商場之內。阿安和阿果的約會全部都在商場內進行，而阿安也十分享受在商場裏遊逛和消費。有一次，阿果邀約阿安在商場以外的地方約會，阿安斷言拒絕：「你知道，我只能夠逛商場，要去你自己去」[78]。除了逛商場，阿安哪裏都不能去。「阿安喜歡在晶瑩的櫥窗前，像魚兒一樣游來游去」[79]。正如魚缸裏的魚不能離開魚缸而活，阿安不能也不願意離開商場而活。

　　商場在香港的數量如此之多，自然構成了「後九七香港青年作家」城市生活經驗裏的重要部分。可洛在〈咖啡杯裏的商場〉（2006）寫道「直到現在，我還沒分清楚，是我們的青春沉積成商場的生命，還是商場的生命沉積成我們的歲月和回憶……」[80] 商場確實構成了「我」／香港人青春年月裏不可或缺的記憶。〈咖啡杯裏的商場〉是一本空想的商場圖鑑，當中描繪了好些虛構的商場，例如「捕捉眼睛的商場」、「連鎖設計的商場」等。可洛藉此探問現代商場如何以各種視覺元素和空間設計（例如商店的排列方式），勾起消費者購物的慾望並加以滿足。毫無疑問，商場是一個經過設計的受控空間，無論是燈光、溫度和濕度，以致景觀都經過人為設計，務求延長消費者逗留其中的時間，提高他們的

78　同上，頁 55。

79　同上，頁 53。

80　可洛：〈咖啡杯裏的商場〉，《她和他的盛夏》，頁 150。

購買意欲。商場要促進商品的出售，必須刺激消費者的慾望來購買奢侈品（消費者當然也購買維持勞動力所必須的消費品），始能促進資本積累。

　　「後九七香港青年作家」從來不否定商場空間的吸引力——商場排除了戶外氣候的不穩定性，又提供了清涼舒適的遊逛和消費空間。可洛在《幻城》點出商場空間消解煩憂的療效：「商場裏十分清涼，彷彿所有煩惱都被冷藏，不再活躍和滋生」[81]。如果生活在超密度的城市空間讓人感到窒息和絕望，那麼密封的商場則予人難得的自由——即使這種自由非常短暫，而且需要通過消費來獲取。齊格蒙特・鮑曼（Zygmunt Bauman）提及，「每去一次市場，消費者都理直氣壯地覺得是他們——也許甚至只是他們自己——在作主」[82]。前述〈木偶之家〉中，穿着黑色娃娃服的少女便沉醉在商場裏買和賣的自由中，[83] 感到非常快樂。韓麗珠在散文〈包裹〉述及自己趁商場減價時購買衣服的經驗，亦證明鮑曼所言不虛：

> 　　在我居住的城市裏，大部分的人，即使窮盡畢生的積蓄，也無法購買一幢房子，甚至，難以租住一個寬敞的居所。因此，除了挑選衣服，我們別無出路。如果無法把自己安置在理想的屋子，起碼，

81　可洛：〈幻城的四季〉，《幻城》，頁 264。

82　齊格蒙特・鮑曼（Zygmunt Bauman）著，郭國良、徐建華譯：《全球化：人類的後果》（北京：商務印書館，2013 年），頁 81。

83　陳志華：〈木偶之家〉，《失蹤的象》，頁 118-119。

可以把身體放進華美的衣服裏。[84]

　　逛商場購買漂亮的衣服成為無法在香港購買安身之所，覓得寬敞居住空間的補償性體驗。當超密度城市空間無法給予個體選擇生活方式的自由，商場舒心明亮的空間便以個體消費的自由加以彌補。

四、以想像力重塑城市空間

　　當香港的城市空間被全球資本「雙重壓縮」成高樓組成的圍牆，以及提倡消費以換取自由的商場，個人無論是出於自願還是被迫，生活方式是否只能順從資本的安排而沒有其他可能？

　　在〈木偶之家〉中，羅拉曾經遇見一個一直背靠着她的人，那人派給羅拉一張傳單，告訴她在這個只能夠買賣的地方，人不能夠掌握自己的未來，鼓勵她加入反抗的行列[85]。羅拉後來遇見的少女則提醒她，這人是商場的反抗者，是異端，常說人在商場除了買賣，就沒有其他自由[86]。「羅拉」這

84　韓麗珠：〈包裹〉，《回家》（香港：香港文學館有限公司，2018 年），頁 155。

85　陳志華：〈木偶之家〉，《失蹤的象》，頁 115-116。

86　同上，頁 118-119。

個名字和小說篇名〈木偶之家〉，不禁令讀者聯想到易卜生（Henrik Ibsen）的名作《玩偶之家》（*A Doll's House*）。《玩偶之家》中的娜拉為了學會做一個自由的人，自行決定自己的生活方式，她必須反抗自己的家庭，離家出走。按此推論，〈木偶之家〉的羅拉如果想由木偶變成真正的人類，同樣需要勇敢地反抗商場所象徵的資本主義生活方式。雖然羅拉到了故事尾聲仍然未能尋得出路，但小說寫她不單沒有丟掉反抗者給她的傳單，還把傳單塞進褲袋中[87]。這樣的舉動顯示她並不打算放棄尋找離開商場的出路，依然保有反抗的力量，擺脫資本對她生活方式的操控。

　　若然商場的迷宮本無出路，或許出路只能通過想像才能創造出來。在〈失去洞穴〉中，當凡向賣藥的平原尋求可以舒緩憂慮和驚懼的藥方時，平原指示他挑選一個晴朗的日子，在陽光下讓村裏鐵網的影子橫在皮膚上，然後循鐵網在村內遊走一遍，再走到村外。面對這貌似荒誕的建議，凡懷疑地追問這種做法的效用。平原於是回答：「當務之急，就是設法讓自己相信，這世上並沒有任何事物，能把人真正圍困」[88]。平原開出的藥方並非任何具體的草藥或藥丸，而是通過一種煥發想像力的活動，讓凡建立一種對自由的信念。在平原看來，如果任何物理形式上的圍困最終不能令人產生失去自由的心理效果，那麼人便不會失去真正的自由。然而，

87　同上，頁 120。

88　韓麗珠：〈假窗〉，《失去洞穴》，頁 84。

個人的感受始終難以徹底擺脫空間的影響，除了以想像力修
練內心以外，還有其他方法嗎？

〈假窗〉通過木以想像力創造性地為密封的高樓繪畫假
窗一事，指明了答案。失業的木接到建築師邀約，請他為沒
有窗子的高樓以油彩繪上「假的窗子」。建築師向木道出超
密度城市空間造成的圍牆效應：

> 窗外令人壓迫的景觀，例如鄰近大廈的外牆，
> 回收場的鐵絲網，或鐵絲網內的棄置物，都比密不
> 透風的牆壁更容易令人絕望甚至瘋狂。可是，沒有
> 窗的房子也同樣令人難以忍受。[89]

當超密度的城市空間無法容納真實的窗子，為了撫平居
民住在密封空間所產生的焦慮和不安，喚醒冬眠動物那樣的
微積極生活的動力，叫那些工作至晚上才回到房子的人生出
在新一天早上仍能走到外面的勇氣，建築師要求木在假窗內
創造比現實更為逼真的風景，一種能讓人產生希望的風景[90]。
接受這份差事的木凝視大廈空無一物的外牆，發現那其實是
一片貧瘠的土壤，而這片土壤則需要一棵老榕樹。結果，油
彩繪成的老榕樹為周遭的居民帶來難以言喻的安慰。至於室
內的假窗，木則把它們建成「可以流放自己的出口」，那裏
有一個又一個奇異的海底世界 —— 漫步的潛水者、容貌古
怪的大魚、海龜和珊瑚等。高樓竣工後，傳媒來採訪其中的

89　同上，頁 140。
90　同上，頁 140-141。

住客，他們都表示被這些位於假窗內的景色深深吸引，更有人指出家中假窗的景色幫助他走過生命裏的艱難時期。以油彩繪上假窗的這棟高樓在城市裏取得空前的成功，甚至被傳媒認為「這將是人口密度愈來愈高的城市，住宅大廈的主要設計方向」[91]。

「當城市裏假的窗子蔚然成風，誰也沒有發現，在這風氣裏（在密封的牆壁裏）有轉醒過來的必要」[92]。讀者也許會認為，城市裏的人迷醉在假窗提供的虛假風景，定然是小說對於城市人的諷刺，諷刺他們自欺欺人，以虛假的風景來舒緩被超密度城市空間長期壓迫的心靈 —— 這固然是一種可能的讀解。然而，本書認為小說意圖指出的是，通過對世界的仔細觀察，嘗試與環境產生感受上的深刻連結，人能夠借助想像力獲得了重新定義城市空間的力量。小說描寫木在開展繪畫的工作前，曾經在工地裏觀察了許久，甚至融化在周遭的環境中，才發現自己應該把大廈外牆繪畫成一棵老榕樹。木以敏銳的心靈與周遭環境產生深刻的連結，細意感受當地居民的需要，才能以想像力為居民創造一個能夠撫慰他們心靈的空間。縱使木無法改變大廈無窗的現實，亦不能降低城市的密度，但憑着他的想像力，他成功為居民創造了一處抗衡圍牆效應的居所。木取得的成功印證了建築師的判斷：「虛假和真實同樣由創造而來，它們都背着相同的

91　同上，頁 143-145。
92　同上，頁 128。

根源[93]。」

「虛假和真實同樣由創造而來」。如果圍牆和商場之內並無出路，我們便通過想像力去創造它。可洛在〈守城人〉把林守明設定為一位作家，他在一次意外裏穿越至自己正在創作的小說世界（小說內的城市同樣名叫「幻城」），與曾經是筆下的人物經歷了一場保護幻城舊區的社會運動，反抗政府把二十層區改建成支撐幻城繼續向天空發展的混凝土基柱。當活動陷入絕境，林守明對自己能為幻城所做的事愈見絕望和困惑之際，小說裏的先知提醒他：「那就寫下去，不要停，那怕是逐少逐少地寫。正如你寫出了幻城的現在，幻城的未來也就在你書寫的行動中」[94]。書寫即是一種想像力的創造，通過想像，現在看似牢不可破的現實，說不定在日後會有鬆動的可能。

〈守城人〉的尾聲，林守明回到現實世界，他打算要重寫自己的小說，重新創造一個最好最理想的城市，讓他的小說人物生活在當中。有意思的是，那是一個可以看見天空的城市[95]，一個可以實現自由的城市。小說最後一段勾勒了這樣的畫面：「貨車駛到行車天橋下面，天空收窄成一條線，灰灰白白，顏色好似水泥，當中有一隻鳥喺度飛，似係搵緊出路」[96]。水泥色的天空依然狹窄，林守明面對的現實依然由

93　同上，頁141。

94　可洛：〈守城人〉，《幻城》，頁162。

95　同上，頁235。

96　同上，頁236。

超密度的城市空間組成，但他決心要幫助筆下的人物想像一個更美好的城市。事實上，如果林守明能夠想像出一個美好的城市，或許他也能在現實生活中找到出路，恍如那隻天空上的鳥。畢竟，香港的圍牆再高，與幻城不同的是，天空仍在。

「後九七香港青年作家」可洛、陳志華和韓麗珠筆下的「O 城」、「鯨魚之城」、「幻城」、「H 地」，無不展現出高樓和商場林立的城市景觀。屏風樓成為超密度城市空間的專屬符號，屢屢現身於小說內外，象徵了香港城市空間的過度發展和生活方式的單一。圍牆效應令城市人身心受損，囿限了人對生活方式的想像力。對城市人而言，唯有大型空調商場的空間才能讓他們忘憂，以消費來重覓選擇的自由，即使這種自由僅是在不同品牌或商品之間選擇的自由。離開商場以後，城市人還是只能回到那個位於屏風樓內的居所，重回資本安排的生活秩序之中。

在可洛、陳志華和韓麗珠筆下的人物，盡皆無力影響資本對城市空間的塑造，只能承受。然而，承受不等於放棄。〈木偶之家〉的羅拉、〈假窗〉的木和〈守城人〉的林守明提醒讀者，只要不放棄書寫和想像，作家依然可以通過旺盛的想像力和持續不斷的創作，為未來的香港／香港文學塑造出不一樣的真實／文字城市，從而打開日常生活／文學想像裏的嶄新空間。

第 五 章

情感何所依

不一會，陽光就會出現，
塵土在地盤上繼續奮力飛揚。
只是，這一刻，在這裏，空調是恆溫的。
外面的世界到不了這兒。

——張婉雯〈老貓〉

一、拆舊建新成爲城市空間的發展方向

　　香港自從於 1997 年回歸後，城市景貌變化雖然不至於改頭換面，但細看的話，變化着實不少。隨着香港人口持續增長，工業陸續在九十年代向生產成本更低的內地轉移，房地產發展和金融服務業取代工業生產成為香港的經濟增長動力來源。大衛・哈維指出，資本主義必然以增長為導向，當某一資本主義階段塑造的地理景觀成為資本進一步積累的障礙時，以增長為導向的資本主義必然會通過破壞和重新開發，重塑地景[1]。在重塑地景的過程中，資本除了確立垂直發展為城市空間的發展方向，造成超密度的城市空間以外，重新發展九龍半島和香港島等市中心地區以促進資本積累，乃是奉行資本主義的香港政府必然的舉措。此外，香港的市中心地區有不少樓房樓齡逾五十年，外部立面殘破，內部居住環境不理想，大型維修或重建刻不容緩。1998 年，位於市中心九龍城區的啟德機場（1925 年啟用）搬遷至大嶼山赤鱲角，市中心地區的建築物不再受制於高度限制，倘若此時進行拆舊建新，不單能夠在一定程度上改善該區居民的居

1　根據大維・哈維的解釋，「地方」（Place）是一種社會構造（social construct），是某一時空和地圖中擁有界限的實體，而這個實體具有「永恆性」（permanence），即使這種「永恆性」並非不滅的。見大衛・哈維著，胡大平譯：《正義、自然和差異地理學》（上海：上海人民出版社，2010 年），頁 337-340。

住環境，土地價值亦能夠得到大幅度重新估算。為了吸引資本進行重新開發，香港政府於 1988 年成立土地發展公司，以自負盈虧的運作方式推動市區重建，試圖改善舊區居民生活環境的同時，滿足城市對商場空間和住宅空間不斷增長的需求。2001 年，香港政府以亞洲國際都會為城市定位[2]，旨在以全球城市（Global City）持續吸引世界各地資本流入香港，鞏固香港作為國際金融中心的地位。2003 年港澳個人遊開通後，香港更成為中國內地遊客旅遊和購物的重要去處，為香港的零售業帶來巨量收入，進一步推升了商場空間的需求。從城市空間發展的角度來看，若然要保持亞洲國際都會的全球城市身份，讓資本得以持續積累，興建甲級辦公大樓、高尚住宅、大型商場，以及與之相配的高端文化藝術設施，理所當然成為城市空間進一步發展的方向。然而，九龍半島和香港島等市中心地區發展甚早，交通配套和生活設施完善，但可以用作進一步發展成為商業大廈和中產階級住宅的土地卻十分有限，拆舊建新看似在所難免。為了加快市區更新的步伐，政府在 2001 年成立市區重建局取代土地發展公司，公佈《市區重建策略》，先後推動了灣仔利東街、深水埗醫局街、荃灣市中心、觀塘市中心等多個市區重建項目，大大改變了香港市區的城市空間景貌。

　　對於「後九七香港青年作家」而言，市區重建絕非陌生

2　香港特別行政區政府新聞處香港品牌管理組：〈香港亞洲國際都會〉（https://www.brandhk.gov.hk/html/tc），2022 月 10 月 1 日瀏覽。

之事。然而，李維怡、可洛和張婉雯這三位作家，均以小說聚焦表達他們對於市區重建的觀感和思考。隨着熟悉的城市空間和社區漸次消失，演變成為守衛森嚴的中產階級住宅，或者裝潢華貴的大型商場，作家難免感到惆悵和失落。李維怡曾經親身支援重建區居民，可洛亦曾參與保育皇后碼頭的社會運動，對於市區重建帶來的影響有切身體會。閱讀這三位作家的小說，其中不乏反思資本不斷積累，不斷重塑香港地景而引致人與地方的情感斷裂，無地方性等現象的篇章，值得細析。本章特意選取李維怡、可洛，張婉雯三位「後九七香港青年作家」筆下跟市區重建有關的小說，探討作家如何看待市區重建帶來的影響。

二、資本重塑地景造成人與地方的情感斷裂

關注市區重建的小說中，不能不提的是李維怡依據親身經驗寫成的〈聲聲慢〉。〈聲聲慢〉以 2004 年灣仔利東街（又被稱為「喜帖街」）重建項目引發的社會運動為背景，描述受市區重建影響的中學生小碧一家，及其鄰居面對重建的反應和感受[3]。現實中，經過居民和社會各界人士連月爭取，

3　〈聲聲慢〉首次發表於《字花》，第 1 期（2006 年 5 月），頁 18-22。後來收入《行路難》中。

市區重建局最終保留了皇后大道東 186-190 號的唐樓（興建於第二次世界大戰前），卻沒有採納利東街居民提出的重建方案，包括當中非常重要的「樓換樓，舖換舖」原區安置提議，並在 2010 年封閉該街區。雖然是次社會運動看似沒有取得許多實質成果，卻對香港社會運動發展具有里程碑式的意義，因為自這次運動開始，愈來愈多香港市民就保留本地社區、地方特色及集體回憶表達訴求[4]。李維怡曾經親身協助灣仔利東街居民爭取保留街道部分舊樓，並主編記錄是次社會運動的紀實文集《黃幡翻飛處 —— 看我們的利東街》。李維怡對於這個市區重建項目帶來的諸種影響深有體會，後把感受發展成短篇小說〈聲聲慢〉。李維怡的小說創作多以現實主義為基本形式，時常通過小說展現香港基層市民的生活和想法，例如描寫經常獨自前往自修室的長者的〈紅花婆婆〉；描繪新來港單親母親生活的〈平常的一天〉等。郭詩詠認為李維怡是香港少數具有明顯左翼立場，一直嘗試以寫作介入現實的香港作家[5]。關於現實主義味道濃厚的〈聲聲慢〉，董啟章認為小說的核心在於描繪受影響居民之間的不同立場，而作家寄託於堅守家園的街坊的立場則十分清

4　郭恩慈：《東亞城市空間生產：探索東京、上海、香港的城市文化》，頁172-173。

5　關於李維怡的現實主義創作特色，見郭詩詠：〈寫作，以克服：讀李維怡〈笑喪〉〉，《字花》，第 20 期（2009 年 7-8 月），頁 93-98；郭詩詠：〈能動的現實：李維怡小說的鬼魅書寫〉，《中國現代文學》，第 38 期（2020年 12 月），頁 45-72。

晰[6]。陳智德則認為，小說的意義在於點出公共政策不關心人
的情感，亦無從處理公共空間中的個體問題[7]。董啟章和陳智
德的評論對於理解這篇小說極具幫助，但本章試圖進一步指
出，李維怡之所以敘寫居所面臨清拆的小碧一家及其街坊的
故事，不止是對留守直至最後的居民寄予同情，或者打算
以小說來呈現個人情感和記憶在公共政策面前無從安放的窘
境；還試圖以富有情味的筆觸，呈現市區重建造成的經濟利
益／成本分配不公，以及拆遷怎樣破壞居民與地方的情感連
結，進而危及他們的心理健康。

〈聲聲慢〉通過小碧的視角展開，開首即講述她就讀的
學校，新翼校舍因為地權不清的問題而被迫暫停使用，繼而
引起正在上經濟課的同學議論紛紛。有同學認為全校師生都
要擠在舊翼校舍上課，空間實在不足；亦有同學指出，經濟
學課本上說只要有足夠賠償，學校亦能賣掉新翼校舍。小碧
在議論聲中想起曾經學過「externalities」（外部效應）的經
濟學概念[8]，靈機一觸，便問老師在這件事上，學生是否承

6　董啟章：〈寫也難，不寫也難〉，收入李維怡：《行路難》，頁 13。

7　陳智德：〈兩種自由與白色灰燼〉，收入李維怡：《行路難》，頁 25。

8　「externalities」（外部效應／外部性）即是指「經濟體系中的某一個體 B，
　　採取某特定行為時，對 A 之效用函數（當 A 是消費者時）或生產函數（當
　　A 是生產者時）中的實質變數產生影響，且 B 並不以為意其對 A 的福利
　　水準產生影響時，此時『外部性』即產生了。通常這種福利的變化，並
　　未透過市場價格的變動而反映，因此 B 之某特定經濟行為所造成的社會
　　成本中，就有部分成本不必自己負擔，或有部分利益不能歸自己享受，
　　這個部分我們稱之為外部性。」國家教育研究院：〈雙語詞彙、學術名詞
　　暨辭書資訊網〉（http://terms.naer.edu.tw/detail/1316618），2022 月 10 月 1
　　日瀏覽。

擔了「外部效應」,結果引起全班哄笑。小碧之所以對「外部效應」如斯敏感,皆因她居住的樓房正正位處市區重建區,她跟家人正面對應否接受賠償遷離居所的現實問題。

從這場發生在經濟課上的討論可見,李維怡充分意識到城市空間運用背後涉及的經濟邏輯,以及在市區重建中出現的經濟利益/成本分配不公問題。市區重建帶來的地景重塑,固然能夠為政府和地產發展商帶來經濟效益,促進資本積累;但受重建影響的居民如果無法得到足夠的經濟賠償於原區另覓居住條件相近的居所,則很有可能需要遷往他區,難以保留原來的生活方式,最終承擔市區重建帶來的「外部效應」。小說描寫重建區處處貼着那個「以人為本」標誌(「以人為本」乃市區重建局標誌的設計意念及其信念)的「此乃市建局物業」,十室卻早已九空,剩下的居民亦開始為迫遷做準備[9]。慮及搬遷之後無法維持大小相若的居住空間,林財記只好把視為命根般的金魚帶去香港公園放生[10],曾婆婆則偷挖公園花槽,把自己家中的萬年青、迎春花種植在它們的同類旁邊[11]。這些金魚和植物,對已屆暮年的老人來說,不僅是一種興趣愛好,還是他們相依相伴的生活伴侶;如今卻因為搬遷而不得不捨棄,老人難免感到傷痛和不捨。對於這些市區重建帶來的「外部效應」,林財記和曾婆婆都

9　李維怡:《行路難》,頁 238。

10　同上,頁 239。

11　同上,頁 246。

只能默默承受。李維怡刻意描繪這些片段，旨在點出市區重建帶來的經濟利益／成本分配不公 ── 市區重建為居民帶來的「外部效應」非常遺憾地沒有得到宣稱「以人為本」的市區重建局足夠重視。

　　此外，〈聲聲慢〉還聚焦於迫遷為居民帶來的心理健康危機。在研究人與地方的關係之學科中，地方心理學（the psychology of place）關注人與地方的情感連結，以及人被迫從原居地遷徙至他處時，心理健康遭受的影響。人與地方的情感連結可謂人類的基本需要，而地方心理學則假定個體渴望從地方（place）獲得歸屬感，這種歸屬感通過三種心理過程產生，分別是「熟悉」（familiarity）、「依戀」（attachment）和「認同」（identity）。人如果被迫遷居他處，人與地方的情感連結便會被破壞，產生三種與前述相反的心理過程，分別是「定向消失」（disorientation）、「懷舊」（nostalgia）和「疏離」（alienation）[12]。人唯有對某一地方產生歸屬感，才會視這片地方為「家」，而不僅僅是居住和活動的空間。

　　李維怡留意到不同居民面對市區重建時，心態和選擇都不盡相同。有不少居民像陳太和斤叔，願意接受市區重建局提出的賠償遷出，趁此機會改善自己的居住環境 ── 畢竟利東街的唐樓建成於五十至六十年代，外部立面殘破，內部亦沒有升降機連通各層，為居民的生活帶來不便。留守者

12　Mindy Thompson Fullilove, "Psychiatric Implications of Displacement: Contributions from the Psychology of Place," *American Journal of Psychiatry*, vol 153, issue 12, (December 1996), pp. 1518-1521.

雖然佔比不多，像林財記、曾婆婆和小碧，但他們對於居住多年的樓房，以及周遭的環境有深厚的情感連結。他們在社工阿芹的協助下，一直渴望通過與市區重建局談判獲得更好的安置方案，要言之即是希望原區安置。可是，政府最終頒發「收回土地令」，留守居民再無談判空間。堅持不肯遷出的小碧與決定妥協賣樓的父親，為了應否賣掉從祖父開始居住至今的樓房大起爭執。敘述者形容小碧以前所未有的強悍語氣指責父親：「就是你們那麼辛苦賺錢才買得到這層樓，幹什麼給人家喝兩喝就要執包袱走呀？」[13] 當父親辯稱賣樓是為了保護「這頭家」時，小碧反駁道：「我做那麼多事也是為了保護這頭家！他們會把這兒拆光呀，我們走了，樓下曾婆婆怎麼辦呀！」[14] 小碧認為樓房不單是居所，還是他們的「家」，是她「熟悉」和「依戀」的地方，象徵了她出生至今的生活方式，不容拆光。正因如此，小碧才一直主動協助社工阿芹組織居民，與市區重建局持續談判。在人與地方的情感連結中，「熟悉」指人對環境具有一種親密的認知，是經年累月與環境互動所積累的結果；熟悉的環境讓人感到一切皆是如此理所當然，是舒適和自在感的來源[15]。小碧自出生起便住在這兒，無疑非常「熟悉」周遭的環境，甚至產

13　「喝兩喝」是粵語，即「斥喝兩次」的意思。「執包袱」是粵語，即「捲鋪蓋」的意思。

14　「這頭家」是粵語，即「這個家庭」的意思。

15　Mindy Thompson Fullilove, "Psychiatric Implications of Displacement: Contributions from the Psychology of Place," p. 1518.

生「依戀」之情。「依戀」能夠在人的一系列情感和行為中見出，而人對地方的「依戀」，驅使人致力拉近自己與地方的物理距離，藉此維持與它的連繫，覓得安全和滿足感[16]。即使不少鄰居早已遷走，小碧依然不願離開這個她「依戀」的地方。

　　父女二人的爭執最終以父親把筷子拍到桌上，嚴厲斥喝告終：「你有什麼資格講保護！老豆不用你教我怎樣做人！」[17] 父親認為小碧沒有付錢購買和維修樓房，無權在是否賣樓一事上置喙。敘述者這樣描述小碧的反應：「小碧望着老爸，忽然腦袋一片空白，她由出世就住在這間屋，但忽然她感到，怎的這不是她的家。」[18] 小碧對出生至今一直居住的樓房懷有強烈「認同」，把它視為自己的「家」。參考地方認同（place identity）的概念，地方往往被整合至自我意識（sense of self），是認同建構過程中的核心元素[19]。盛怒之下的父親不單否定小碧為保護樓房所作的努力，還否定了她對樓房的所有權，認為她連保護樓房不被賣掉／清拆的資格也沒有。這種對小碧的「認同」的否定，深深傷害了她的自我歸屬感。

　　小碧傷心地離家出走，獨自避往樓下自小看顧她長大的

16　Mindy Thompson Fullilove, "Psychiatric Implications of Displacement: Contributions from the Psychology of Place," p. 1519.

17　「老豆」是粵語，即「老爸」的意思。

18　李維怡：《行路難》，頁 244。

19　Mindy Thompson Fullilove, "Psychiatric Implications of Displacement: Contributions from the Psychology of Place," p. 1520.

曾婆婆家留宿。小碧的父母「日夜合做四份工」[20]，把小碧和哥哥從小託管在鄰居曾婆婆那兒，由她來照顧。對小碧而言，曾婆婆除了是童年的照顧者，關係更猶如親人那樣親近。小碧的母親得知女兒去了曾婆婆家，便把一膠袋替換的衣物於窗外通過一條尼龍繩垂下，讓曾婆婆用雨傘把膠袋勾進來，交給小碧。這個方法是小碧小時候自豪的小發明，供她家（六樓）和曾婆婆（四樓）互相交通物件之用。當曾婆婆看到膠袋時，敘述者如此形容她的心情：「曾娣看着那個大膠袋，心裏載着許多年月，直覺得不知該往哪裏放。」[21]李維怡敘寫這個片段絕非偶然，而是希望以寫實的筆觸，具體地描繪「家」之所以為「家」必須具備的元素。加斯東·巴舍拉在討論家屋的空間特質時指出，認為這個擁有私密感的內在空間，是整合人類思維、記憶與夢想的最偉大力量之一，也是回憶的住處，是人日復一日落腳的「人世一隅」，構成人的第一個宇宙，為人抵禦天上和人生的各種風暴，失去了家屋的人就如同失根浮萍那樣。至於人誕生的家屋，更會在人身上留下深刻的印記，銘刻各種居住的作用和層次[22]。小碧和曾婆婆的樓房，對小碧而言不僅是居住和活動的空間，更是她誕生的家屋，銘刻了她成長過程裏的各種回憶。小說除了描述小碧那件自豪的小發明，還敘寫她在看着曾婆

20　李維怡：《行路難》，頁 245。

21　同上，頁 245。

22　加斯東·巴舍拉著，龔卓軍譯：《空間詩學》，頁 65-77。

婆家跟她家一模一樣的窗戶時，勾起了許多兒時被託管在此的記憶，慢慢在朦朧之中睡去 [23]。樓房若然清拆，不獨小碧那小發明再無用武之處，小碧和曾婆婆亦難以再做鄰居。對小碧而言，曾婆婆的居所乃是她的「家」的延伸，有深厚的情感連結。

　　當然，李維怡並沒有認為對全體居民而言，樓房和居民原有的生活方式毫無疑問地值得保留。從小說內置的留守者 vs 遷出者；老幼 vs 成年人的二元對立關係中，李維怡不忘告訴讀者為什麼有些人願意接受賠償，想要搬遷到居住環境更好的樓房（例如小碧的哥哥、高婆婆的兒子等）；對這些身強力健的成年人來說，市區重建未嘗不是改善個人生活的契機。然而，李維怡選擇了仔細敘寫小碧、曾婆婆和林財記等重視街坊情誼，渴望保存原有社區網絡的老幼留守者，寫出迫遷如何扯斷他們與地方的情感連結，展現了她對於社會弱勢人士的關懷。畢竟，身強力健的成年人可以在他區重建自己的「家」，但年邁的長者卻難以適應新的居所和社區；就像小說提到的高婆婆，三天兩天便回來舊居附近巡街，與老街坊聚在一起。高婆婆的兒子早就賣樓與她一起搬走，但高婆婆卻害怕在新居乘搭充滿陌生人的升降機，難以習慣新社區充滿陌生人的生活。留守的老街坊見了高婆婆，倒不嫌她煩，樂意輪流招呼她 [24]。擁有升降機的新居改善了高婆婆

23　李維怡：《行路難》，頁 243-244。

24　同上，頁 240。

的出入問題，卻讓她陷入「定向消失」的心理過程：混亂和發呆都是人在不情願地失去「熟悉」的地方時所產生的心理感覺。讀者不難想像，當清拆行動正式展開，街坊四散，高婆婆「定向消失」的情況只會更見嚴重。回顧市區重建局重建利東街的計劃，利東街的居民因為過往數十年來的守望相助，鄰里之間的經濟活動和生活關係非常密切；而重建計劃不包括原區安置，瓦解了他們多年來建立的社區網絡，正正是居民面對重建最大的憂慮之一[25]。通過〈聲聲慢〉，李維怡希望讀者能夠理解留守者不願遷出的理由——對於舊區居民而言，樓房不止是居住和生活的物理空間，不止是價格可升可跌的資產，還是他們充滿歸屬感的「家」，織入了他們對地方的情感連結，以及多年來通過緊密的人際關係而建立的社區網絡。

　　市區重建引發的人與地方情感斷裂，以及失去相應的社區網絡，與可洛的小說〈守城人〉產生共鳴。〈守城人〉同樣關注市區重建造成的問題，這次的焦點則落在觀塘裕民坊，以及虛構城市「幻城」中的二十層區「心水寶」。為什麼小說以觀塘重建區裕民坊為背景？可洛自言裕民坊對他來說是一個充滿感情和回憶的地方，小時候他不僅常常在那一帶遊玩，就連第一次光顧的麥當勞也在那兒。得悉裕民坊即將清拆和重建，他多次重遊舊地，可見他對裕民坊及周邊地

25　周綺薇、杜立基、李維怡編：《黃幡翻飛處：看我們的利東街》（香港：影行者有限公司，2007 年），頁 15-16。

區的「熟悉」和「依戀」。當他創作《幻城》時，便把自己
對裕民坊的印象寫入小說，構成〈守城人〉的創作背景[26]。
裕民坊位於觀塘中心地帶，鄰近鐵路站，自五十年代已經開
始發展。與利東街的情況相近，該地區屬於《市區重建策
略》劃定的重建目標區。市區重建局由 2007 年開始對裕民
坊及其周邊的物業進行收購和重建，預算在 2030 年完成。
小說描寫長年居住在裕民坊的林守明，沿地鐵站回家時，沿
路看見政府掛出的宣傳標語：「家是香港」，但裕民坊一帶
林守明熟悉的店舖盡皆結業，掛上「此乃市區重建局物業」
的標牌，讓林守明覺得這片人去樓空的地方，再沒有「家」
的感覺[27]。裕民坊一帶的居民和商戶大多接受賠償遷出，但
租書店店主陳老闆因為正在跟市區重建局進行法律訴訟，拖
延了清拆行動，讓林守明和妻子得以繼續住在裕民坊。陳老
闆之所以興訟，並非為了求財，而是希望能在原區繼續經營
租書店，讓附近的街坊能夠繼續有一處租書的地方，可見陳
老闆非常珍視多年建立的社區網絡，甚至不惜花費時間和金
錢投入勝算甚微的法律訴訟之中。林守明選擇留守，則是不
想離開父母留給自己的樓房，以及從小長大的社區[28]。對林
守明而言，這兒是他「熟悉」和「依戀」的地方，但迫遷
已經近在眼前，賠償不足以讓他購買同區的樓房，情況一

26　鄒文律：〈從書寫到生活，從自然到城市 —— 專訪可洛〉，《大頭菜文藝
　　月刊》，第 57 期（2020 年 5 月），頁 13。

27　可洛：《幻城》，頁 109。

28　同上，頁 111-112。

如〈聲聲慢〉的留守者。對於這種被驅離「家」的情感，段義孚有相當精彩的描述：「當某人將他的部分情感傾注於家庭或社區後，又被強行趕出去之時，就像被強行脫掉了外套一樣，剝奪了他身上能夠跟外界無序世界隔離開來的保護層。」[29] 身為作家的林守明沒有穩定工作，必須從事編輯校對等兼職維持生計，裕民坊的樓房對林守明而言，可謂把他和奉資本主義為圭臬，競爭激烈的外在世界隔開的保護層。然而，面對保護層日漸剝落瓦解，林守明雖不願意無奈接受，但也無能為力。他能夠做的，便是把自己對市區重建的感受，轉化為筆下的小說。後來，身為作者的他在機緣巧合之下闖入自己筆下的小說世界，於名為「幻城」的城市與其他小說人物經歷了一場反對「心水寶」改建的社會運動。

　幻城是世上生產力最高，最富庶的城市；同時，她的貧富懸殊亦名列世界第一。異於其他從地理上水平擴張的城市，幻城是一座垂直發展的摩天城市，高達一百五十層，每一層的容積都十分巨大，能夠容納高樓大廈和各種生活設施，樓層與樓層則以巨型升降機連接。富裕階層在幻城普遍住在高樓層，貧窮階層則住在低樓層。近年，幻城時常遭受不明來歷的鳥人（一種黑色，無臉，背上有翅膀的人形生物）侵襲，政府採取過不同措施來防治鳥人（例如興建防鳥牆），唯成效不彰。鳥人嗜吃建築材料，對位處較低樓層的

29　Tuan Yi-Fu, *Topophilia: A Study of Environmental Perception, Attitudes and Values* (Columbia: Columbia University Press, 1990), p.99.

舊區建築破壞尤其嚴重。為了防治鳥人和取得繼續向天空擴展的建設基礎，政府決定通過重建局把五十層區以下的全部層區改建成基柱，藉以鞏固幻城的結構，同時加快上層層區的興建速度，並把居民遷往上層層區。

幻城無疑在許多方面讓人想起香港。例如城市富裕但貧富懸殊問題嚴重、擁有諸如「心水寶」、「三少田」等指涉現實香港「深水埗」、「沙田」的地方[30]。鳥人雖然源自作家想像，但深究其設定（嗜吃建築材料、逼使「幻城」政府加速向高空發展），不妨視之為資本主義的化身。資本主義必然追逐成長，幻城為了維持經濟發展和資本積累（具體表現為不斷向高空擴展），必須把妨礙資本進一步積累的地景（低層層區）破壞（通過鳥人），藉此重新開發成為能夠促進資本積累的地方（支撐高層層區的基柱）。小說描述鳥人往往都會先把舊區破壞，而鳥人破壞舊區建築，乃是促進資本持續積累必經的地景重塑過程（破壞性建設）。可洛選擇以猙獰和充滿攻擊性的鳥人來象徵資本重塑地景當中的破壞性力量，自是為了表現他不滿資本主義為求追逐經濟成長而摧毀舊區居民的「家」。由是觀之，這場抵抗鳥人，反對改建「心水寶」的社會運動，便可以視為居民為了保護「家」免於資本無窮積累侵擾的抵抗行為。

圍繞「心水寶」改建成基柱引發的諸種事件。構成了

30　「心水寶」的粵語讀音與「深水埗」一致；「三少田」的「三少」在字型上與「沙」相近。

〈守城人〉情節的主軸，至此不難看出可洛打算以小說來回應香港市區重建問題的用心。「心水寶」已經是二十層區唯一還有人住的地方，最近更在該區發現了一口歷史悠久的古井，引起了考古學者和保育人士的關注。林守明在「心水寶」，遇上了自小在該區長大的李海心，得悉她之所以反對把「心水寶」改建成基柱，主要是因為她不希望看見「熟悉」的「心水寶」有重大改變，而且這兒的土地和居所構成她無價的「家」[31]。「心水寶」老舊，但它的舊建築（無升降機的唐樓）和事物（鐵皮垃圾桶），皆盛載了幻城的記憶與過去，而這一切則賦予李海心一份熟悉的親切感[32]。由此可見〈守城人〉中的李海心與林守明，同樣不能接受市區重建把他們驅離自己「依戀」的「家」，與〈聲聲慢〉的小碧並無二致。

三、市區重建帶來的無地方性

〈聲聲慢〉和〈守城人〉皆注重呈現市區重建中被迫遷者的內心感受，試圖讓讀者了解人與地方之間的情感連結。與〈聲聲慢〉不同的是，〈守城人〉還通過描繪發生在「心水寶」的反對改建事件，提出在這個以資本主導地景重塑

31　可洛：《幻城》，頁 166。

32　同上，頁 178。

的城市，市區重建帶來的「無地方性」（placelessness），以
及反思城市空間運用的其他可能。「無地方性」與「地方」
（place）相對，愛德華·瑞爾夫（Edward Relph）指出，「地
方」匯聚了人類和自然的秩序，是人生在世的經驗和意向聚
焦之處，個人和社區認同的重要來源，對人而言充滿了意義
和深厚的情感連結。然而，當某個環境與其他環境變得相似
和單一（可能因為現代化的標準規劃或商業化發展），缺乏
獨特而具有代表性的地方讓人的情感依附其上，讓人對該地
方產生認同感，便會形構成某個環境的無地方性[33]。香港的
市區重建把充滿個性和地方色彩的舊區拆毀，把這些位處城
市核心的地區重建成為樓房價格高昂的中產階層住宅，以及
租金高昂的商場。重建後的地區，富有歷史感的建築往往被
新建的中產階層住宅或商場取代；原來的舊區老店或小店則
因為無法承擔高昂的租金，或者原來服務的顧客（原來的舊
區居民早已遷走）流失而無法繼續留在重建後的地區經營，
要麼搬遷，要麼結業。前文提及的利東街，在 2015 年完成
重建後，舊日以售賣印刷品和喜帖為主的地區特色已然淡
化，成為擁有豪華私人住宅、露天茶座、高級餐廳及國際特
色潮流品牌商店的商業住宅區。事實上，經歷資本擴張和地
景重塑後的利東街，當中經營的餐廳，商店與售賣的貨品，
跟香港其他大型商場之間已無顯著分別，讓人難以對該地方
產生認同感，無地方性由此而生。

33　　Edward Relph, *Place and Placelessness* (London: Pion Limited, 1976), p.143.

　　香港市區重建造成的無地方性，在〈守城人〉裏以面目單一的水泥基柱所象徵。拆毀地區色彩豐富的舊層區，改建成面目單一的水泥基柱，以支持「幻城」持續向高空擴展，乃「幻城」發展的唯一方向。小說描述政府為了把五十層區及以下的層區改建成基柱，打算強行把二十層區唯一還有人住的「心水寶」居民遷往其他層區。清空二十層區後，政府能夠把基柱內部出售或出租給各種機構，興建水電設施、電訊設施和貨倉[34]，促進資本積累。由於「心水寶」最近發現了一口歷史悠久的古井，引起了考古學者和保育人士的關注。於是，留守者、考古學者、保育人士和關注層區改建的社會人士，試圖阻止政府改建「心水寶」。從小說可見，居民除了因為賠償不足，對「心水寶」懷有情感連結，即使面對鳥人威脅也不願遷往他區之外，以李海心為代表的反對者還認為如果失去「心水寶」和當中老舊的事物（例如古井和舊建築），「幻城」便會失去重要的過去和歷史，文化亦會失去養分，最終造成「幻城」的獨特身份逐漸消失[35]。擁有類近想法的人還包括在「心水寶」開設租書店的阿木。阿木的興趣是修理舊物，讓它們能夠繼續運用。這種惜物之情讓他認為「心水寶」尚未壞透，是「幻城」中可以修理的一個零件。此外，「心水寶」更是「幻城」的記憶體，一旦拆了，「幻

34　可洛：《幻城》，頁 199-200。

35　同上，頁 166。

城」便會淪為一座徒具空殼的失憶之城[36]。從李海心和阿木的
想法可見，可洛並不認同資本主導的城市地景重塑。當「幻
城」為了追逐經濟成長而把五十層區以下的樓層全數改建成
一模一樣的基柱，城市內部不同地方之間的差異性便會消
失，地方的文化、歷史和記憶再無寄身之處，產生令情感難
以依附其上的無地方性。試問誰可能對毫無特色和生氣的基
柱產生「認同」？

　　後來，林守明在嘗試尋路返回現實世界的過程中，偶然
發現古井原來通往「幻城」的地下深處，直抵「幻城」根
基——那是一條巨大的鯨魚，承托着整座「幻城」。站在鯨
魚的背上，林守明遇上自稱為小說作者的神秘人，領悟到如
果想要拯救「幻城」，出路不在天上而是地下[37]。小說雖無明
確指出「天上」和「地下」的具體指向，但本書認為，「天上」
的出路便是指「幻城」持續發展資本主義，在「鳥人」的追
逼下不斷向天空擴展，同時把低層的舊區統統拆毀，好改建
成基柱。這是為了經濟成長而容許資本肆意重塑地景，讓無
地方性在「幻城」滋長的城市發展方向；至於「地下」的出
路既然必須通過古井才能找到，便意味着「幻城」需要保留
古井和「心水寶」，放棄資本主導的城市發展模式，尊重「幻
城」既有的歷史和文化，保育那些老舊的低層層區。誠如阿
木所言，盛載「幻城」記憶的「心水寶」是可以修復的，不

36　同上，頁 207。

37　同上，頁 227。

必把它徹底拆毀。敘述者意欲告訴讀者的是，「幻城」的未來並非單一的，城市發展的方向也絕非只有一種：市區重建不一定需要夷平舊區；也可以在尊重地區文化和歷史的前提下，通過修復舊建築，一方面保育該區文化和歷史，另一方面發展經濟。唯有新區與舊區並存，「幻城」最終才不會成為無根之城，城市才能成為全體居民的「家」。至此，讀者不難理解可洛的用心——通過小說想像「幻城」的出路來展現作家對現實香港城市發展的期盼——保育舊區文化，拋棄以逐利為本，造成無地方性的市區重建方式。

　　李維怡同樣關心舊區文化的存續。李維怡在訪問中曾表示她前往支持利東街的居民後，她才意識到自己原來也是一位「舊區居民」，無法想像自己居住在亮麗的中產階級住宅。她選擇長期居住的深水埗，便是香港其中一個著名的舊區[38]。李維怡把自身對「舊區」的感情和觀察融入小說，於是讀者在〈聲聲慢〉描述的舊區裏，不難發現在那有限的邊界內洋溢着一種彌足珍貴，具備「永恆性」（permanence）的舊區文化。這種文化包含了和諧的人際關係和豐富的社區網絡，是一種人與人之間無分階級地互相關懷，互相照料，而非惡性競爭和互相掠奪的文化。區內的舊式住宅和建築物，則成為承托這種舊區文化的物理空間。在作家眼中，那是一片世外桃源般的地方，足以抗衡外部因為資本主義急速

38　鄒文律：〈輕重與虛實之外有野草叢生——文字耕作者李維怡專訪〉，《大頭菜文藝月刊》，第 61 期（2020 年 11 月），頁 13。

發展而變得不確定、充滿衝突、人際關係急遽轉變（變得冷漠和重視效率）的世界。在這個邊界有限的地方（即將被重建的舊區，由一條或數條街道的舊建築組成）裏，像小碧、林財記、曾婆婆、高婆婆等老幼，皆能過着老有所依，幼有所養的生活。李維怡坦言，她喜歡香港舊區的生活和文化，除了因為她長年生活在九龍的舊區深水埗，還因為她非常欣賞舊區生活在運用空間上的自由和彈性，以及舊區居民因為長期互動，彼此熟悉和信任而建立的社區網絡。她認為這些可貴的舊區文化難以在新近發展，經過規劃的城市空間中出現[39]。這種對舊區文化的鍾愛，充分反映在〈聲聲慢〉對留守者的同情和認同，以及對於重建區居民所建立的社區網絡的珍視。

　　〈聲聲慢〉對舊區文化的珍而重之，敘述上又偏重描繪留守者之間的美好人情，恰恰符合了郭恩慈對利東街重建事件的敏銳評論。郭恩慈曾經分析李維怡主編的《黃幡翻飛處 —— 看我們的利東街》，留意到在反對利東街拆除行動中，文化界（包括李維怡在內的作家）通過文字和視覺影像把利東街建構成香港人的歷史文化完美形象。文化界強調舊區居民長時間無分階級地合力營造了一種互相關懷和照料的生活方式，編織出一個互相支持的社區網絡，而這個社區網絡則依託於五十至六十年代的舊住宅建築群中。這片有特定

範圍的利東街舊區空間深深吸引着反對拆除利東街的文化界
人士，成為了他們在強調競爭，高度資本主義化的香港社會
裏，竭力保育的對象[40]。

　　事實上，在關注市區重建的「後九七香港青年作家」小
說中，不止〈聲聲慢〉和〈守城人〉呈現出對舊區文化的認
同和依戀，以及市區重建必然摧毀在香港日益減少的舊區文
化，造成香港各區無地方性之嘆喟。與李維怡和可洛年齡相
若的香港作家張婉雯，同樣通過小說細緻描繪了市區重建瓦
解舊區居民生活方式與社區網絡的情況。張婉雯的寫作風格
以現實主義為基調，聚焦於香港不同階層，兼及中產和基層
市民的生活[41]。在張婉雯的小說中，〈老貓〉是一篇直面市區
重建帶來無地方性的小說[42]。小說以一隻養在舊區廉價茶餐
廳的舖頭貓的視角，刻劃了茶餐廳面對市區重建，行將結業
前的光景。小說雖然沒有明確指出茶餐廳的地點，但香港不
少舊區茶餐廳皆會養貓防範鼠患，人貓共處餐廳的景觀，乃
舊區常見風景。小說的時間跨度極短，描述了某個下雨天下
午二時半發生在茶餐廳裏極其普通的日常。小說篇幅短小，
情節平淡，卻有力地描繪舊區廉價茶餐廳充滿生活真實感的

40　郭恩慈：《東亞城市空間生產：探索東京、上海、香港的城市文化》，頁196-198。

41　有關張婉雯小說的研究並不多見，現存主要為短篇評論。例如黎海華認為張婉雯小說關注社會的弱勢社群。見黎海華：〈抒情的清音 —— 閱讀張婉雯〉，《城市文藝》，第 67 期（2013 年 10 月），頁 72-74。

42　據張婉雯表示，〈老貓〉完成於 2016 年。後來收入《微塵記》中。

畫面 —— 那裏有懂得攏絡客人的侍應明仔；有曾經坐牢，卻在此處覓得生計的侍應老周；有心煩意亂不想燒飯而帶孩子來光顧的熟客莫太太；以及不停為茶餐廳拍照，特意來懷舊的年輕人；還有一頭在茶餐廳裏住了十多年，老練世故的舖頭貓。跟隨老貓的視角，讀者得知這家茶餐廳不僅是工作的場所，解決三餐溫飽的地方，還是社區裏一處溫暖的安身之所 —— 對於年輕人來說，茶餐廳的侍應懂得為他在例湯多加幾件節瓜，是一份在連鎖食店不會遇上的溫情[43]，是他特意來緬懷的舊區文化。對於長年為孩子多思多慮的莫太太來說，「只有這家廉價的老區茶餐廳，一年四季是一樣的溫度，一樣的燈光，像旅人冀盼的驛站，雖然永遠成不了目的地」[44]。這個彷彿自外於世界和時間的地方，是一個能夠讓她從紛擾的日常生活中暫時抽身的空間。對於寡守茶餐廳的老闆娘來說，這裏有老闆在餐廳開張時親自掛上的七彩錦鯉印刷畫，而她堅持每天踩在高櫈上，在開店前把畫框和玻璃擦拭乾淨[45]；這種儀式構成了老闆娘日常生活不可或缺的一環，時刻提醒她此處是自己和丈夫一手建立的事業。張婉雯筆下，這家舊區茶餐廳同樣成為具有「永恆性」的空間，保留了獨有的生活節奏，以及充滿人情味的舊區文化。

　　令人扼腕的是，茶餐廳終必踏上附近文具店那樣的結業

43　張婉雯：《微塵記》（香港：匯智出版有限公司，2017 年），頁 93。

44　同上，頁 93。

45　同上，頁 95-96。

之路，不必作者在小說交代，讀者亦心領神會。這種客源倚賴熟客，營運倚賴社區網絡的舊區茶餐廳一旦結業，便難以在其他地區重新開業經營。〈老貓〉裏的所有人物（包括老貓在內），或許除了那位來懷舊的年輕人，他們原有的生活方式和社區網絡都會隨着茶餐廳結業而煙消雲散。〈老貓〉小說尾聲，張婉雯道出了她為行將淹沒於市區更新浪潮的舊式茶餐廳，立此存照的原由：「這個城市滿是新穎、閃耀、高昂的意志與競爭精神」，相較之下，茶餐廳「毫不起眼」，「只是，這一刻，在這裏，空調是恆溫的。外面的世界到不了這兒」[46]。恆定的溫度，暗示了時間的停頓，茶餐廳在那一刻成為溫暖的庇護所，與茶餐廳以外的空間構成了鮮明的對比。無論是食客，員工、老闆，甚至是貓，都能夠在這裏找到生命記憶棲身的地方。可惜的是，茶餐廳鐵定將會跟鄰近的老店一起被清拆，原址將會經歷「無地方化」，重建成能夠促進資本積累，象徵此城資本主義高昂的意志，新穎而閃耀的大型商場或豪華住宅，而這些商場與住宅與此城的其他中產社區並無二樣，舊區文化無從棲身。

　　對於舊區文化的依戀再次出現在〈潤叔的新年〉[47]，故事講述新年前夕，忤工潤叔跟他那些在殯儀館工作的同伴之間發生的日常瑣事。小說提到潤叔的同事樂伯乘巴士時，偶然

46　同上，頁 97。

47　〈潤叔的新年〉獲聯合文學新人中篇小說首獎（2011）。後來收入《那些貓們》（香港：匯智出版有限公司，2019 年）。

留意到原來是一家老字號酒家「蓮香酒家」的店外鐵閘，貼上了「市區重建計劃」的告示；樂伯記得他以前來過這兒喝茶，吃過酒家著名的蓮蓉包[48]。值得留意的是，當敍述者對「蓮香酒家」因為市區重建而結業的描述結束後，馬上接上一句「這個城市永遠有馬路在修補。交通燈不住在交替轉換顏色」[49]。這當然是對街景的描述，但在貌似不動聲息的描述中，確實透現了張婉雯對此城的觀感 —— 在看似重複的城市生活中，舊區及其文化被市區重建的浪潮不斷拍擊，掩沒直至無痕；忤工樂伯因為工作之故目擊許多不同人的死亡，同時也目擊此城舊區的消亡。

值得留意的是，在張婉雯的小說中，市區重建不僅改變居民的生活，還影響生活在城市裏的動物。張婉雯認為，動物是城市的重要風景，故此她在處理城市景貌變遷的小說中亦時有顧及動物的生存狀態[50]，例如在〈老貓〉中，茶餐廳附近的文具店因為市區重建而率先結業，當中的舖頭貓被棄養，只能流落街頭，成為流浪貓。茶餐廳的老貓看見流浪貓，難免想及自己在茶餐廳結業後會否與牠一樣流落街頭[51]。事實上，長期關注動物權益的張婉雯在小說裏不時探討動物在城市生活的處境，例如在〈打死一頭野豬〉中便提

---

48   張婉雯：《那些貓們》，頁 20。

49   同上，頁 20。

50   鄒文律：〈在變遷中找尋城市生活的空間意義 —— 專訪張婉雯〉，《大頭菜文藝月刊》，第 59 期（2020 年 9 月），頁 14。

51   張婉雯：《微塵記》，頁 96。

及一隻不小心誤闖城市空間的野豬被視為入侵者，最終被警
察舉槍擊斃[52]。小說裏的「我」雖然最初被野豬嚇怕，後來
卻從野豬眼中看見了自己擁有的哀傷和驚懼。人與動物之間
其實不是彼此無涉的生靈，而是能夠達成生命的連結。在
〈老貓〉中，讀者不難看出，當資本重塑城市空間，生活在
重建區的人和動物便彷彿出現在錯誤處所的異物，必須被清
除。在資本推動的市區重建巨輪下，人和動物只能承受相同
的結果 —— 要麼及早遷往他區另覓生計，要麼留守到最後
關頭被迫離開。市區重建帶來的衝擊，對於社會上處於邊緣
位置的人和動物而言，皆難以承受。

四、情感何所依

　　香港不少早年發展的地區位處城市的核心地段（例如位
於香港島的灣仔和九龍東的觀塘），由於生活配套完善，交
通方便，吸引了大量平民長居於此，但他們居住的樓房樓齡
往往超過四五十年，殘舊而缺乏維修。加上香港天氣潮濕多
雨，這些樓房若然沒有適當的修復，或者清拆重建，假以時
日定然成為城市安全的嚴重隱患。與此同時，政府為了滿足
經濟持續發展，決定在九十年代開始重新發展香港的核心地

52　同上，頁68。

段，通過一系列的市區重建項目來重新發展各個位於核心地段的舊區。

　　隨着香港房地產價格自 2003 年觸底回升以來，上升趨勢至 2018 年幾乎從未改變。根據 2019 年世邦魏理仕發佈的《全球生活報告：城市指南》，香港住宅的每平方英尺均價為 2,091 美元，遠遠拋離第二位的新加坡（每平方英尺 1,063 美元）[53]。房地產價格攀升讓城市的核心地段價格愈來愈高，促使市區重建的步伐不斷加劇，規模亦愈來愈大。重建後的樓房價格大幅度上升，原先居住於該區的居民因為難以負擔同區的樓房價格，不少需要搬遷至其他區域居住，造成原先社區網絡的瓦解。此外，市區重建帶動租金上升，大量原本供舊區居民消閒和活動的商戶（茶樓、平價茶餐廳）無法繼續經營而結業消失。

　　利東街重建項目引發了香港社會對於保育歷史建築和舊區的關注，李維怡更因此寫下〈聲聲慢〉，反映受重建影響的居民心聲，成為香港文學中，有關市區重建的重要作品。香港市區重建的步伐並未因為反對拆除利東街引發的社會運動而放慢，但持平而論，香港政府從此以後亦加強留意市民對於保育歷史建築方面日益高漲的訴求。何佩然指出，為了回應市民對保育方面的訴求，反對拆除利東街的社會運動令政府在日後於市區重建計劃中，均邀請專家制定保育方案。

53　世邦魏理仕香港：〈香港蟬聯「全球房價最高城市」榜首〉（https://www.cbre.com.hk/zh-hk/press-releases/hong-kong-holds-spot-as-worlds-priciest-residential-property-market），2022 月 10 月 1 日瀏覽。

例如 2012 年中環永利街不單被剔出市區重建項目，更被劃
為保育區，並加設高度限制，以保留永利街「台」的氛圍。
政府更推出「樓換樓」先導計劃，讓 2011 年 2 月 24 日後啟
動的重建項目的住宅自住業主，可以選擇換至同區七年樓齡
的單位，或者以原址「樓換樓」方式，購買市建局在原址興
建的新發展住宅項目的單位[54]。不過，在過去二十多年，市
區重建始終是伴隨「後九七香港青年作家」在此城成長的真
切城市生活經驗。

　　文學終究是人學，作家關心的始終是人的生活和情感，
以及如何運用文字賦予記憶藝術色彩。李維怡、可洛、張婉
雯這三位年齡相近，童年在香港接受教育和成長的作家，目
睹市區重建為舊區帶來的巨大轉變和無地方性，親身體驗日
常活動的舊區逐漸消失，心生惆悵自是可以理解，以小說記
錄這些轉變，亦合乎常情。前代作家如西西、陳冠中、洛楓
等，雖然寫出不少與香港有關的小說，但基於個人生活經
驗、環境或藝術取向的不同，未必像「後九七香港青年作
家」那樣，擁有直接投身舊區重建引發的社會運動（像李維
怡）的經驗，又或者希望通過小說展現個人對於城市景貌變
改（1997 年以後的市區重建）的深刻感受。在市區重建這
個主題上，李維怡、可洛，張婉雯確實寫出了值得關注的
作品。

54　何佩然：《城傳立新 —— 香港城市規劃發展史（1841-2015）》（香港：中
　　華書局（香港）有限公司，2016 年），頁 333。

　　或許對受重建影響的居民寄予了巨大同情，這三位作
家注重在小説呈現市區重建中被迫遷者的內心感受。不僅
如此，他們更試圖讓讀者體認樓房除了與價格相連（在香
港，樓房往往被視為投資產品），更是社區網絡依託的物質
空間，盛載了人與地方之間的情感連結。除此之外，作家亦
表達了對於陪伴他們成長，熟悉的舊區文化不斷消逝的哀
嘆。舊區文化在作家筆下成為此城獨特而珍貴，值得依戀的
對象，構成香港地方認同的重要意義來源。作家憂慮資本主
導的市區重建，必然摧毀在香港日益減少的舊區文化，造
成香港各區「無地方性」之結局。對於「無地方性」的憂
慮，反映了李維怡、可洛、張婉雯三位「後九七香港青年
作家」的「情感結構」，顯示了他們對此城的「地方之愛」
（topophilia）。Topophilia 此字源自希臘，字首 topo 有「地
方」之意，字根 philia 則指向「對某對象之愛」。「地方之
愛」包含着人與地方的情感連繫，而這種情感連繫最主要的
印象來自於生活周遭的物質環境。當某人把情感傾注在某個
環境後，他們隨着對環境的熟悉度增加，便會產生喜愛之
情 [55]。蔡怡玟在解釋「地方之愛」時指出，這種對地方的愛或
情感，實乃綜合了人們對地方「當下」與「過去」的記憶與
經驗；人們對於一地之情感，亦在自身對環境的感知和想像

55　Tuan Yi-Fu, *Topophilia: A Study of Environmental Perception, Attitudes and Values*, pp. 93-99.

中逐漸擴大與成形[56]。李維怡、可洛，張婉雯長年在香港生活，熟悉香港舊區，經常在舊區活動；當他們目擊「當下」的「利東街」、「裕民坊」等舊區遭受拆毀，「過去」熟悉的人事離散，盛載「過去」記憶的舊區環境和文化不復存留，無法不感到一種人與地方情感連結遭割斷的痛楚。他們的小說明確展現一種對於舊區生活和文化的戀舊之情，而戀舊誠然是「地方之愛」的一項重要元素[57]。正因為對此城的「地方之愛」，他們才會對資本主導的地景重塑（市區重建）感到反感，期望城市發展能夠尊重人與地方的情感連結，保育歷史和文化。

56　蔡怡玟：〈試以詮釋現象心理學初探段義孚之地方之愛〉，《應用心理研究》，第 63 期（2015 年 12 月），頁 149。

57　Tuan Yi-Fu, *Topophilia: A Study of Environmental Perception, Attitudes and Values*, p. 99.

第 六 章

消逝的自然

「後九七香港青年作家」小説中的城市與自然

這裏的高山，跟寬闊的海港一般，不知從什麼時候開始，一點一點地消失無蹤，我們並不是沒有發現，移山填海的工程幾乎從沒有間斷地進行，只是有一天，忽然察覺面前延綿不絕的平直的路，才切實地感到那些失去了的東西所遺下的空洞。

——韓麗珠《縫身》

一、城市發展與移山填海

　　細讀「後九七香港青年作家」的小說，不難發現他們筆下的城市，無論是韓麗珠小說裏那些蒼白而無以名之的城市、可洛從西西「我城」想像生發而來的「鯨魚之城」和「幻城」，還是陳志華的「O城」，這些文字構築的想像城市，並非全然來自一己的想像，反而處處顯示了作家對香港各種地景的記憶和情感，當中對於香港的念念不忘，展現了他們對香港此城深切的「地方之愛」[1]。

　　「後九七香港青年作家」長年在香港生活，在他們成長和接受基礎教育的七十至八十年代，香港政府正全力發展新界地區，興建新市鎮（例如荃灣、沙田、大埔等）以緩解市區人口擠擁、工商業用地不敷發展的問題。大面積的移山填海在七十至八十年代的香港殊非罕見，荃灣、沙田、大埔等新市鎮皆需要填海造地始能建成。隨着新市鎮陸續落成，九十年代工業向中國內地轉移，香港逐漸以金融和服務業為經濟支柱，旅遊業發展亦日漸興旺，城市空間持續更新以配合經濟發展的需要。2000 年以後，香港的常住人口和遊客增長迅速，但可供發展的土地卻愈見有限。為了滿足各種發

1　段義孚在發明「地方之愛」這個概念時指出，「地方之愛」指涉人類對物質環境的情感連結，當這種連結變得強烈時，地方與環境便成為情感事件的載體，化身為符號。Tuan Yi-Fu, *Topophilia: A Study of Environmental Perception, Attitudes and Values*, p. 93.

展需要，政府除了持續拓展原來的新市鎮，還開始加速核心地段的舊區更新工程，「市區重建」一詞不時出現在各大新聞媒體。奉行資本主義生活方式的香港，為了配合資本持續積累，城市空間採取雙重方向發展：一方面向外水平擴張，另一方面則進行內部更新重組，垂直發展。「變幻原是永恒」不僅在香港是一句膾炙人口的流行曲歌詞[2]，更適合用來形容香港城市景貌的變化。

「後九七香港青年作家」大都見證了香港不斷通過移山填海來擴張城市空間，以及市區重建日益頻繁的年月。在香港的主流敘事中，城市發展與經濟成長屬正向關係，經濟增長則是民生改善的前提。在山多平地少的香港，城市發展需要把自然空間改造為城市空間，藉此滿足經濟增長的需要，似乎無庸置疑。然而，對於「後九七香港青年作家」，當童年時熟悉的自然空間不斷消逝，甚至受到《郊野公園條例》規管，佔香港土地總面積 40% 的受保護地區（包括郊野公園），亦面對愈來愈大的開發壓力之際[3]，他們卻在小說裏發出異於主流敘事的聲音。

本章選取可洛、韓麗珠、陳志華、謝曉虹、李維怡，張

2　此句歌詞出自黃霑填詞、歌手羅文主唱的粵語流行曲《家變》（1977），這首經典粵語流行曲在香港家喻戶曉。「變幻原是永恒」更是香港人常常掛在嘴邊的慣用語。

3　時任香港發展局局長的陳茂波在 2013 年曾提及香港社會應該認真討論發展香港郊野公園的可能性。見陳茂波：〈凝聚共識覓地建屋〉（https://www.news.gov.hk/tc/record/html/2013/09/20130908_112603.shtml），2022月 10 月 1 日瀏覽。

婉雯等探問城市及自然空間關係的小説，聚焦討論「後九七
香港青年作家」如何通過小説反映對香港的「地方之愛」與
「自然連結」，藉此探討「後九七香港青年作家」如何理解
城市與自然之間的關係。

二、城市空間與自然空間的此長彼消

　　在「後九七香港青年作家」的小説裏，城市與自然環境
的關係日趨緊張，特別是城市空間持續擴張，侵吞和改造原
來屬於自然的空間，乃是他們筆下的重要主題。根據蘇珊・
克萊頓（Susan Clayton）和蘇珊・奧波托（Susan Opotow）
的定義，自然（Nature）及自然環境（Natural Environment）
是指人為影響極少或不明顯的環境、環境中具有生命的組
成分子（例如樹木和動物）、以及無生命的自然環境特徵[4]
（例如海岸）；而本書所謂的自然空間，在香港而言則是指人
為影響較少的郊野公園、海洋、離島等地理空間，與人工化
的城市空間相對。事實上，香港雖然是一個資本主義發達和
高度人工化的全球城市，但香港三面環海，附近有不少杳無

4　Susan Clayton, "Environmental Identity: A Conceptual and an Operational
　　Definition," in Susan Clayton and Susan Opotow, eds., *Identity and the Natural
　　Environment: The Psychological Significance of Nature* (Cambridge, Mass.: MIT
　　Press, 2003), p. 6.

人煙的海島，也有四成左右的土地受《郊野公園條例》保護[5]，作為市民康樂和自然保育的用途。除了郊野公園遠足徑周邊的區域，郊野公園內尚有不少人跡罕至的地方，人為影響極少。

　　不過，以持續發展資本主義來達致繁榮穩定的香港，追逐成長的資本透過不斷重構地景來進行積累，移山填海乃城市空間擴張的不二手段。這種資本主義的「空間修復」（spatial fix）推使香港城市空間不斷向外擴張和增加內在密度[6]，同時把核心地段改造成能夠追逐更多剩餘價值的商場，以滿足本地居民，以及 2003 年港澳個人遊計劃（又稱自由行）啟動後帶來的遊客消費需要。陳志華在〈O 城記〉把「O 城」形容為：「永遠都在建設，到處都是起重機」的城市[7]，反映香港的城市空間不斷擴張和重構的現實。歷經數十年的城市發展，資本把香港塑造成擁有全球最多摩天大廈（1309 棟）；商場密度世界最高（以每平方英里計）的城市[8]。城市空間不斷侵吞自然空間，可謂在香港城市發展過程中屢見不鮮，但當「後九七香港青年作家」熟悉的香港自然空間遭受愈來愈大的發展壓力，甚至開始逐漸消失的時候，城市空間

5　　香港社會指標：〈社會領域指標〉（https://www.socialindicators.org.hk/chi/indicators/environmental_quality/231），2022 月 10 月 1 日瀏覽。

6　　David Harvey, "Globalization and the 'Spatial Fix'," *Geographische Revue* (February 2001), pp. 25-28.

7　　陳志華：〈O 城記〉，《失蹤的象》（香港：Kubrick，2008 年），頁 78。

8　　Stefan Al, *Mall City: Hong Kong's Dreamworlds of Consumption*, p. 1.

無止境地侵吞自然空間，自然空間終必徹底消失的憂慮，成
為他們在書寫城市經驗時揮之不去的陰霾。

可洛《鯨魚之城》續寫西西《我城》，乃可洛版本的「我
城」故事。可洛自言《鯨魚之城》的靈感源自 2009 年一則
座頭鯨誤闖香港水域的新聞[9]，而出海觀鯨亦成為《鯨魚之城》
的重要情節。小說描繪主角阿果等人的城市生活經驗，間接
回應了 2006 年香港政府清拆舊中環天星碼頭等社會事件，
展現了可洛以小說與時代對話，以小說為香港造像的決心。
小說多次提到「我城」的海洋，明言當前城市與自然空間存
在此長彼消的關係：「城裏的商場愈建愈多，海洋便愈變愈
小」[10]。商場為消費提供平台，乃資本投資營造的城市空間。
然而，「我城」的核心地段（橫亙於肥沙嘴和中環的海港，
即現實中的維多利亞港）早已高樓林立，那麼興建更多商場
的土地只能夠來自填海。敘述者相信海港早晚會被填平，而
城裏的「人們」並非對此一無所知。「人們」說：「城裏的海
洋，在不久的將來，便會像喪家狗似的被逐出城去。那時，
他們或會在原本是海的地方，建一座超級大商場。」[11]屆時，
「人們」若然不穿過商場，便無法到達彼岸（那時「岸」大
概不再存在）。雖然這樣的前景尚未發生，但得悉海洋即將
消失的「人們」並不擔心，因為超級大商場比海景更能有效

---

9   可洛：《鯨魚之城》，頁 I。
10   同上，頁 54。
11   同上，頁 48-49。

地提高樓房的價格。小説雖然沒有明言「人們」具體指向哪些人，但《鯨魚之城》描述「我城」不論是老年人還是年輕人，都喜歡逛商場，而政府為了滿足市民的需要，甚至制定了「全城商場化發展藍圖」，打算把「我城」發展成一個前所未見的超巨大商場[12]。在可洛眼中，「人們」應是指向「我城」裏大部分習慣並順從於資本主義生活方式，關心消費過於保育自然空間的人。

　　把城市發展成超巨大商場的文學想像，在陳志華〈木偶之家〉產生文學共振。小説講述木偶羅拉某天突然甦醒後，渴望見識商場以外的世界，卻一直無法找到商場的出口。羅拉後來遇見一位居住在商場的少女，少女告訴她整個城市都是相連的商場，根本不存在商場以外的世界。少女覺得「商場氣候宜人，有空調，又不怕風吹雨打」[13]，直言在商場出生和老死是一件非常快樂的事，根本不必離開。少女的説話解釋了為什麼《鯨魚之城》的「人們」那麼喜歡遊逛商場。在香港這個居住空間狹小，天氣炎熱，潮濕多雨，市區空氣質素不佳的城市，商場構成城市居民課餘／工餘時間的主要去處。在香港，有些長者為了節省電費，更是終日在商場留連，享受免費空調。在設有空調的商場消費和玩樂，對許多城市人來説，相比到郊野承受酷熱天氣和蚊叮蟲咬之苦，來得更有吸引力。

12　同上，頁52。
13　陳志華：〈木偶之家〉，《失蹤的象》，頁118。

《鯨魚之城》的海港顯然指向香港的維多利亞港。維多利亞港雖然是香港既全球且本地的身份象徵，卻在歷次的填海工程中縮減了超過一半的面積，使香港島和九龍半島的距離由 2,300 米縮減至 920 米[14]。為了保護維多利亞港，香港在 1997 年通過了《保護海港條例》，基本上不允許在海港內進行新的填海工程，藉此保護這片象徵了香港人身份的寶貴自然空間。然而，政府和保護海港協會還是在 2003 至 2004 年間就灣仔北和中區填海第三期工程進行訴訟，前者由保護海港協會勝出，後者則由政府勝出。雖然現實中的維多利亞港受法例保護，但可洛擔憂的是，假如「我城」居民終日留連商場消費，對海洋再無眷戀，那麼法例被廢棄，海港被填埋終至消失，自然空間全面被城市空間侵吞，絕非止於文學想像。

海洋全面被填海工程填埋的想像同樣見於韓麗珠的小說。〈渡海〉講述渡海泳紀錄保持者凡，見證城市裏的海洋陸續被填平，連渡海泳亦在城市成為歷史[15]。對於自然空間日漸消失的憂懼，復見於韓麗珠《縫身》。《縫身》講述政府立法規定成年人可以選擇通過配對，二人縫身連合成為連生人。由於連生人在生活上得到各種政策優惠，不少城裏人選擇縫身。政府之所以推出縫身法例，乃是為了創造新需求，為資本持續積累提供條件。隨着連生人出現，各行各業為了滿足連生人與普通人不同的生活需要，紛紛推出新產品或服

14　谷淑美：〈香港城市保育運動的文化政治 —— 歷史、空間及集體回憶〉，頁 91。

15　韓麗珠：〈渡海〉，《失去洞穴》，頁 6。

務，為經濟發展注入動力。城市裏的人曾經因為「地盤挖泥
和打樁的聲音，以及製造業發出的各種無法名狀的巨響」而
上街示威，然而，「當各式各樣的生產項目逐一暫停，人們
才驚覺，尖銳的死寂，原來比紛紛攘攘的聲音更使人無法忍
受」[16]。經濟發展造成的環境問題曾經讓城市居民不堪重壓，
但勞動者失業和資本停止增長的焦慮，原來才是城市居民真
正不能承受之重。不過，城市裏並非人人都只關心經濟增
長。當主角「我」因為長期失眠而到醫院檢查身體時，小說
出現了一段值得細讀的敘述：

> 　　當我按照微繪畫在筆記本上的地圖和簡短指示
> 抵達醫院門外時，才發現那是一幢佇立在山腰的建
> 築物。這裏的高山，跟寬闊的海港一般，不知從什
> 麼時候開始，一點一點地消失無蹤，我們並不是沒
> 有發現，移山填海的工程幾乎從沒有間斷地進行，
> 只是有一天，忽然察覺面前延綿不絕的平直的路，
> 才切實地感到那些失去了的東西所遺下的空洞。曾
> 經有人在報章上發表文章，預言在二十年後，這裏
> 將不會看見任何高聳的山峰、廣闊的海和完整無缺
> 的成人身體，可是對於駭人聽聞的預測，我們早已
> 習以為常，就像讀到某個名字冗長而複雜的國家，
> 剛剛發生了戰亂、地震、風災或大規模屠殺那樣，
> 必定有那麼的一個瞬間，使我們跌進無話的空隙

16　韓麗珠：《縫身》，頁11。

裏，可是不消一會兒，便又翻到另一頁，沉浸在樓
盤、食店和招聘廣告之間。這並非出於冷漠，只是
對於住在這裏的人來說，未來總是缺乏真實感。[17]

這段不止一次出現了「我們」的敘述之所以值得留神，
在於敘述人稱的突然切換。小說以第一人稱「我」為敘述者
來講述故事，在整部小說裏相當一致。綜合前後文可以得
知，「我」獨自前往醫院進行身體檢查，期間無人陪同。再
者，這段敘述與前後文的情節亦無顯著關係，當中對於自然
空間不斷消失的片段即使刪除，也不影響故事結構。職是之
故，本書認為這是韓麗珠通過「我們」來呈現個人觀點的敘
述干預。通過運用「我們」，韓麗珠邀請讀者與作者/主角
「我」達成連結，變成「我們」，聆聽韓麗珠娓娓道出她對
城市景貌變化的感受。

對於從小在香港長大的韓麗珠而言，移山填海在香港城
市空間擴展的過程中，向來「從沒有間斷地進行」，韓麗珠
對此「並不是沒有發現」，只是跟其他香港人一樣，早就習
以為常。不過，當熟悉的自然空間永久消失，被改造成城
市空間的一部分（「延綿不絕的平直的路」），她開始「切
實地感到那些失去了的東西所遺下的空洞」。伴隨作家成長
的，熟悉的自然空間（高山和海港）不僅只是風景，還是構
成生命經驗的重要部分。當這部分永遠消失後，生命裏不能
彌補的缺失便告浮現。

17　韓麗珠：《縫身》，頁 125-126。

　　對生於斯長於斯的「後九七香港青年作家」來說，香港不再是「借來的空間」，而是他們日復一日生活的家園，記憶的儲藏之地，依戀的對象，存在濃烈的「地方之愛」。這種對物質環境產生的連結（親密情感），無疑是人類自我的擴大。環境心理學家在 1990 年於美國哈佛大學舉行的研討會上得出結論：「如果自我被擴大而包括了自然世界，則傷害自然世界的行為就會被經驗成一種對自我的傷害。」[18] 當高山和寬闊的海港伴隨「後九七香港青年作家」成長，當高山和寬闊的海港承載了他們記憶的軌跡，這一切的消失自然會在他們的心靈上留下「空洞」。與韓麗珠年齡相若的香港流行歌手謝安琪（1977-）主唱的〈山林道〉（2016）展現出類近的情感：「當初說 / 這裏有天 / 會由樹 / 變成路 / 一醒覺 / 經已殺出 / 這條路 / 叢林萬里 / 別攔着我 / 舊時熱情又急躁 / 不看地圖 / 我只盼 / 這裏有天 / 變回樹 / 撤回路 / 疏忽了 / 趕快去補 / 趁還未老 / 遺落美好枝葉 / 換到好前途 / 皆負數 / 無謂到 / 所有樹枯了 / 才環抱」。如果把第一人稱敘述者「我」理解為那些跟韓麗珠與謝安琪對香港感受相近的人，「路」被理解為城市空間擴張的象徵，那麼「樹」象徵的便是自然空間。過去數十年來，香港在追求繁榮安定的路上不斷進行各種城市工程，自然空間紛紛被改造為城市空間。然而，當城市化的過程把「我」熟悉的「叢林萬里」悉數轉化

18　Theodore Roszak, "Where Psyche Meets Gaia," in Theodore Roszak, Mary E. Gomes and Allen D. Kanner, eds., *Ecopsychology: Restoring the Earth, Healing the Mind* (San Francisco: Sierra Club Books, 1995), p. 12.

為「路」，「我」才猛然醒覺「樹」的重要性，體認到資本持續積累帶來的經濟繁榮並不能補償自然空間消失造成的遺憾，於是盼望「這裏有天／變回樹／撤回路」，渴望舊日的自然空間能夠再次出現。

遺憾的是，懷持濃烈「地方之愛」的人並非多數，大部分城市的居民（「住在這裏的人」）長年沉浸於「樓盤、食店和招聘廣告之間」的資本主義日常生活方式中，即或有一瞬間對於自然空間的消失感到失落（「跌進無話的空隙裏」），但他們終究無暇細究自然空間日漸消失的現實，甚至對於高山和海洋最終因為經濟發展而徹底消失的預言，亦「早已習以為常」。對於大部分只爭朝夕的城市居民而言，自然空間就和「未來」一樣，總是缺乏真實感，難以產生親密的連結。大部分城市居民對自然空間消失缺乏感受實在令人遺憾。對此，可洛提出了饒有深意的觀察。

三、與自然失去連結的城市居民

誠如社會學家羅拔・帕克（Robert Park）所言：「人類在創造城市的時候，也重塑了自己。」[19] 如果人類在創造城

---

19   Robert Ezra Park, *On Social Control and Collective Behavior. Selected Papers*, ed. Ralph H. Turner, p. 3.

市的同時重塑了自己，那麼當人類的活動空間長期局限於人
工化的城市之內，居民將會把自己重塑成什麼模樣？

　　可洛敏銳地察覺到，當資本成為主導城市規劃的凌駕性
力量後，城市居民因為長期習慣在商場等人工營造環境內活
動，無論實際還是情感上都與大自然日益疏遠，失去連結。
《幻城》由六篇小說組成，彼此情節既相關亦獨立。當中的
〈怕醜草〉講述任職記者的主角施天雅喜愛植物[20]，但她居住
的「幻城」卻是一座擁有一百八十層的超級摩天大樓。在幻
城內，沒有天空也沒有海洋[21]，幻城人的活動都集中在辦公
大樓、升降機、交通工具和商場裏[22]。施天雅如此描述自己
在幻城的生活：

> 　　跟許多幻城人一樣，與自然隔絕，不知道食物
> 從哪裏來，覺得在自然裏工作或嬉戲都是危險的、
> 應該避免的事。她曾經訪問一些小學生，問他們
> 喜歡在戶外還是室內玩，得到的答案是室內，因為
> 戶外沒有電源插座。現在的孩子都愛拿着手提電
> 話，就像公園裏的一對小兄妹，雖然來到這個種滿
> 植物的地方，但還是不肯放下手上的「精靈寶貝」
> 遊戲。[23]

幻城人長年生活在鋼筋混凝土與玻璃幕牆組合而成的人

20　〈怕醜草〉是《幻城》其中一篇小說。香港人把「含羞草」稱為「怕醜草」。

21　可洛：〈想死〉，《幻城》，頁 46。

22　可洛：〈幻城的四季〉，《幻城》，頁 254。

23　可洛：〈怕醜草〉，《幻城》，頁 76。

工空間，「與自然隔絕」，甚至因為對自然感到陌生而產生恐懼。在幻城長大的小朋友即使來到具備一定自然氣息的公園，亦無意把握機會與身邊的植物接觸，寧願留在室外玩電子遊戲，親近遊戲內的虛擬生物。除了對自然空間不感興趣，長期與自然空間區隔的幻城人，更把活生生的動植物視為威脅的來源。

〈幻城的四季〉載有四個相連的短篇故事，分為「春、夏、秋，冬」，講述幻城升降機工程維修員阿多及其家人在「幻城」的日常生活。在〈幻城的四季：秋〉，阿多的妻子朵朵和女兒小菲參加了一個朗誦比賽，比賽的作品是一首關於蝴蝶的童詩。諷刺的是，居住在幻城的小菲從來沒見過活生生的蝴蝶，就連朵朵也只是成為人母之前才見過真正的蝴蝶[24]。朗誦會舉行之際，司儀問台下的小朋友是否都喜歡蝴蝶，小朋友們異口同聲都說喜歡[25]。後來，當一隻活生生的蝴蝶闖入禮堂時，司儀、家長和小朋友無不感到恐懼，「好像頭上的是會放炸彈的戰鬥機」[26]。禮堂裏的人回過神來後，有的提議報警，有的則建議撲殺蝴蝶。最後，朵朵拈起蝴蝶帶往禮堂外放生[27]。小說的結尾寫道：「朵朵心裏希望，牠能找到一朵花，或一棵樹，不要再在城市裏迷失。」[28]為什麼

24　可洛：〈幻城的四季〉，《幻城》，頁 269。

25　同上，頁 272。

26　同上，頁 273。

27　同上，頁 274。

28　同上，頁 275。

除了朵朵和小菲以外，其他人都對真正的蝴蝶心存恐懼，毫
不愛惜？把大自然隔絕於外，終年無雨的幻城除了有限的公
園，其他地方都不適合植物生長，自然無法為蝴蝶提供生
境；活生生的蝴蝶鮮少出現在幻城人的日常生活中。故此，
當幻城人看見真正的蝴蝶時，很容易視對方為陌生的入侵
者，而非共生的物種。長年與大自然區隔造成了幻城人的
「自然連結」（nature relatedness）斷裂。「自然連結」是指個
人對於地球上其他相連結的生命體表達深層欣賞及理解，即
使面對那些對人類來說並不美麗的生物（例如蜘蛛和蛇），
都能理解牠們對自然的重要性[29]。可是，幻城是一個只有公
園而沒有大自然的城市，綠化地帶極少，「一小時的車程，
加上半小時在升降機裏移動，都不見一棵樹、一片草地、一
朵花」[30]。幻城人根本不可能理解自然裏的生物，亦無法欣賞
牠們，很容易便會視牠們為入侵者。

　　〈怕醜草〉還記述了天雅採訪的一則時事——一個小女
孩因為在公園被怕醜草（含羞草）弄傷，其母向議員投訴，
最終怕醜草被管理當局移植到另一個公園。事實上，這件事
並非完全出自可洛的虛構，而是本於曾經在香港發生的一
件真實事件——位於新界大欖林道大棠段面積約 60 米的野

29　Elizabeth K. Nisbet, John M. Zelenski and Steven A. Murphy, "The Nature
　　Relatedness Scale: Linking Individuals' Connection With Nature to
　　Environmental Concern and Behavior," *Environment and Behavior, vol* 41, issue
　　5(September 2009), p. 718.

30　可洛：〈怕醜草〉，《幻城》，頁 79。

生怕醜草群被漁護署重新移植往他處，原因是漁護署職員收到家長投訴子女遭怕醜草刺傷；移植後的怕醜草群最後因為生境不合而幾乎全部死去[31]。至於小說裏的怕醜草，天雅在得悉它們死了大半後連忙前往搶救[32]。最終，她在幻城尋尋覓覓，發現只有購物商場的花槽才是最適合安置怕醜草的地方。在無雨的幻城，高度人工化的購物商場擁有充足光線，適中的溫度，更有人專責為花槽內的植物澆水施肥[33]。野生的怕醜草最後也要成為家居植物，始能覓得安身之所。

四、「後九七香港青年作家」的「自然連結」

除了對高山海洋等自然環境懷有「地方之愛」，在「後九七香港青年作家」的小說裏，還能發現他們關心人類以外的物種在城市空間的生存狀況，呈現了高度的「自然連結」。謝曉虹〈猴〉（2014）講述住在大學教職員宿舍的「我」偶遇猴子的故事。敘述者「我」留意到 F 在家裏的牆上掛着一幅巨型綠色裝置，那是一幅樓盤發售時展覽用的屋苑模型：

31　〈漁護署「玩」死大棠怕醜草〉，《都市日報》，2016 年 8 月 3 日，P09 版。

32　可洛：〈怕醜草〉，《幻城》，頁 84。

33　同上，頁 91。

模型上有一大片綠色的部分，無法說清楚是
草地還是山林。中間才是樓房的模型，寫着好些
我不認識的街道的名字。F說，那大概是內地的樓
盤，不過到網上去查過了，仍無法確切知道是什麼
地方。

樓盤製作相當精緻，人的模型正牽着它們的狗
在散步，看上去似乎比人更接近人世。可惜，我幾
乎都把臉貼到牆上去，仍然沒有能夠看到隱藏在山
野裏的猴子。[34]

正因為「我」和F都無法確知樓盤的確實地理位置，樓
盤模型便可以指任何一個位處香港或內地的樓盤。然而，重
要的地方不在於樓盤的地理位置，而在於模型上「有一大片
綠色的部分」，「我」卻「沒有能夠看到隱藏在山野裏的猴
子」。猴子屬於山林，山林也屬於猴子；但在屋苑模型裏，
即使有象徵草地山林的「綠色」和象徵寵物的「狗」，野生
的猴子卻沒有露臉，完全消失於樓盤模型設計者的視野。誠
如加里·布瑞奇（Gary Bridge）所言，人們所熟悉的生活空
間的物質環境是由那些在資本主義世界具有較多權力的人
（國際投資者、建築師和規劃師）的空間想像所界定的[35]，在
這些掌握規劃權力的人手中，山野裏的猴子並不存在於他們

34　謝曉虹：〈猴〉，《香港文學》，第351期（2014年3月），頁40。

35　Gary Bridge, "Mapping the Terrain of Time—Space Compression: Power
　　Networks in Everyday Life," *Environment and Planning D: Society and Space*,
　　15.5(October 1997), pp. 611-626.

的城市空間想像。綜觀〈猴〉這篇小說，猴子要麼是入侵
者（小說裏有一位住在大學教職員宿舍的法國女人常說猴子
闖進她的家），要麼便被無視 —— 當「我」向外國朋友提及
香港有猴子時，他們便好奇地說：「香港居然有猴子！」[36] 香
港那些精緻樓盤模型一般的摩天大樓備受世人矚目，但寵物
以外的物種，卻常常被認為不應／不會存在於城市空間。可
是，城市空間擴張對其他野生物種的毀滅性影響確實不容小
覷，李維怡「無何有之城」系列之一的〈白鴉〉（2017）開
首即描述生活在自然山林的烏鴉因為城市空間擴張而失去棲
息地 [37]：

> 在無何有之城的某一天，一堆怪手衝進一片住
> 滿黑鴉的山林。樹木被推倒，泥土被翻起，山丘被
> 剷平，陰涼的雜草地變成曝曬的旱地。鴉群驚飛，
> 親伴四散，命運各異。有幸尋獲親伴者另覓山林，
> 重建家園，唯山林愈來愈少，新來者不免遭原居鳥
> 群排斥，只能把巢築至山林內離水源和食物最遠的
> 地方。鴉乃群體生物，未能尋獲社群者孤飛失向，
> 不免憂思困煩，鳴叫不斷。有孤鴉驚惶飛到鄰近不
> 同區域，誤以溝渠為河，飲其水而中毒身亡；有些

36　謝曉虹：〈猴〉，頁 40。

37　「無何有之城」系列的另一些作品為：李維怡：〈門與孩子〉，《明報》，
　　2017 年 10 月 16 日，副刊；李維怡：〈軸〉，《香港文學》，第 397 期（2018
　　年 1 月），頁 58-59；李維怡：〈離〉，《字花》，第 74 期（2018 年 7-8 月），
　　頁 20-31。

誤以玻璃為空氣，企圖高速穿越時一頭撞斃，嚇得
玻璃牆內的辦公小姐們花容失色，失聲尖叫。[38]

「怪手」指推土機和挖泥機，意味城市向郊野擴張需要
移平山林。棲息地被毀，鴉群被迫遷出，「唯山林愈來愈
少」，即使遷往其他山林，鴉群還是要面對巨大的生存壓
力。有些黑鴉為了生存闖入城市，結果遭遇各種意外身亡。
城市空間不斷侵吞自然空間，人類以外的物種面對愈來愈大
的生存威脅。類似的觀察亦見於張婉雯〈鳥〉（2006）。〈鳥〉
通過「我」和鄰居一位綽號「鳥先生」的獨居長者的對話，
帶出張婉雯對鳥類在城市空間生活的觀察：

> 「鳥的生活，比以前苦太多了。」鳥先生撫摸
> 着鳥哨，「果實、蟲和樹已經被滅絕了，天空也被
> 高樓佔據，航道被半途截斷了。玻璃幕牆讓不少鳥
> 兒誤以為前面是通道，活活撞死了。鳥的生活比人
> 的更艱難。」
>
> 我想不到任何回應的話。[39]

城市空間因為高樓林立造成的擁擠和空氣污染，固然令
城市居民的生活品質每況愈下，但鳥類的生存條件則更為嚴
峻——自然空間的消失造成「果實、蟲和樹」的滅絕。生
活在城市空間的鳥，則不時受到高樓玻璃幕牆的誤導，死於
其上。小說沒有解釋為什麼「我」無法回應鳥先生那句：「鳥

38　李維怡：〈白鴉〉，《明報》，2017年9月3日，副刊。
39　張婉雯：《微塵記》，頁112。

的生活比人的更艱難。」但無言的「我」，確實反映了像「我」
一樣的大多數城市居民，從來沒有意識到人類以外的物種因
為城市空間的不斷擴張而面對日益巨大的生存壓力。

在張婉雯的另一篇小說〈打死一頭野豬〉（2011），一
隻不小心誤闖城市空間的野豬被視為入侵者。對於在現實生
活裏連會動會跑的豬都沒見過的敘述者「我」（一名小學生）
來說（與可洛筆下的「幻城」人非常相似），牠是比狗還大
的「奇怪的生物」。小說如此描述「我」和野豬四目交投的
瞬間：

> 牠忽然轉過來，剛好對着我。我忽然看進牠黑
> 毛底下的細小眼睛。那裏頭有細小的光芒，像是眼
> 淚又像是尖刺，像牠身上濕漉漉的尖硬的毛髮。
>
> 「咔嚓」一聲，頭頂的警察舉起槍。[40]

雖然「我」最初覺得野豬是「奇怪的生物」，但當「我」
看進野豬的眼睛，與野豬的感受產生共鳴，生命與生命之
間達成連結，感受到牠眼裏的哀傷和驚懼（「像是眼淚又
像是尖刺」），「我」還是希望阻止野豬被殺（大叫「不要
呀！」）。遺憾的是，警察擔心野豬有機會撞傷途人，舉槍
把野豬擊斃[41]。對於維護城市空間秩序的警察來說，野豬無疑
是入侵者；但對「我」而言，誤闖城市空間的野豬卻是值得
理解，能夠連結的對象。張婉雯毋寧是想在這篇小說裏指

40　同上，頁 68。
41　同上，頁 67-69。

出，人唯有與其他物種建立生命的連結，才能克服彼此的隔閡，恢復「自然連結」。

　　「後九七香港青年作家」書寫香港時，不止於表達對城市空間與自然空間此長彼消的憂慮，還試圖喚起讀者對大自然的關注，以及人類以外物種的理解和欣賞，顯示了強烈的「自然連結」。《鯨魚之城》結尾提到的觀鯨之旅，無疑表達了可洛期望「我城」成為一座人與鯨魚、人與大自然能夠和睦共處的美麗新城。到了《幻城》，重建「自然連結」的盼望顯得更為強烈。「幻城」憑藉混凝土築起的層區不斷向天空攀升，但它的根本原來立足於一條活生生的巨鯨背脊上：

　　　　它（筆者按：幻城）在古國南方的邊陲，但它
　　　與大陸分離，建造在一條巨鯨的背脊上。自第一天
　　　起，「城市終有一天會下沉」的憂患意識便深深植
　　　根在人們心裏，為免被海水淹沒，他們把城市愈建
　　　愈高；甚至用巨大堅硬的柱子插進鯨魚體內，趕
　　　走居民，把早期層區改建成支柱，支撐着上層的
　　　發展。[42]

　　縱使幻城內部幾乎不存在任何自然空間，但幻城和大自然依舊密不可分，因為它正正建築在巨鯨的身體上。幻城為了無止境地向天空發展，以大型浮泡確保鯨魚浮在海面，再以支柱穿入鯨身，確保幻城能夠屹立不倒。既不能潛入深海，又不能移動的鯨魚無可避免地承受日益加劇的痛苦。鯨

42　可洛：〈幻城〉，《幻城》，頁 246。

魚渴望離開，但又知道一旦離開，幻城亦會隨之滅亡，於是鯨魚只能夠成為「幻城巨大、而且血淋淋的地基」[43]。血淋淋的巨鯨承托無休止地向天空延伸的幻城，如此觸目驚心的圖景，一方面反映了可洛對城市空間侵吞自然空間的控訴，另一方面也是嚴肅的提醒──如果城市空間不斷以摧殘自然空間為持續擴張的代價，人類終有一天會徹底毀壞自己的根基，不能倖存。

對於幻城的出路，小說指出「出路不在天上，而是在地下」[44]。這條出路在小說裏固然是指離開幻城的實際出路──通過位於二十層區的古井爬下去，能夠離開幻城的城市空間，直抵鯨魚的所在地[45]；在那裏，人能站在鯨魚身上看見無邊無際的藍天和大海[46]。不能忽略的是，這條「出路」也指城市未來的發展方向──已經發展到一百八十層的「幻城」，想要持續發展的話，不應該容許資本以大自然為掠奪性積累的對象，盡其所能地向天空延伸，持續把大自然的承受能力推向臨界點；而是應該「向下」求索，重新尋求一種能夠和大自然保持和諧，共生的發展模式。

事實上，包括城市在內的人類文明，不僅不可能脫離大自然而存活，更應該重新留意大自然為人類身體和心靈帶來

43　可洛：〈守城人〉，《幻城》，頁 228。

44　同上，頁 227。

45　同上，頁 223-225。

46　同上，頁 229。

的種種益處[47]。晚近的環境心理學研究發現，人在接觸大自然時能夠帶來許多好處，有助減少不良行為及狀態（例如侵略性、焦慮、抑鬱、疾病），增進正面行為及狀態[48]（例如情感、健康、認知能力）。〈怕醜草〉裏的施天雅只要「凝視一棵樹，久而久之，整個人都會融入那片綠色之中，渾忘生活的煩惱。有時撿起一塊落葉，細看上面的紋路，就能在毫無頭緒的工作裏找到方向」[49]。城市居民生活節奏緊張，觀看植物有助緩解壓力。自然空間的消失，只會對城市居民的健康帶來不良影響。韓麗珠《離心帶》（2013）裏的城市，當山坡和樹林行將被城市空間吞噬，用以「建起比樹木更高的大廈」，主角賣氣球的男人開始擔心城市居民的健康：

> 賣氣球的男人本來打算描繪山上的風景，但漸漸發現，自己在述說一幅不曾出現的景象：「然後，可以讓人們轉換呼吸的節奏，過濾體內的氣的場域將愈來愈少。長期處於空氣備受污染的環境，人們只能挺着衰敗的身體，忍受不適和過敏的症狀一再出現。」他感到自己像個危言聳聽的人，便興

47　Terry Hartig 等研究者指出，許多詩人、作家、哲學家和藝術家都曾表示，大自然（Nature）有益於身體和心靈。Terry Hartig, Marlis Mang and Gary W. Evans, "Restorative Effects of Natural Environment Experiences," *Environment and Behavior*, vol 23, issue 1, (January 1991), p. 3.

48　F. Stephan Mayer, Cynthia McPherson Frantz, Emma Bruehlman-Senecal and Kyffin Dolliver, "Why Is Nature Beneficial?: The Role of Connectedness to Nature," *Environment and Behavior*, 41.5(September 2009), p. 608.

49　可洛：〈怕醜草〉，《幻城》，頁79。

味索然地閉上了嘴巴。[50]

自然空間被城市空間侵吞以後，城市居民失去的不僅是
山坡上的樹林，還有能夠「轉換呼吸的節奏，過濾體內的
氣的場域」。值得留意的是，韓麗珠不時看中醫[51]，喜歡研
究醫師的藥單，對中醫理論有相當認識[52]。循此看來，小說
提及的「氣」則不單是指「空氣」，更有可能指涉中醫理論
的「氣」。中醫理論中的「氣」指向構成人體內生命的基本
物質，能夠維持生命的運動。人體內的「氣」如果在升降
出入時協調平衡，則為「氣機調暢」，人體處於正常的生理
狀態；若然運動時平衡失調，則是「氣機失調」的病理狀
態[53]。自然空間消失，人只能長期活在空氣質素欠佳的城市
空間中，體內的「氣」運動受阻，又受「癘氣」所侵[54]，健
康無可避免地遭受損害。

人類本來就是大自然的一份子，只是當人類長居與大自
然區隔的城市空間，習慣了資本主義生活方式，便漸漸忘卻
人類與大自然互相依存的緊密關係。韓麗珠〈飄馬〉（2012）
講述敘述者「我」在飼養的貓死去後，因為「貓在屋內留
下過多空缺」，「吸塵機無法清理隱藏在屋子各個角落的貓

---

50   韓麗珠：《離心帶》，頁 129-130。

51   韓麗珠：〈排毒〉，《明報》，2019 年 7 月 26 日，D05 版。

52   韓麗珠：〈煎藥〉，《明報》，2019 年 7 月 17 日，D05 版。

53   王農銀：《中醫基礎理論》（北京：中醫古籍出版社，2003 年），頁 76-
      80。

54   癘氣是指具有強烈傳染性和致病性的外感病邪；環境污染易於滋生癘氣，
      引起疫病。詳見王農銀：《中醫基礎理論》，頁 133-134。

毛」，結果產生了過敏症狀。「我」向治療師尋求協助。治療師提出再次飼養一頭貓能夠有效治療過敏症狀：「自從這裏過度完美地發展，人們封閉在自己所建立的邏輯裏，與原始的自然距離漸漸遙遠，那肉眼無法辨識的差異，必須仰賴仍然毛茸茸的生物彌補。」[55] 城市居民之所以需要飼養寵物，在治療師眼中非因孤獨，而是疏遠大自然以後一種必要的彌補。如此看來，貓死後留下「空缺」，並非因為「我」失去了相依的同伴，而是人雖然把自己封閉於大自然以外的城市空間，內心卻仍然存有親近大自然的本能需要 —— 這種需要，只好依靠飼養「毛茸茸的生物」（例如寵物貓）來滿足。

　　親近大自然的本能性需求在〈假窗〉（2014）有深刻的表達。〈假窗〉描繪了一座高樓林立的城市為了隔絕噪音和廢氣，沒有窗戶的樓房逐漸成為新的建築趨勢[56]。主角木負責的工作便是運用油彩替新建成的大廈繪畫假窗，「給那些居所建造可以流放自己的出口」[57]。持續增加密度的城市空間讓密封式大廈成為主流的建築設計方向。可是，城市居民並未能夠徹底割斷渴望與大自然連結的本能需求，於是主角木為房子的牆壁繪上擁有大自然色彩的假窗 —— 通過牆上的假窗，居民可以看見奇異的海底世界、殺人鯨和海龜。這些大自然景色和生物令住客得到慰撫，讓他們「流下了在日間

55　韓麗珠：〈飄馬〉，《失去洞穴》，頁118。

56　韓麗珠：〈假窗〉，《失去洞穴》，頁134。

57　同上，頁144。

壓抑太久的眼淚[58]」。

木不單為每個住宅單位繪上假窗，更為那幢被「無望的深灰充滿」，「瘦伶伶的建築物」繪畫外牆。木覺得「大廈那空無一物的外牆，是一片貧瘠的土壤，而那低陷的區域，需要的是一棵能吸收二氧化碳的樹」。在這座過度發展，樹木再也無地可容的城市，人們的內心就像一片貧瘠的土壤，了無生機。於是，木把大廈繪畫成一棵巨大的老榕樹，藉此為當地居民帶來安慰[59]。木洞悉了當地居民內心存在親近大自然的本能性需求，而這種需求卻在全面人工化的城市內遭到壓抑。在木筆下，「那是一棵側彎的樹幹，像居住在那裏的人的脊椎，很可能是由於這一點，喚起了居民深藏在意識底部的認同感」[60]。假樹側彎的樹幹之所以能夠喚起脊椎側彎的城市居民共鳴，原因在於無法連結大自然的城市居民從假樹身上發現了自己的真實處境 ── 生活在跟大自然斷裂的城市空間裏，他們就跟這棵樹幹側彎的假樹那樣被壓抑和扭曲，無法活得健康快樂。當假樹繪畫完成後，小說這樣形容居民的反應：

> 直至榕樹在大廈的外牆完全長成，經過的居民都不由得停下腳步，注視着這棵大廈樹良久，那是一棵在暴風吹襲下也不會倒塌的樹，也沒有被蟲蛀

58　同上，頁143。

59　同上，頁143-144。

60　同上，頁143-144。

蝕的危險，而且將會是城市內唯一不會被砍伐的老樹，他們很可能因而在這棵假的樹上得到難以言喻的安慰。日落的時分，許多回巢的鳥兒誤以為假樹是家而一頭栽在冰冷的牆壁上；而酷熱的午間，尋找樹蔭躲避陽光的人，就會不由自主地走進大廈瘦薄的陰影裏，微風吹過，他們便以為，那是樹梢帶來的涼意。[61]

　　無論木的畫工多麼精細，老榕樹如何栩栩如真，那終究是一棵假樹，無法吸收二氧化碳，無法改善空氣質素。然而，這棵矗立在高樓之間的假樹，還是能夠在一定程度上滿足居民渴望連結大自然的本能需要，為他們的心靈帶來「難以言喻的安慰」。在這段敘述裏，本書認為韓麗珠無意諷刺那些以假為真的城市居民，她只是想要強調人對大自然的本能性需求如此真切而強大，若然無法親近真正的大自然，至少也希望從虛假的大自然那兒得到心靈的安慰。情形就像那些被毒熱陽光追趕的人，都會「不由自主地走進大廈瘦薄的陰影裏」，享受那片「樹梢」帶來的涼意；即使是一種誤認，涼意也是真實可感的。誠如木的朋友白所言：「住在大廈內的人都會感到，就像躺在樹幹的中空部分那樣，身心都得到休養生息的機會。」[62]

　　可悲的是，資本只關心追逐剩餘價值，從不關心人的心

61　同上，頁143-144。

62　同上，頁145。

理健康。化身假樹的大廈在許多年後，還是沒能逃過資本積累引發的「建設性摧毀」——大廈被收購、清拆以重建成豪華住宅大樓。城市空間最終成為假樹都無法容身的所在。

五、「後九七香港青年作家」的「地方之愛」

　　若然在互聯網搜尋香港維多利亞港的照片，這樣的圖景十分常見——照片中間是矗立於香港島或九龍半島連綿的高樓，以及豎立在高樓頂層，代表各大跨國資本的巨型廣告牌。這些在日光映照下閃閃發光的高樓不單令遊客歎為觀止，也是香港市民日常生活的焦點——它們象徵了香港繁華的城市空間和發達的資本主義生活方式。五光十色的城市景觀數十年來為香港贏得不少讚歎和艷羨的目光，但在「後九七香港青年作家」眼中，那絕不代表香港的全部。「後九七香港青年作家」書寫這座他們長年生活其中的城市時，視線裏總有照片前景那片深不見底的海洋，以及高樓背後，位處後景的綠色山嶺，甚至隱沒在照片裏某個不起眼角落的動植物。段義孚提到，「地方之愛」的重要元素就是懷舊。香港的城市景貌變化得實在太大太快，就連「後九七香港青年作家」都不禁開始懷舊。他們的「地方之愛」包含了那片伴隨他們成長的香港自然空間，既懷念那些已經消失的山海，亦珍惜尚在此時的山海。畢竟，香港的海洋和山嶺對他

們而言，不僅是一種物質環境，還是從童年時代起一直陪伴他們成長的珍貴自然空間，是香港這座城市不可或缺的重要組成部分。

　　值得留意的是，從高度人工化的鬧市走進郊野公園漫步山嶺，或者乘船出海，在香港都不必花費太多交通時間。對於生活在香港的人來說，大自然與他們相距不過是一小時車程的距離。正因為香港面積小，對於作家來說才更容易認識和親近，容易與此城此地建立密切的關係，建立濃烈的「地方之愛」。這份包含了此城自然空間的「地方之愛」，以及高度的「自然連結」，構成了「後九七香港青年作家」的「情感結構」。

　　因為愛，所以憂思。「後九七香港青年作家」擔憂的是，奉行資本主義的香港要求經濟持續增長來維持繁榮，不斷增加的人口則需要更多的居住空間，兩者都推動城市空間持續擴張，自然空間逐漸消減。眼見這些他們傾注了情感的自然空間不斷消失／遭遇開發的沉重壓力，他們只好把焦慮訴諸創作，並通過小說提醒讀者，城市空間無止境擴張帶來不可逆轉的可怕後果——城市空間的持續擴展，終將令他們熟悉的香港消失，變成愈來愈單一，愈來愈不宜居的城市。誠然，香港近年的自然保育運動從未停竭，媒體依然關注自然空間正在面對的威脅，政府亦不打算在維多利亞港內填海，好些城市居民更喜歡在假日前往離島或郊野公園享受大自然美景，呼吸新鮮空氣——今天的香港不是人人都像《鯨魚之城》和《幻城》的居民，又或者〈木偶之家〉的少女那樣與自然完全失去連結。即或如此，後九七香港的城市

發展確實像馬國明所言，進入一個全面都市化的社會，人的生活除了工作，便圍繞着消閒和享樂[63]。當大部分城市居民進行消閒和享樂的地方日益集中在商場，對自然空間持續面對的壓力，會否愈來愈缺乏關注？小說不是預言，但作家的焦慮並非毫無道理。

「後九七香港青年作家」懷着對香港的「地方之愛」，試圖以文學重新建立讀者與大自然的「自然連結」，讓讀者重新發現人唯有滿足自己對大自然的本能性需要，才能生活得健康和快樂。至於人類以外的其他物種，牠們不僅不應該在城市空間被視為陌生的入侵者，反而應該受到城市居民的理解和欣賞。畢竟，當城市空間不斷擴張，野生的動植物不可避免會闖入城市空間。城市居民唯有強化「自然連結」，才會願意與動植物尋找共存之道。

63　馬國明：《全面都市化的社會》，頁 39。

第 七 章

結語

為什麼美麗的世界，

只存在於想像裏，只存在於可能中？

那麼美麗的真也只存在於想像和可能裏嗎？

——董啟章《天工開物·栩栩如真》

　　1997 年前後，香港成為國際矚目的焦點，文學、文化界掀起一股「香港熱」，不僅出現了大量關注香港過去、現在與未來的小說，例如西西《飛氈》（1996）；董啟章〈永盛街興衰史〉（1995）、《地圖集》（1997）、《V 城繁勝錄》（1999）；黃碧雲〈失城〉（1994）等，還湧現了大量有關香港文學和文化研究的論著。1997 年以後，香港文學呈現更為多元的發展，西西、也斯、陳冠中、黃碧雲、董啟章等香港文學的重要作家不斷寫出題材多元，主題各異的小說，備受兩岸三地的文學研究界關注。不能忽略的是，潘國靈、陳志華、張婉雯、李維怡、謝曉虹、韓麗珠，可洛等「後九七香港青年作家」，亦開始書寫屬於他們的「我城」故事，以小說記錄香港城市景貌的變遷，為香港文學的持續發展，增添更為豐富的面向。

　　在「後九七香港青年作家」筆下，「我城」幻化成「i 城」、「O 城」、「H 地」、「鯨魚之城」、「幻城」等不一而足的文字城市，展現了「後九七香港青年作家」對香港城市空間的觀察和理解，以及他們的「情感結構」。

　　如果說西西《我城》以「立根小說」的姿態，為香港文學展現了如何以香港此城此地為寫作對象的文學傳統，那麼潘國靈和謝曉虹的《我城 05》，則是一方面與西西《我城》對話，另一方面結合了作家對香港城市空間的細緻觀察，以及自身獨特的創作風格，把 2005 年的香港塑造成文字城市「i 城」。「i 城」呈現了「雙元城市」的空間特性，展現了發達資本主義如何支配城市裏的各種空間，不僅把城市空間塑造成商品，就連個人生活場域的「家」亦被改換成消費空間。1997 年之後的香港持續發展資本主義，資本按其運

轉邏輯，把城市中的各種身體塑造成「勞動身體」，同時排斥／改造無法參加生產的「疾病身體」。然而，正是在描寫這些「疾病身體」的處境時，潘國靈和謝曉虹不約而同地從它們身上發現了對資本主義的反思性／批判性力量。《我城05》除了像《我城》那樣以文學藝術的形式展現香港的城市生活，還開啟了「後九七香港青年作家」通過文學寫作來思考「我／i城」何去何從的文學面向。

《我城05》以後，可洛在 2008 年通過《鯨魚之城》「接續續寫」《我城》故事，設想依舊年輕的阿果、阿髮和阿游在後九七香港的生活，以虛實交錯的手法把不少香港時事融入小說，展現了作家對香港「全面都市化」的憂慮，擔心香港在發展主義的道路上愈走愈遠，最終拋棄銘刻自身過去歷史的古物古蹟，以及難以與海洋和郊野保持和諧。小說最終以一趟「觀鯨之旅」告終，讓一眾小說人物從美麗的鯨魚身上感受到自然的美麗和可貴，從而更加珍惜他們生活的「我城」，一個不僅只有人工景觀，還有山嶺海洋的美麗城市。作家寄望城市裏的每一個個體，不論其多麼微小，都致力改變自己，培養對周遭事物的珍惜之情。唯有匯聚個體的改變，整個城市才有改變的可能。

1997 年以後，香港以「全球城市」定位自身，容讓資本持續塑造地景，最終形成了一幅由「高樓」和「商場」組構而成的城市景貌。對海外遊客而言，高樓林立的超密度城市空間乃香港的重要特色，吸引他們慕名前來欣賞。在遊客眼中，屏風樓或者是難得一見的都市風景，但在陳志華〈O城記〉、可洛《幻城》和和韓麗珠〈假窗〉等小說中，這種

超密度城市空間為居民帶來的圍牆效應，卻令人身心受損，感到自由受限。對城市居民來說，唯有走進大型空調商場，在商品環繞之中才能通過消費來重覓選擇的自由，舒展身心以忘憂。然而，在「高樓」與「商場」之間，「後九七香港青年作家」依然不斷通過創作來想像突破現實的各種可能。作家無法推倒現實的高牆，卻可以通過想像力來穿越它。

　　除了「高樓」和「商場」，「後九七香港青年作家」還留意到資本為了持續積累，在香港通過市區重建（「建造性摧毀」）來重塑香港的核心地段，把舊區重建成商業大廈和中產階級住宅。從城市發展的角度來看，香港不少舊區樓房日久失修，確實有維修或重建的現實需要。然而，在「市區重建」的過程中，不少居民無法在原區重新覓得居所，只能遷往他區；不少小型商戶亦無法承受重建後更為高昂的租金，只能選擇結業或者在其他區域重新開業。對於這些受重建影響的居民，可洛、李維怡與張婉雯皆選擇以小說記錄他們的所見所感。細讀《幻城》、〈聲聲慢〉和〈老貓〉等小說，不難見出作家描述資本重塑地景以後，怎樣造成人與地方的情感斷裂，以及隨之而來的「無地方性」。這些小說表達了「後九七香港青年作家」對於陪伴自己成長，熟悉的舊區文化日漸消逝的哀愁，展現了對此城此地深厚的「地方之愛」。

　　資本除了通過市區重建來塑造香港的城市景貌，還通過移山填海來擴大城市空間，侵吞和改造香港的自然空間。這種水平式的城市擴張讓「後九七香港青年作家」擔憂香港的郊野和海洋終將消失。從可洛《鯨魚之城》、《幻城》；韓麗珠〈渡海〉、《縫身》、〈假窗〉；謝曉虹〈猴〉；李維怡〈白

鴉〉；張婉雯〈鳥〉、〈打死一頭野豬〉等小說，皆能見出「後九七香港青年作家」對於城市空間過度擴張的憂慮，構成小說揮之不去的底色。此外，城市居民長年生活在由「高樓」與「商場」組構而成的人工空間，與自然空間的「自然連結」漸生裂痕，忘卻人類對大自然實有與生俱來的本能性需要。面對這種危機，「後九七香港青年作家」渴望通過小說來喚醒讀者對自然空間的關注，以及籲請城市發展必須顧及人類與各種動植物的共存共生。

　　「後九七香港青年作家」的小說創作風格多元，小說主題異彩紛呈，絕不止於對城市空間的關注。比方說，韓麗珠《空臉》（2017）關注表象與內在，臉面與自我形象的問題，可洛《小說面書》（2011）對現代人運用社交平台進行溝通的自省，李維怡《沉香》（2011）對前代婦女艱苦人生的追溯⋯⋯以及本書因為論述方向或論述時限之故而未有討論的王貽興、袁兆昌、麥樹堅、陳曦靜、唐睿、葉曉文、黃可偉、黃敏華等作家的小說創作，皆值得研究者採取其他論述角度，進一步分析和探問。

　　除了工於小說，不少「後九七香港青年作家」更擅寫散文和新詩，如果將他們的散文與小說、新詩並置閱讀，是否能夠讀出更為深邃的風景？像可洛曾出版新詩詩集《幻聽樹》（2005），麥樹堅則有《石沉舊海》（2004）；韓麗珠著有散文集《回家》（2018）、《黑日》（2020）等，潘國靈著有《消失物誌》（2017）；麥樹堅亦出版了《對話無多》（2003）、《目白》（2009）等。若然細讀他們的新詩／散文，是否能夠尋得這批作家在新詩／散文領域的共同關懷？又或者能夠了解他

們如何以新詩／散文抒發情志，甚或回應社會時事的方式？當然，如果超脫小說的文類框架，進入新詩研究的領域，那麼「後九七香港青年作家」的名單，看來應是更長，更長了。

　　最後，本書以「後九七香港青年作家」來命名一批具有相近成長背景，於 1997 年以後出版自己首本小說集的作家，盼望能夠喚起文學研究界進一步關注這些在 1997 年以後活躍於香港文學界，陸續以創作豐富香港文學版圖的優秀小說作家。循此概念出發，旨在考究這些處於相近／同一世代的作家在小說裏呈現了哪些共同關心的主題，推進相關作家作品的研究。本書對這批作家的整體論述只能算是香港文學研究版圖中的一角，還望日後有更多關心香港文學的研究者加入。

　　本書所論之小說，從時間跨度看來，皆處於 1996-2018 年之間，大抵屬於作家四十四歲或之前所作，反映了他們對於 1997 年以後香港城市發展的感受、思考與期待。物換星移，本書論及的「後九七香港青年作家」正在／已經步入中生代作家之列，成為當前香港文學的中堅力量。對任何作家／作家群冠以時間標籤，終究有其時效性。隨着這批「後九七香港青年作家」不再青年，以及他們描述的故事時空距離 1997 年愈來愈遠，「後九七」此一概念是應該調整，抑或廢止？隨着香港以及香港文學邁向充滿更多變數的未來，我們應該運用怎樣的角度和方法閱讀這批在今天持續創作的作家？在時代轉折之際登上香港文學舞台的更新一代香港青年作家，例如蔣曉薇、黃怡、梁莉姿等創作的小說，我們又應該如何評價？這些都是值得關心香港文學研究的人持續深思的主題。

參 考 書 目

一、作家創作

可洛:《她和他的盛夏》,香港:匯智出版有限公司,2006 年。

可洛:《鯨魚之城》,香港:日閱堂出版社,2009 年。

可洛:《陸行鳥森林》,香港:日閱堂出版社,2010 年。

可洛:《幻城》,香港:立夏文創,2018 年。

西西:《手卷》,台北:洪範書店,1988 年。

西西:《我城》(增訂本),香港:素葉出版社,1996 年。

西西:《我城》,台北:洪範書店,1999 年。

李維怡:《行路難》,香港:kubrick,2009 年。

李維怡:〈白鴉〉,《明報》,2017 年 9 月 3 日,副刊。

李維怡:〈門與孩子〉,《明報》,2017 年 10 月 16 日,副刊。

李維怡:〈軸〉,《香港文學》,第 397 期,2018 年 1 月,頁 58-59。

李維怡:〈離〉,《字花》,第 74 期,2018 年 7-8 月,頁 20-31。

張婉雯:《微塵記》,香港:匯智出版有限公司,2017 年。

張婉雯:《那些貓們》,香港:匯智出版有限公司,2019 年。

許子東編:《香港短篇小說選(1996-1997)》,香港:三聯書店(香港)有限公司,2000 年。

陳志華:《失蹤的象》,香港:kubrick,2008 年。

董啟章:《V 城繁勝錄》,香港:香港藝術中心課程部,1998 年。

潘國靈等著:《i- 城志》,香港:香港藝術中心、kubrick,2005 年。

潘國靈:《離》,新北:聯經出版事業股份有限公司,2021 年。

魯迅:《魯迅全集》,北京:人民文學出版社,2005 年。

謝曉虹:《雙城辭典 2》,新北:聯經出版事業股份有限公司,2012 年。

謝曉虹:〈猴〉,《香港文學》,第 351 期,2014 年 3 月,頁 38-40。

韓麗珠:〈輸水管森林〉,《香港文學》,第 138 期,1996 年,頁 72-75。

韓麗珠:《縫身》,台北:聯合文學出版社股份有限公司,2010 年。

韓麗珠:《離心帶》,新北:印刻出版有限公司,2013 年。

韓麗珠:〈外來者〉,《短篇小說》,第 16 期,2014 年,頁 41-66。

韓麗珠:《失去洞穴》,新北:印刻出版有限公司,2015 年。

韓麗珠：《回家》，香港：香港文學館有限公司，2018 年。

韓麗珠：〈煎藥〉，《明報》，2019 年 7 月 17 日，D05 版。

韓麗珠：〈排毒〉，《明報》，2019 年 7 月 26 日，D05 版。

二、近人論著

王農銀：《中醫基礎理論》，北京：中醫古籍出版社，2003 年。

伍家偉主編：《寫作好年華：香港新生代作家訪談與導賞》，香港：匯智出版有限公司，2009 年。

伍振榮：《攝影天書》，香港：博藝集團有限公司，2014 年。

朱耀偉：《本土神話：全球化年代的論述生產》，台北：台灣學生書局，2002 年。

何佩然：《城傳立新 —— 香港城市規劃發展史（1841-2015）》，香港：中華書局（香港）有限公司，2016 年。

呂大樂：《四代香港人》，香港：進一步多媒體有限公司，2007 年。

呂大樂：《那似曾相識的七十年代》，香港：中華書局（香港）有限公司，2012 年。

周綺薇、杜立基、李維怡編：《黃幡翻飛處：看我們的利東街》，香港：影行者有限公司，2007 年。

馬國明：《全面都市化的社會》，香港：進一步多媒體有限公司，2007 年。

張為平：《隱形邏輯：香港式建築極限》，香港：商務印書館（香港）有限公司，2015 年。

郭恩慈：《東亞城市空間生產：探索東京、上海、香港的城市文化》，台北：田園城市文化事業有限公司，2011 年。

陳智德：《根著我城：戰後至 2000 年代的香港文學》，新北：聯經出版事業股份有限公司，2019 年。

陳智德：《解體我城：香港文學 1950-2005》，香港：花千樹出版有限公司，2009 年。

陳潔儀：《香港小說與個人記憶》，香港：天地圖書有限公司，2010 年。

陳燕遐：《反叛與對話 —— 論西西的小說》，香港：華南研究出版社，2000 年。

劉克襄：《四分之三的香港：行山・穿村・遇見風水林》，台北：遠流出版事業股份有限公司，2014 年。

劉紹銘：《一爐煙火：劉紹銘自選集》，香港：天地圖書有限公司，2005 年。

環保觸覺：《圍城：從屏風樓看香港的城市規劃》，香港：Warrior Book，2009 年。

薛求理：《城境：香港建築 1946-2011》，香港：商務印書館（香港）有限公司，2014 年。

三、外文論著

Al, Stefan. *Mall City: Hong Kong's Dreamworlds of Consumption*. Hong Kong: Hong Kong University Press, 2016.

Bakhtin, Mikhail M. *The Dialogic Imagination: Four Essays*, ed. Michael Holquist, trans. Caryl Emerson and Michael Holquist. Austin: University of Texas Press, 1981.

Bakhtin, Mikhail M. *Problems of Dostoevsky's Poetics*, ed. & trans. Caryl Emerson. Minneapolis: University of Minnesota Press, 1984.

Borja, Jordi and Manuel Castells. *Local and Global: The Management of Cities in the Information Age*. London: Earthscan Publications, 1997.

Deleuze, Gilles and Claire Parnet. *Dialogues*, trans. Hugh Tomlinson and Barbara Habberjam. New York: Columbia University Press, 1987.

Deleuze, Gilles and Félix Guattari. *On the Line*, trans. John Johnston. New York: Columbia University Press, 1983.

Genette, Gérard. *Palimpsests: Literature in the Second Degree*, trans. Channa Newman and Claude Doubinsky. Lincoln: University of Nebraska Press, 1997.

Harvey, David. *Space of Hope*. Berkeley: University of California Press, 2000.

Harvey, David. *The Urban Experience*. Oxford: B. Blackwell, 1989.

Hoefert, Andreas. *Prices and Earnings: A Comparison of Purchasing Power around the Globe*, ed. Simone Hofer. Zurich: UBSAG, Wealth Management Research, 2006.

Kothari, Rajni. *Rethinking Development: In Search of Humane Alternatives*. Delhi: Ajanta Publications, 1988.

Kristeva, Julia. *Desire in Language: A Semiotic Approach to Literature and Art*, ed. Leon S. Roudiez, trans. Thomas Gora, Alice Jardine and Leon S. Roudiez. New York: Columbia University Press, 1980.

Lefebvre, Henri. *Critique of Everyday Life vol.1*, trans. John Moore. London: Verso, 1991.

Ng, Janet. *Paradigm City: Space, Culture, and Capitalism in Hong Kong*. Albany: SUNY Press, 2009.

Park, Robert Ezra. *On Social Control and Collective Behavior. Selected Papers*, ed. Ralph H. Turner. Chicago: University of Chicago Press, 1967.

Pike, Burton. *The Image of the City in Modern Literature*. Princeton: Princeton University Press, 1981.

Relph, Edward. *Place and Placelessness*. London: Pion Limited, 1976.

Tuan, Yi-Fu. *Space and Place: The Perspective of Experience*. Minneapolis: University of Minnesota Press, 1977.

Tuan, Yi-Fu. *Topophilia: A Study of Environmental Perception, Attitudes and Values*. Columbia: Columbia University Press, 1990.

Williams, Raymond. *Marxism and Literature*. Oxford: Oxford University Press, 1977.

Williams, Raymond. *Problems in Materialism and Culture: Selected Essays*. London: Verso, 1980.

Williams, Raymond. *The Long Revolution*. New York: Columbia University Press, 1961.

四、譯著

大衛・哈維（David Harvey）著，王志弘譯：《新自由主義化的空間：邁向不均地理發展理論》，台北：群學出版有限公司，2008 年。

大衛・哈維（David Harvey）著，胡大平譯：《正義、自然和差異地理學》，上海：上海人民出版社，2010 年。

大衛・哈維（David Harvey）著，胡大平譯：《希望的空間》，南京：南京大學出版社，2006 年。

大衛・哈維（David Harvey）著，葉齊茂、倪曉暉譯：《叛逆的城市：從城市權利到城市革命》，北京：商務印書館，2014 年。

大衛・哈維（David Harvey）著，毛翊宇譯：《資本思維的瘋狂矛盾：大衛哈維新解馬克思與《資本論》》，新北：聯經出版事業股份有限公司，2018 年。

大衛・哈維（David Harvey）著，王志弘、王玥民合譯：《資本的空間：批判地理學芻論》，台北：群學出版有限公司，2010 年。

大衛・哈維（David Harvey）著，許瑞宋譯：《資本社會的 17 個矛盾》，新北：聯經出版事業股份有限公司，2016 年。

加斯東・巴舍拉（Gaston Bachelard）著，龔卓軍譯：《空間詩學》，台北：張老師文化事業股份有限公司，2003 年。

阿里夫・德里克（Arif Dirlik）著，趙雷譯：〈發展主義：一種批判〉，《馬克思主義與現實》，第 2 期，2014 年 4 月，頁 99-108。

高馬可（John M. Carroll）著，林立偉譯：《香港簡史：從殖民地至特別行政區》，香港：中華書局（香港）有限公司，2013 年。

琳達‧麥道威爾（Linda McDowell）著，徐苔玲、王志弘合譯：《性別、認同與地方：女性主義地理學概說》，台北：群學出版有限公司，2006 年。

雷蒙‧威廉斯（Raymond Williams）著，劉建基譯：《關鍵詞：文化與社會的詞匯》，北京：生活‧讀書‧新知三聯書店，2005 年。

雷諾‧博格（Ronald Bogue）著，李育霖譯：《德勒茲論文學》，台北：麥田出版，2006 年。

齊格蒙特‧鮑曼（Zygmunt Bauman）著，郭國良、徐建華譯：《全球化：人類的後果》，北京：商務印書館，2013 年。

熱奈特（Gérard Genette）著，史忠義譯：《熱奈特論文集》，天津：百花文藝出版社，2001 年。

薩莫瓦約‧蒂菲納（Samoyault Tiphaine）著，邵煒譯：《互文性研究》，天津：天津人民出版社，2003 年。

羅拔‧巴卡克（Robert Bocock）著，張君玫、黃鵬仁譯：《消費》，台北：巨流圖書公司，1996 年。

蘇珊‧桑塔格（Susan Sontag）著，黃翰荻譯：《論攝影》，台北：唐山出版社，1997 年。

五、文集論文

余嘉明、李劍明：〈經濟金融化與香港經濟〉，收入羅金義、鄭宇碩編：《留給梁振英的棋局：通析曾蔭權時代》，香港：香港城市大學出版社，2013 年，頁 75-93。

杜立基：〈城市與自然的和解：香港的郊野公園——殖民地遺產的貢獻與局限〉，收入本土論述編輯委員會、新力量網絡合編：《本土論述 2009：香港的市民抗爭與殖民地秩序》，台北：漫遊者文化事業股份有限公司，2009 年，頁 17-24。

黃宗儀：〈鏡像：酒吧、迪斯尼計劃、都市空間與香港藍調〉，收入包亞明等編：《上海酒吧：空間、消費與想像》江蘇：江蘇人民出版社，2001 年，頁 205-266。

谷淑美：〈香港城市保育運動的文化政治——歷史、空間及集體回憶〉，收入呂大樂、吳俊雄、馬傑偉合編：《香港‧生活‧文化》，香港：牛津大學出版社，2011 年，頁 89-103。

葉蔭聰：〈集體行動力與新社會運動——有關「本土行動」的研究〉，收入呂大樂、吳俊雄、馬傑偉合編：《香港‧生活‧文化》，香港：牛津大學出版社，2011 年，117-149。

趙綺鈴：〈文化身份與香港的城市面貌〉，收入馬國明主編：《組裝香

港》，香港：嶺南大學文化研究系、進一步多媒體有限公司，2010
年，頁 58-77。

謝曉虹：〈五四的童話觀念與讀者對象 —— 以魯迅的童話譯介為例〉，
收入徐蘭君、安德魯・瓊斯（Andrew F. Jones）主編：《兒童的發
現：現代中國文學及文化中的兒童問題》，北京：北京大學出版社，
2011 年，頁 133-152。

六、外文文集論文

Clayton, Susan. "Environmental Identity: A Conceptual and an
Operational Definition," in Susan Clayton and Susan Opotow, eds.,
*Identity and the Natural Environment: The Psychological Significance of
Nature.* Cambridge, Mass.: MIT Press, 2003, pp. 45-65.

Roszak, Theodore. "Where Psyche Meets Gaia," in Theodore Roszak,
Mary E. Gomes and Allen D. Kanner, eds., *Ecopsychology: Restoring
the Earth, Healing the Mind.* San Francisco: Sierra Club Books, 1995,
pp. 1-17.

Smith, Neil. "Homeless/global: Scaling Places," in Jon Bird, et al. eds.,
Mapping the Futures: Local Cultures, Global Change. London: Routledge,
1993, pp. 87-120.

七、期刊論文或評論

小土：〈再讀《我城》—— 論西西、潘國靈及謝曉虹《我城》中的生活
想像〉，《字花》，第 60 期，2016 年 1-2 月，頁 124-128。

西西、何福仁：〈胡說怎麼說 —— 與西西談她的作品及其他（2）〉，《素
葉文學》，第 17-18 期，1983 年 6 月，頁 45-49。

林怡伶：〈轉變是希望的開始？ —— 論韓麗珠《風箏家族》身體與空
間的變異意涵〉，《東華中國文學研究》，第 11 期，2012 年 10 月，
頁 199-216。

侯桂新：〈簡論香港的青少年寫作〉，《海南師範大學學報（社會科學
版）》，第 24 卷第 4 期，2011 年，頁 118-121。

張清秀：〈那些年，那些事 —— 潘國靈筆下的都市記憶〉，《文學評
論》，第 19 期，2012 年，頁 117-118。

梁淑雯：〈無法「把身體放下」：香港女作家韓麗珠小說中的身體書寫〉，
《文藝爭鳴》，第 2 期，2018 年 2 月，頁 7-13。

許寶強：〈發展主義的迷思〉，《讀書》，第 7 期，1999 年 7 月，頁 18-
24。

郭詩詠：〈能動的現實：李維怡小說的鬼魅書寫〉，《中國現代文學》，第 38 期，2020 年 12 月，頁 45-72。

郭詩詠：〈寫作，以克服：讀李維怡〈笑喪〉〉，《字花》，第 20 期，2009 年 7-8 月，頁 93-98。

陳潔儀：〈從「接受」到「經典」：論台灣文學評論界對於「傳播」西西小說的意義〉，《淡江中文學報》，第 29 期，2013 年 12 月，頁 301-332。

陳燕遐：〈書寫香港：王安憶、施叔青、西西的香港故事〉，《現代中文文學學報》，第 2 卷第 2 期，1999 年 4 月，頁 91-117。

黃宗潔：〈香港新世代小說中的動物與城市〉，《淡江中文學報》，第 37 期，2017 年 12 月，頁 231- 254。

葉韻翠：〈批判地名學 —— 國家與地方、族群的對話〉，《地理學報》，第 68 期，2013 年，頁 69-87。

蔡怡玟：〈試以詮釋現象心理學初探段義孚之地方之愛〉，《應用心理研究》，第 63 期，2015 年 12 月，頁 139-188。

黎海華：〈抒情的清音 —— 閱讀張婉雯〉，《城市文藝》，第 67 期，2013 年 10 月，頁 72-74。

黎海華：〈陌生的異域 —— 閱讀韓麗珠〉，《城市文藝》，第 63 期，2013 年 2 月，頁 82-84。

鍾夢婷：〈「不合時宜」的小說、「不合時宜」的評論 —— 讀韓麗珠《失去洞穴》〉，《字花》，第 58 期，2015 年 11-12 月，頁 134。

譚以諾：〈美麗新世界與將來的城：並讀《我城》和《鯨魚之城》〉，《文學評論》，第 7 期，2010 年 4 月，頁 43-48。

八、外文期刊論文

Bridge, Gary. "Mapping the Terrain of Time—Space Compression: Power Networks in Everyday Life," *Environment and Planning D: Society and Space, vol 15, issue 5,* October 1997, pp. 611-626.

Easterly, William. "The Ideology of Development" , *Foreign Policy*, No. 161, July-August 2007, pp. 30-35.

Fullilove, Mindy Thompson. "Psychiatric Implications of Displacement: Contributions from the Psychology of Place," *American Journal of Psychiatry, vol 153, issue 12,* December 1996, pp. 1516-1523.

Hartig, Terry, Marlis Mang and Gary W. Evans. "Restorative Effects of Natural Environment Experiences," *Environment and Behavior, vol 23, issue 1,* January 1991, pp. 3-26.

Harvey, David. "Globalization and the 'Spatial Fix'," *Geographische Revue*, February 2001, pp. 23-30.

Mayer, F. Stephan, Cynthia McPherson Frantz, Emma Bruehlman-Senecal and Kyffin Dolliver. "Why Is Nature Beneficial?: The Role of Connectedness to Nature," *Environment and Behavior, vol 41, issue 5,* September 2009, pp. 607-643.

Nisbet, Elizabeth K., John M. Zelenski and Steven A. Murphy. "The Nature Relatedness Scale: Linking Individuals' Connection With Nature to Environmental Concern and Behavior," *Environment and Behavior, vol 41, issue 5,* September 2009, pp. 715-740.

Pred, Allan. "Structuration and Place: On the Becoming of Sense of Place and Structure of Feeling," *Journal for the Theory of Social Behaviour, vol 13, issue 1,* March 1983, pp. 55-56.

Winslade, John. "Tracing Lines of Flight: Implications of the Work of Gilles Deleuze for Narrative Practice," *Family Process, vol 48, issue 3,* September 2009, pp. 332-346.

Yim, S.H.L., J.C.H. Fung, A.K.H. Lau and S.C. Kot. "Air Ventilation Impacts of the 'Wall Effect' Resulting from the Alignment of High-rise Buildings," *Atmosphere Environment, vol 43, issue 32,* October 2009, pp. 4982-4994.

九、學位論文

張貽婷：〈當代香港文學的九七焦慮與都市性格的共振（1982-2007）〉，台北：台北大學中國文學系，2011 年。

陳姿含：《九七後香港城市圖像 —— 以韓麗珠、謝曉虹、李維怡小說為研究對象》，新竹：清華大學中國文學系碩士論文，2016 年。

黃冠翔：《一九七〇年代以降香港敘事的「主體性」想像與建構》，新竹：清華大學中國文學系博士論文，2020 年。

十、報刊文章

〈最後一日十五萬人搭船惜別舊天星〉，《大公報》，2006 年 11 月 12 日，A08 版〈港聞〉。

〈屢次填海碼頭 4 度搬遷〉，《新報》，2006 年 11 月 12 日，A03 版〈要聞〉。

〈漁護署「玩」死大棠怕醜草〉，《都市日報》，2016 年 8 月 3 日，P09 版。

張麗碧：〈天星百萬購原音新鐘樓〉，《明報》，2006 年 8 月 28 日，A04 版〈港聞〉。

劉紹銘：〈香港文學無愛紀〉，《信報財經新聞》，2004 年 6 月 19 日，第 24 版。

潘國靈：〈天星鐘樓〉，《經濟日報》，2006 年 12 月 20 日，C14 版〈寫意‧靈機一觸〉。

十一、網絡資料

土地供應專責小組：〈土地供應專責小組報告（2018 年 12 月）〉，https://www.devb.gov.hk/tc/boards_and_committees/task_force_on_land_supply/report/index.html，2022 月 3 月 21 日瀏覽。

世邦魏理仕香港：〈香港蟬聯「全球房價最高城市」榜首〉，https://www.cbre.com.hk/zh-hk/press-releases/hong-kong-holds-spot-as-worlds-priciest-residential-property-market，2022 月 3 月 21 日瀏覽。

香港社會指標：〈社會領域指標〉，https://www.socialindicators.org.hk/chi/indicators/environmental_quality/23.1，2022 月 3 月 21 日瀏覽。

香港旅遊發展局：〈2018 年香港旅遊業統計〉，https://securepartnernet.hktb.com/filemanager/intranet/ir/ResearchStatistics/paper/Stat-Review/StatReview2018/Statistical%20Review%202018.pdf，2022 月 3 月 21 日瀏覽。

香港特別行政區政府地政總署測繪處：〈香港陸地及海面面積〉，http://www.landsd.gov.hk/mapping/tc/publications/total.htm，2022 月 3 月 21 日瀏覽。

香港特別行政區政府商務及經濟發展局旅遊事務署：〈2018 年旅遊業表現〉，https://www.tourism.gov.hk/tc/tourism-statistics-2018.php，2022 月 3 月 21 日瀏覽。

香港特別行政區政府統計署：〈香港經濟的四個主要行業〉，https://www.censtatd.gov.hk/tc/EIndexbySubject.html?pcode=FA100099&scode=80，2022 月 3 月 21 日瀏覽。

香港特別行政區政府新聞處香港品牌管理組：〈香港亞洲國際都會〉，https://www.brandhk.gov.hk/html/tc，2022 月 3 月 21 日瀏覽。

國家教育研究院：〈雙語詞彙、學術名詞暨辭書資訊網〉，http://terms.naer.edu.tw/detail/1316618，2022 月 3 月 21 日瀏覽。

教育統籌委員會：〈香港教育制度改革建議〉，http://www.edb.gov.hk/tc/about-edb/policy/edu-reform，2022 月 3 月 21 日瀏覽。

陳茂波：〈凝聚共識覓地建屋〉，https://www.news.gov.hk/tc/record/html/2013/09/20130908_112603.shtml，2022 月 3 月 21 日瀏覽。

十二、其他

何福仁：〈《我城》的一種讀法〉，收入西西：《我城》，台北：洪範書店，1999 年，頁 237-259。

何福仁：〈談談《我城》的幾個版本〉，收入西西：《我城》，台北：洪範書店，1999 年，頁 261-265。

香港特別行政區政府統計處：《香港統計月刊（2000 年 1 月）》，香港：政府統計處，2000 年。

張少強：〈導言：臨界之都〉，收入張少強、梁啟智、陳嘉銘合編：《香港‧城市‧想像》，香港：匯智出版有限公司，2014 年，頁 xi-xxiv。

鄒文律：〈在變遷中找尋城市生活的空間意義 ── 專訪張婉雯〉，《大頭菜文藝月刊》，第 59 期，2020 年 9 月，頁 10-15。

鄒文律：〈從書寫到生活，從自然到城市 ── 專訪可洛〉，《大頭菜文藝月刊》，第 57 期，2020 年 5 月，頁 12-17。

鄒文律：〈輕重與虛實之外有野草叢生 ── 文字耕作者李維怡專訪〉，《大頭菜文藝月刊》，第 61 期，2020 年 11 月，頁 10-17。

後九七香港青年作家訪談錄

在變遷中找尋城市生活的空間意義
——專訪張婉雯 *

張婉雯（1972-），香港作家、小説家，任職於香港理工大學中文及雙語學系導師。多年來作品散見文學雜誌，主要出版著作為《甜蜜蜜》（2004）、《微塵記》（2017）、《那些貓們》（2019）、《參差抄》（2022）。2012 年憑着〈潤叔的新年〉榮獲第 25 屆聯合文學小説新人獎中篇小説首獎。多年來張婉雯身體力行，關注亦保護動物權益，着力書寫生活中平常人情世事，當然還包括與動物們的相處點滴。她求實求真的寫作格調吸引不少讀者關注，書寫不時帶出倫理思考，亦十分關注人與自然環境的相處意義。

▍流動空間裏的躁動

> 「香港地總是擠迫，門對門，窗對窗。」
> ——《那些貓們》

任職理工大學語文導師的張婉雯，最常出沒地點就是西鐵沿線。當訪問談及對於城市空間有何深刻感受時，張婉雯開口第一句便説：「擠迫，十分擠迫。搭車擠迫、住屋擠迫、情緒擠迫、資訊

* 該訪問進行於 2019 年 6 月 18 日，由鄒文律訪問，張婉雯受訪，刊登在《大頭菜文藝月刊》，第 59 期（9 月號）。出版前略作微調。

擁擠⋯⋯」擁擠似乎成為香港的代名詞，在繁忙城市的流動空間裏，難免會產生許多來不及消化的感受。

香港理工大學位處於港鐵紅磡站旁，只得一條天橋互相連接。紅磡站除了是港鐵東鐵線及西鐵線的終點站之外，亦同為城際直通車（來往香港至內地）的終點站，人流量和載客量極高，而連接紅磡站的天橋底，則是紅磡海底隧道的巴士轉車站。「當你每天上班，出門的一刻正正常常，但搭完一程車之後，就會很煩躁地開始一天的工作。」張婉雯分享了自己乘車的特別情景。搭地鐵時，她發現自己不時會遇見乘客吵架，「有人突然間很大力踢門，嚇得周遭人們紛紛散開，也遇見過有人自言自語，很大聲在說些叫人聽不懂的話。」此外，她還經常遇見有人用手機看影片卻沒戴耳機，導致車廂噪音量大增。「我覺得這些瑣事跟擁擠的空間有關，人與人之間的距離被迫到很接近的時候，私人領域被入侵了。我不認識你，但是彼此逼得很緊，惡性循環。逼的時候心情不好，更容易引發衝突和情緒波動、甚至困擾。」還有一次，她搭巴士過海，看見一位乘客因巴士空間擁擠而未能順利上車，開始破口大罵站務員。那一刻她開始想，為什麼每次坐交通工具都會有人吵架？「好像大家都拿陌生人來洩憤。」憤怒的源頭，來自於擁擠的空間，燃燒着每一個人。

鬱躁不是空穴來風，作為一位旁觀者，同處於城市空間的壓迫之

中，張婉雯身心感受到城市空間轉變的歷程。「我印象是開放自由行之後，紅磡火車站經歷明顯變化，月台被行李箱佔據了空間，旅客拖着行李箱時，一不小心就會撞到你的腿。我帶着兒子，會把他拖到一邊，教他：『你要懂得看，懂得避開他們。』」東鐵線月台使用量及載客量的大幅度上升，導致城市空間出現超負荷。到底如何在經濟發展和民生層面取得相應的平衡呢？這是張婉雯甚或每一位都市人都會思考的問題，卻久久沒有答案。

▌ 被窩也是安全範圍內

作為作家的張婉雯，對於城市觸覺、居住空間具備一定敏感度。套用 Virginia Woof 的説法，「A home of her view」，人最理想的狀態是能擁有一間屬於自己的房間，一個安全空間的所在。然而，在這寸金尺土、高密度發展的今日香港，擁有個人空間始終是一件頗為奢侈的事。如果時光倒流二十年，作家成長年代的安全空間，是怎樣一回事呢？

「我小時候跟兄弟姊妹共享一個房間，那時候很開心，不覺得委屈，也很開心。當時每個人都這樣生活。我們兄弟姊妹感情很好，躺上床之後還在繼續聊天，嫲嫲也睡在同一間房。房間容納了四個人，兩張上下鋪床，我跟我妹妹睡上鋪，我弟弟跟嫲嫲睡下鋪。關燈之後我們三個人就在嘰嘰喳喳聊天，直到嫲嫲叫我們

睡，我們才捨得睡覺。」小時候被窩就是最安全的私人空間，儘管只有那麼一點點範圍。聽得出來，那是一段屬於童年以及特定年代才擁有的成長時光：兄弟姊妹生活習慣接近，感情也好，形成相當愉快的生活記憶。現時普遍都是獨生子女家庭，也就缺乏了與兄弟姊妹嘰嘰喳喳的機會，取而代之是個人與數碼科技產品嘰嘰喳喳的糾纏過程。長大後，張婉雯期望有一個不被打擾的私人空間，它能夠裝載所有瑣事、雜務、思想和情緒，「假如是一個房間的話，我希望它有窗，同時需要知道外面發生什麼事，知道外面是天晴或下雨。」一間房，一扇窗，一個可供退出或暫時退出的空間，是張婉雯最期待的事之一。

▌ 眼看城市變遷，人情未變

成長在八十年代，提起城市景貌變遷，張婉雯沒有遲疑點出三個印象深刻的地景：荔景、葵芳、香港中文大學。

荔景是她六、七歲開始居住的地方，那時候地鐵站尚未進駐，外頭荒涼一片。直至出現了只有兩個月台的荔景站，再到結合東涌線及荃灣線共四個月台的荔景站，張婉雯見證着荔景從荒涼到繁忙的變化。「很奇怪，新蓋了一些東西之後我很快忘記舊的荔景站是什麼模樣。如果你問我我會說不出來，很快就忘記了。」但是對於香港中文大學與葵芳的舊貌，印象卻十分深刻。

唸中學的時候，張婉雯住在葵盛圍。從學校走去葵芳，首先要經過長長的一段階梯，才抵達各式各樣的覓食地點。「我記得是一條巷子的樓梯底裏，賣着很便宜的食物。那是比較地道邋遢的小店，卻發生很多趣事。（當時）跟中一的同學去吃，她看着餐牌説，『唔該畀一碟爽滑腸粉』，我們在狂笑，『爽滑』是不用説出來的。」除了「爽滑」腸粉，還有「西班牙豬扒飯」、「法蘭西多士」……童年時期的純真思維，也一併收納在街上，城市舊貌與記憶形成密不可分的關係。

「啊，我還記得街邊有位太太跟一個男人，我忘記了那個男人的樣貌，只記得（太太）是一個胖子，在街邊賣紅豆冰、菠蘿冰，五元、四元一杯，現在想起來也很恐怖，那時候不是用紙杯，而是用膠杯。客人飲完後，隨便用水沖一沖膠杯，就用來盛飲品賣給第二個客人了。」那時候的葵芳還沒有新都會廣場，只有粥舖、茶餐廳以及相對邋遢的麵攤子。記憶蹤跡隨着地名順藤摸瓜般逐漸浮現，張婉雯談及童年，總是顯得眉飛色舞，彷彿舊時光就在眼前。是因為童年比較無憂嗎？還是因為社會變遷速度太快？張婉雯畢業後，新都會商場建成，葵芳邁入中產化社區。

如今小孩要點一杯紅豆冰，恐怕會坐在「大快活」或「大家樂」等光線亮麗的橙黃色空間，等工人姐姐或爺爺嫲嫲捧來一杯紅豆冰。這種人工化的光景變得愈來愈「自然」，同時也令人感到遲疑。

至於馬料水的香港中文大學，張婉雯整個大學時期就在那裏度過的。提及中大，她最大感觸反而是發現自己容易迷路這件事：「我和朋友回中大，朋友説，現在回來覺得自己好像是金山阿伯回鄉下一樣。我唸書時，中文大學只有四間書院。校巴只得一條路線，每天站在同一位置等車。」如今中大合共有九間書院，校巴新增至十二條路線，分別在平日和假日行駛。「那是『鄉音無改鬢毛衰，笑問客從何處來』的感覺。」回到原本熟悉的母校，頓時經歷遊子歸家的過程。張婉雯十分記得自己唸書時期，中文大學校舍外貌以及學生氣質等細枝末節，「以前我們那個年代，HKU（香港大學）跟 CU（中文大學）出來的人很不一樣，連我自己的學生也認得。剛出來教書時，他們一看就知道我是 CU，不是 HKU。因為我可能老套一些、有些村姑 feel。」張婉雯笑説。如今中文大學崇基校舍新蓋了「康本學術園（YIA）」，龐萬倫學生中心經過翻新工程，加入日式文青咖啡店（Paper Café），這些變化在歲月間磨蝕了許多人對昔日的記憶，新有新的漂亮美麗，那麼舊的記憶呢？如何被覆蓋？「我總是記得自己唸書時期中文大學的模樣，可能與感情投放有關。」張婉雯最後補充一句。

▍生活在不尊重身體的城市裏

當被問及城市如果看待各種身體的時候，張婉雯首先用「忽視」

來形容。「我覺得身體與心靈的需要，是不能完全分割的。身體感到舒適安全、心理覺得舒適，是健康的最基本要素。」只是生活在城市的人，每天朝九晚五（如果幸運不用加班的話），要達到「健康」的標準，還是有一定難度。回想起讀書年代的體育課，張婉雯笑說那只是「閒課」，實質上並不鼓勵學生做運動，那不過是形式化的存在。「政府宣傳鼓勵市民多做運動，但那牽涉整個社會的文化，當中需要很多配套來配合；當城市人加班加到七八九點還沒回家的時候，怎麼做運動？」其後，她援引生活例子進一步說明教育的失敗：「我以前有一回跟鄰居聊天，他的孫子小學三年級，要做一個以三百字介紹『屏風效應』的報告。我那時候說，『不如你先帶孫子去街市學懂分辨節瓜、翠玉瓜和青瓜？』拜託，我覺得我們的教育很離地，我們教學生很多抽離於生活的知識，而他們卻缺乏生活上的基本知識……另外，學校飯盒都是垃圾食物，香腸之類的。每天還丟棄大量的膠，但教科書卻教導學生要環保、多菜少肉。」說好的環保呢？說一套做一套的思維模式底下，究竟如何教導下一代重視自己的「身體價值」？

不只是人的身體，張婉雯還長年關注動物權益。家裏養了三隻貓，連新近出版的著作（《那些貓們》）也是以貓為名。在她眼中，動物的身體很少得到關顧，「整座城市發展完全沒有考慮到牠們的生存空間。」斬釘截鐵的話語背後，源自於社會對動物

權益的忽視，「如果現在你把寵物屍體拿去食環署動物屍體收集站，最終也是被拿去堆填。之所以叫你特地拿去那裏，只不過是他們需要先消毒一下，出於社區衛生的考慮，而不是出於對動物死亡的考量。」生命何價？在動物醫療系統中，香港政府分毫沒有補貼，換言之，動物生病或需要治療，照顧者除了接受高昂私人獸醫治療費用外，恐怕別無他選。張婉雯補充道，漁護署獸醫的職責也僅僅限於醫治警犬。

▌土地空間私有化之後

在近二三十年，城市發展急速，不斷強化具備競爭力的全球城市地位。隨着資本主義持續發展，土地空間私有化的概念，從私人發展商管理的屋苑延伸到公園、公共屋邨，大量公共空間成為被管理的對象。一旦遇見「非我族類」或「外來的」東西入侵，管理員便要擔當維持空間秩序的角色。張婉雯認為動物就是其中一個被驅趕的族群。「外國有些地方會做絕育放回，不是隨便抓了流浪動物就處死，而是幫牠絕育放回原居住地。這是否符合動物的倫理，可以另作探討，但至少牠們不用死。在外國很多地方，動物可以出入公共空間，例如流浪狗在天冷的時候，忘記是希臘還是俄羅斯，店舖夜晚也會開門讓流浪狗進去避寒。流浪狗或貓會自己搭地鐵、搭巴士，懂得自己上下車、出站。在香港這些事情是不可能發生的，牠們一定被人打電話叫漁護署抓走。」回想

起在港的日常生活，街頭上的流浪貓狗甚至野豬，說不定被漁護署人員抓走的同時，也成為隔天的新聞報道內容。時刻排拒「非我族類」的東西，令城市容易出現單一化現象，所謂的多元發展理應是基於所有族群平等的概念。「以前公共屋邨的空間就像我小時候跟兄弟姊妹睡上下鋪一樣，沒有隱私。在屋邨裏打開鐵閘就掛一塊布（擋在門口），（鄰居）當然會有吵架的時候，也有互相幫助的時候。現在是，大家都把門關起來，你不認識我，我也不認識你，公共空間只由一群保安在管理。」張婉雯道出城市變遷形成一堵冷漠的牆，隔絕人與人之間的距離。

▋ 動物書寫的意義

儘管動物被標籤為「非我族類」的生物群體，談及城市書寫，張婉雯仍認為動植物是其中一道重要的城市風景。從貓、狗、小鳥到樹木、花朵，動植物一直都存在於人類的生活空間，端看人類是否「看得見」牠們。在《那些貓們》，動物並不是以背景方式出現，而是與人有密切關聯及恆常互動，小說裏的動物甚至投射了作者自身的處境。在眾多動物之中，張婉雯選擇了寫貓：「因為我覺得貓是一種很可愛的生物，牠可以跟你建立關係，但不會完全被你馴服……貓對主人也有感情，牠有時也會遷就主人，同時會呈現自己的面貌。我希望我筆下的人也是這樣，他們很平凡，看起來到處都是這些人，但細心跟他們相處過之後，每個人

都有他獨特的一面，差別在於有沒有機會去呈現，或你是否觀察得到。」

現在張婉雯養着四隻貓，每一隻貓都有獨特個性。「我的大貓是我第一隻養的貓，牠會覺得自己是人，最小的兩隻來到我家的時候，牠們比較像貓，因為牠們有同類，跟着同類行事就好。大貓來的時候只有自己，牠會覺得自己像一個人。」這隻覺得自己像人的貓，會在吃飽一餐之後走到她身邊，讓她稱讚一下，也會在她兒子吵鬧的時候，產生「投訴」反應。然而，與兒子感情最要好的，始終是這隻視自己為人的大貓。

從書寫到生活，從自然到城市
——專訪可洛 *

梁偉洛（1979-），筆名可洛，香港作家。畢業於香港浸會大學中文系，曾任職編輯，創立《月台》雜誌、立夏文創出版社。現為自由寫作人及創作班導師，屬於後九七作家之一。曾出版詩集《幻聽樹》（2005）、小說集《繪逃師》（2005）、《她和他的盛夏》（2006）、《小說面書》（2011）、《鯨魚之城》（2009）及《幻城》（2018）、《來一場文學散步》（2023）等。

▌藍田成長，觀塘經驗

在 2018 年出版的《幻城》裏，時常找到「觀塘」的影子。對於地方的感情，無論時光如何流逝，感覺仍然是真實存在的。可洛在藍田長大，居住和讀書都集中在同一區，至於假日，唯一可供消費和娛樂的莫過於鄰近的觀塘區。「觀塘裕民坊以前那間麥當勞，是我第一次光顧的麥當勞。那邊有很多回憶，小時候在觀塘或裕民坊轉來轉去。小說其中一部分以觀塘作背景，這是原因之

* 該訪問進行於 2019 年 6 月 29 日，由鄒文律訪問，梁偉洛（可洛）受訪，刊登在《大頭菜文藝月刊》，第 57 期（5 月號）。出版前略作微調。

一。」近年裕民坊久不久傳出清拆、重建的消息，這些消息徘徊在可洛的心裏，使他的腳步不自覺地重遊舊地。「聽到這些消息後，我自己去了幾次，我不單單是自己去……忘記了有一次還是兩次，我帶學生去文學散步，特地回去裕民坊做記錄。那時候，雖然工程還沒正式展開，但有些區域已經開始重建。店舖封了，樓宇拆了，剩下地盤。最後，四周的東西都清拆了，唯獨剩下裕民坊伶仃存在。這段日子，我刻意回去看。印象也好，經驗也罷，這些都是實際存在的。當我寫《幻城》的時候，我嘗試將這些經驗寫下來。」念念不忘的迴響，終呈現在作家書寫的軌道線。

▎被困住的人

從藍田搬到沙田，是後來的事。隨着成長途中的遷移路線，可洛發現沙田可愛的一面。「當時沙田或大圍區屬於新市鎮，給人一種開闊的感覺，不像現在有那麼多豪宅、高樓大廈，那時候給人一種一望無際的感覺。小時候在街上玩的時候，會在馬路上跑來跑去，因為那時候路上沒什麼車。」隨着插針式的樓宇高高築起城內的牆，風景被一重一重阻擋在外，人也一重一重被困在樓內。可洛說，他最喜歡八十年代的沙田，那些建築物最溫暖。七八十年代的建築物，主要以水泥、磚塊、紙皮石建造，而不是纖維、玻璃等材質。「後來很多建築引入玻璃幕牆，整棟建築都由玻璃構成，予人的感覺像是可以看得穿。但最終你會發現，那

不過是一種阻擋。（建築物）好像看得穿，卻用無形的、透明的玻璃阻擋了你，甚至玻璃門也是，欠缺溫暖的感覺。」直白表述帶領讀者穿透作者寫《幻城》時，築起來的玻璃幕牆寓意。《幻城》裏的人分隔在不同層區生活，透過玻璃幕牆窺探他人的存在。但是礙於收入、階層等種種原因，人們只能困在自己的層區，無法隨意移動或穿越。

在移動的狀態裏，可洛提到香港商場型態給予他的寫作靈感：「香港的商場可能是七至十層，現在（建起來）的商場甚至更高。很多時候，我們的時間就在上下移動的狀態裏面，這一件事對我們來說，可能沒有什麼特別感受，我們從小到大都這樣成長。不過，我聽一些外國朋友說，他們對香港的這種狀態驚為天人，很多人為此感到興奮。譬如他們從二十或三十樓往下看，會感到很興奮、很驚奇。從他們的角度來看，原來我們城市空間的特色就是這種立體感、高度。我把這點也放進了小說創作的素材裏面。」與外國經驗相比較，香港的商場佔地面積較小，卻為人帶來立體的城市景觀。

然而，在可供移動的城市中，可洛以「平躺的 IFC」來比喻香港被商場包圍的發展型態，「他們（指政府）會預設了一條路徑給你通往某個地方」，現時家住大圍的可洛，深刻明白到行走的艱難：「從家裏去市中心和港鐵站，就必須經過一座天橋，先上橋

再轉下去。那兒正在計劃將天橋接駁到日後新蓋的商場，於是乎，你要經過商場才能到達目的地。這些都是經過設計的空間。你在自己居住的區域還好，你知道這條就是必經之路。」以往常說——條條大路通羅馬，如果大路無法通向羅馬時，人又該何去何從？

〈幻城的四季〉曾描述這樣一個情節：在幻城炎熱的秋天裏，媽媽帶女兒朵朵去一間小學參加朗誦比賽，行人天橋走到一半，朵朵看見目的地就在眼前，只要五到十分鐘便可到達。下天橋後，她們過了馬路，很快發現眼前根本沒有道路可通往學校所在的平台。兩人站在街上凝視眼前的學校：

> 朵朵說：「海市蜃樓啊。」
>
> 「什麼？」
>
> 「老師教的，看得見但去不到的，就叫海市蜃樓。」
>
> ——可洛〈幻城的四季〉

▍被「設計過」的自然

在高度人工化的城市空間裏，我們如常生活，自然景物或多或少也存在於周遭，成為一點點綴。在《幻城》裏，可洛開始思考大

自然被「設計過」以後，呈現出來的面貌為何。〈怕羞草〉點出現代都市化生活的矛盾：一方面我們接受「大自然是危險的資訊」，另一方面城市又在營造類似的自然空間，「商場都被設計成熱帶雨林的模樣，給你各種「自然」的體驗。城市會設計出一種令你感覺到安全、自然的環境，讓你有機會去接觸自然。通常在這種情況下，那件事都不是免費的。但原本在自然空間之中，我們可以免費享用它。」在免費和付費之間的掙扎，是都市人常見的矛盾之一。安全系數高的自然空間被「設計過」，然而原始的自然空間真的那麼可怕嗎？可洛沒有給予任何答案，他補充一句：「我們從來不知道真正的自然是怎樣的。」

▎「監獄」有海景？

可洛作為創作班導師，不時會帶學生去各區文學散步，因而對於城市的景貌變遷、發展多了幾重感受。裕民坊傳出清拆消息後，可洛不但自己舊地重返，也會帶同學生一併窺探屬於他成長的歷史記憶。不但如此，他還會帶學生去香港仔薄扶林道作文學散步的活動，其中一處景觀是他必然會帶學生觀察和感受的：「那兒有一個海景，可以望到南丫島，看到幾條發電廠的煙囪。但那個海要怎麼看的呢？你必須以監獄囚犯的姿勢去看，因為在海前面有鐵絲網攔着。不知道為什麼要這樣看海，也不知道為什麼那兒要有鐵絲網。鐵絲網上有洞，你在洞與洞之間才能看到海。」這

樣一種「監獄式」的海景，帶動他寫出〈想死〉這篇小說：當政府封了跳海的路，人就找另一種方法自殺，跳樓或「燒炭」。「我們就像活在一座監獄裏面⋯⋯這是很難形容、很難去理解的一件事。」小說回應現實，尤其現實中作家日夜思考卻無法得到解答的事情，難以言喻的狀態，留待故事細說。

提及到海，可洛還補充了一句：「我覺得人和海的關係愈來愈緊張。」不只是海，當城市發展模式處於緊張或此消彼長的狀態，為了擴大人類居住和活動空間，大自然都難以逃過被改造或犧牲。以往農耕社會，人與自然彷彿能夠和諧共存、互相映襯。到了現代，人口膨脹的社會只會需要愈來愈多空間作城市發展，那麼自然環境呢？彷彿與人類形成了敵對關係。

因為可洛時常與學生踏上「文學散步」之路，觀察自然，接觸文學。因而發現，絕大部分學生在散步時留下最深刻印象的，便是港島西區那幾棵生長在牆壁的榕樹。石牆樹，屬於文學散步的景點之一，樹木早已被砍伐過；可洛不忘找舊照片給學生看，看看真正的「石牆樹」是如何壯觀，他慨嘆地說，「它在城市裏面完全沒有發言權。」當城市愈來愈規範化後，人或自然都必須符合某種標準，始能存活。

▌ 如果路徑可以選擇

在作品中，可洛對「商場」這個空間有一定程度的執着。「商場」反覆經常出現的原因，離不開作家對於香港的城市感受 —— 香港正正是充斥着各式各樣商場的現代化城市，我們行走、消費都離不開商場的環境。香港的城市設計，無論是誘使還是強制，商場已然成為人們日常生活的消費場所，也是匯聚人流的最佳地理位置，無意之中，人們在城市的流動受着「商場」的局限，路徑選擇愈來愈有限。「《幻城》裏面的人雖然不是生活在商場，但他們活在摩天大廈中，他們不曾走出去，甚至沒有見過天空。我覺得兩者相似。《幻城》裏面關於路徑，譬如說自殺，關於自己身體、生命，（大家想的是）我究竟有沒有權力作決定呢？」

可洛認為，這種路徑的可能性，並非純粹在城市空間裏點到點的物理距離，這甚至關乎到人生路徑的選擇。在〈阿果的線上線下生活〉的結尾，可洛這樣寫：「氣球升高，慢慢向發射站飄來，阿果伸手，但夠不着。它在幕牆下飄到很遠很遠，好像要飛往另一個星球。」這種氣球高飛的意象呈現一種對未來的未知、不確定感覺。「氣球不知道飄去哪裏，好像要飄去另外一個星球……這個氣球在小說最後以另一種姿態重新出現，不過這次不是氣球，而是〈幻城的四季〉裏面那個小女孩撿到的一個鯨魚玩偶。她把玩偶掛在家裏，晾乾，看着鯨魚在笑，有這樣一種

呼應。雖然我並沒有辦法確切地説，應該是怎樣的路徑或方法，但是在小説裏面，我們要下沉，因為城市是摩天大廈，所以我們要下沉，回到最原初的地方。」可洛認為真正要尋找的希望是往下走的，下沉不代表悲觀或絕望，反而回到初始，才是希望之所在。

▎阿果再現

西西七十年代出版的小説《我城》，被視為深具香港意識的文學經典之作。讀者或許會好奇，可洛為何會借用西西小説人物的角色呢？

從《鯨魚之城》開始借用原本屬於西西故事的人物阿果，到了《幻城》，阿果也繼續在小説中擔演主角。「其實沒有什麼特別原因，想寫《鯨魚之城》的時候剛好在重讀《我城》。《鯨魚之城》的故事意念在十年前出現，2009 年左右。當時香港社會發生了一些事，令我產生那本小説的構思。我想到大概怎麼寫，但還沒有想到恰當的表達方式。重讀《我城》後，我有一種想法萌生 —— 如果阿果活在這個時代，他會怎麼樣呢？他會有什麼想法呢？於是我嘗試借用『阿果』這個角色來寫小説。有時候我們會提及關於世代的問題，某些人是七十後、八十後、〇〇後，我們會強調他們之間的差異，但是我們很少會關心他們彼此連接、

溝通的話會發生什麼事。」可洛沿用年輕阿果的形象，讓他嘗試去經歷新世代的變遷。如此借用、續寫，可洛無疑創造了與經典對話的空間。他亦補充說明，「忘記從什麼時候開始，我想建立一個屬於自己小說的宇宙，除了同名的人物之外，故事裏也有其他東西能夠互相對應。」

> 「目前的世界不好。我們讓你們到世界上來，沒有為你們好好建造起一個理想的生活環境，實在很慚愧。但我們沒有辦法，因為我們的能力有限，又或者我們懶惰，除了抱歉，沒有辦法。我們很慚愧，但你們不必灰心難過；你們既然來了，看見了，知道了，而且你們年輕，你們可以依你們的理想來創造美麗新世界。」
>
> ── 西西《我城》

> 「各位同學，你們或許知道，或許不知道，這個世界有多壞。我們讓你們來到世界，卻沒有為你們建造一個理想的環境，實在抱歉。我們明知世界不好，但無能為力，我們太懶惰了，除了道歉，還可以說什麼呢。但你們不要灰心，這個世界會好起來的，因為你們來了，看見了，經歷了，請趁年輕的時候，按你們的想法來創造美麗新世界。如果連你們都做不來，

請把這番話告訴你們的學生或孩子，我相信，有一天
世界會變得完美無缺。」

—— 可洛《鯨魚之城》

同一段說話，先是出自〈我城〉班主任之口，後來由〈鯨魚之城〉
的阿髮說出來。世界依然很壞，不變的是兩代作家始終秉持的，
對於年輕一代的良善意願。

從《我城》到《鯨魚之城》，再到《幻城》，此城早已經歷太多，
建設太多，亦失去太多。然而，唯其變幻無常，可洛才有說不盡
的香港故事。

隱遁於城市之中——專訪陳志華 *

陳志華（1970-），香港自由撰稿人，現任香港電影評論學會會員及理事。曾任《字花》編輯、廿九几出版社成員。在創作方面，曾獲得 2006 年中文文學創作獎小說組季軍、第 32 屆青年文學獎小說高級組亞軍。出版小說集《失蹤的象》（2008），編著《2012 年香港電影回顧》（2013）、《香港電影 2018》（2019），合編《焦點影人 張艾嘉》（2015）、《十年再見 楊德昌》（2017）、《焦點影人 洪金寶》（2019）等。多年來專注寫小說及影評，作品散見於《字花》、《號外》、《文學世紀》、《香港文學》、《香港電影》等雜誌。

▍在充滿歷史的舊式屋邨長大

秀茂坪邨，曾幾何時是香港徙置區之一，興建了四十四座徙置大廈，最早期的大廈在六十年代興建，是為了安置部分因東頭平房區火災而無家可歸的人士，同時也為公屋租戶提供居住空間。如今再提起「秀茂坪邨」，已是拆卸重建之物，與陳志華記憶中的童年也相距甚遠。

* 該訪問進行於 2019 年 7 月 4 日，由鄒文律訪問，陳志華受訪，刊登在《大頭菜文藝月刊》，第 60 期（10 月號）。出版前略作微調。

小時候居住在秀茂坪上邨，陳志華永遠記得童年時的家，自己從小斜坡的石階爬上爬下的生活情景。為了準時上課，他每天在清晨五點多便起床梳洗，朦朦朧朧的天空抬頭仍能望見點點星光。那時候不覺得辛苦，因為那是一個抬頭就能快速認出北斗七星的年代。在景象與人情之間，陳志華反覆提及的是那一份公屋人情：「我小時候住的公共屋邨，每條走廊均住滿多戶人家，他們多數是互相認識的。上一代的鄰里關係比較密切，師奶們互相認識，彼此照應，你幫我顧小孩，我幫你顧小孩。後來我從公屋搬到居屋，再到現在租住私人房屋，感覺上人與人的距離是愈來愈遠了。媽媽那一代會比較好，她們會嘗試建立鄰舍關係，到了我這一輩就比較困難，有時候會跟鄰居打招呼已經很好了，遑論彼此熟絡、互相認識。」現代人注重私隱和生活空間，連鄰居姓氏，恐怕也不清楚。只知道鄰居外貌高矮肥瘦，單位號碼1127，其餘資料一概無從考證。

▎關於失蹤這件事

陳志華只出版過一本小説集：《失蹤的象》。他在寫《失蹤的象》之前，還未到訪過南美洲，而對阿根廷的具體印象是從王家衛的電影《春光乍洩》開始。《春光乍洩》講述阿根廷在地球另一端，那是距離香港最遠的地方。「假設從香港一直向地心掘一條通道，穿過地心之後，就會抵達阿根廷。而阿根廷最南端的烏斯懷

亞，被稱為『世界盡頭』，很多人從那裏前往南極，是一個很遙
遠很遙遠的地方，我想像：一個人去到那裏是怎麼樣呢？」除了
王家衛，阿根廷導演費南多．索拉納斯的紀錄片也給予他不少啟
發，影片描述了近二十年來阿根廷的貧窮和腐敗，令他從不一樣
的角度認識這個國家。「我寫《失蹤的象》，故事也講到阿根廷。
我寫的時候還沒有去過阿根廷，當時都是依靠資料蒐集來寫。」
後來看了紀錄片《星空塵土》，也親身去過南美洲，「影片提到
那裏的沙漠，是天文學家探索星空的好地方，但同時，智利獨裁
統治時期有很多政治犯被殺害，原來都被埋在沙漠下面，當天文
學家在茫茫夜空尋找宇宙深處奧秘的時候，那些死者的親人就在
尋找沙礫下的遺骸，形成了饒有深意的對照。」

然而，千千萬萬種想像力，恐怕亦難以想像發生在城市空間裏的
這件事。《失蹤的象》除了受到王家衛電影《春光乍洩》的啟發，
還有一件深刻而真實的事件觸動了陳志華創作。曾幾何時，他任
職過政府機構，而他所入職的工作單位，分配給他的辦公室座位
不是空無一物，而是留有舊同事尚未清走的物件。一個人在城市
中突然消失得無影無蹤，而根據政府的工作指引，不能立即把該
員工從崗位剔除，直至辦妥手續和程序為止。陳志華望着辦公桌
上一堆陌生的物件，想像這位他素未謀面的舊同事究竟去了哪
裏、經歷些什麼事？於是天馬行空的幻想，就啟動了日後書寫的
筆桿。半年過去，舊同事仍然未見蹤影，工作單位經過不同手續

和程序後，終於確認這位員工不再上班。於是陳志華負責幫他收拾留下來的文具、零錢，一邊收拾一邊想着舊同事消失的原因。

《失蹤的象》早在 2008 年出版，等到陳志華真正踏足智利高原，已是 2019 年的事。他與朋友飛到南美洲旅行，長達六星期的旅程中智利是其中一站。「行程中我去了一個叫聖佩德羅德阿塔卡馬的地方。那裏位於高原，是沙漠裏的綠洲，由於地勢高，是很適合觀星的地點，晚上甚至可以看得到銀河。」在那裏，陳志華尤其感覺到自己與大自然的距離如此接近，這種與城市生活差天共地的體驗，令他覺悟到一件事：「小時候不明白，從前的人為什麼可以把天上的星星想像成不同星座，但當我看到智利那個高原的星空時，就明白為什麼古人的想像力可以這樣豐富，就好像小時候玩連線圖一樣，真的可以在星空連出一個個圖案來。」

▌ 自然衰老比較好

香港不是智利，沒有高原和滿天星宿，但對於土生土長的陳志華而言，面對香港急速發展轉變，就連「保育」也不是一件簡單的事。「有一次我跟黃碧雲談到了保育，她情願拆了，在記憶裏把它保留下來，她說保育無法容納毀壞和蒼老。現在的保育，很多時候就像有些人不接受自己的樣子變老，然後不停地整容。我小時候住的屋邨已經消失，但是它永遠在我記憶裏，永遠是我小時

候的樣子。」小時候住的秀茂坪上邨已經拆掉了，陳志華仍然會
時常想起小時候的生活，歸屬感就留在那份記憶裏。記憶不限
於人與人之間，還有人與地方之間。「在城市，我們會說土生土
長，這就不限於鄉土。有時提起自己讀過的中學、大學，也有一
種歸屬感。你認同那個地方，或者覺得跟那個地方、那裏的人建
立了感情或共同的經驗，與一個地方產生了連繫。」對於城市空
間的消逝，陳志華的感覺是矛盾的，希望空間留下，卻又擔心只
是留下了外殼 ── 當空間成為「標本」，一切事物只會變得面目
全非，最初的連繫也不復存在。人本來就傾向排斥、抗拒消逝，
面對城市景觀時亦不例外。陳志華出生時住在觀塘裕民坊，現在
觀塘重建，周圍的樓宇都在清拆重建，地景變得很不一樣。「感
覺很奇怪。但觀塘沒可能永遠保持我小時候記憶的樣子，有時候
它只能留在記憶中。」

從 1997 年香港回歸到 2003 年爆發沙士，香港平靜的日子沒有
維持多久。當時沉浸在焦灼的社會氣氛中，陳志華決定要為自身
做一個重大轉變。熟悉陳志華背景的人或許知道，他並非文科出
身。大學時期原本唸電腦科系，畢業後投身相關產業工作，生活
相當安穩。直至 2003 年來臨，他認為自己需要經歷一個轉變，
於是搖身一變投入創作者行列，離開自己原本安穩的生活狀態。
「事後回想我發現自己好幾篇小說都提到失蹤，董啟章的序言也
提到，我寫的時候可能受潛意識影響⋯⋯起初源於同事失蹤

的經驗，但原來我自己也有一種失蹤的慾望，很想離開自己原本身處的狀態。辭職對我來説，是一種失蹤。那段時間我感到自己好像困在一種狀態裏，很想離開。」所以他離開了，就像他在辦公室遇到的同事一樣果斷放棄安穩舒適的工作狀態，投身文化藝術界。

▎城市的限制

閱讀《失蹤的象》，不難感受到城市在小説中出現一種商場化傾向，陳志華坦言近年他經常有種強烈的感覺，覺得香港愈來愈像一個大商場。「我寫成〈木偶之家〉這篇小説，想像一個人進入商場之後就出不來了，不斷在裏面迷路。在這種環境下，他未必被嚴密監控，而是很多時候，我們每個人做的事，都被一個無形的制度規限着。你不可以越過那條線，可能你越過那裏就會有警號，無法再往前走。」正因為這種規管和矛盾，很多東西被制度化，甚至邁向單一趨勢。社會不容許意外發生，於是為各種事物施加重重限制。「就像以前的公園、遊樂場的設施是相對簡陋的，現在的『氹氹轉』很安全，你不會被甩了出去，滑梯也是，完全是受規管到不能令小童受傷。以前是容許有一點危險的，但現在愈來愈追求安全，地下會鋪墊子，確保小童怎樣跌也不會受傷。但很多時候要容許出錯、嘗試，這是一個學習的過程，小童也要經過學習，知道掉下來時會痛，就會小心令自己不要掉下

來。現在愈來愈保護小孩，卻成為了他們的限制。」社會以保護
之名 —— 限制你。

偏偏文學、藝術就是鼓勵創作者打破局限，發揮無限想像力去
創造一個新世界。西西《我城》寫了一句這樣的話：「阿髮說，
若是聰明，可以創造美麗新世界」。在書寫中，陳志華刻意運用
「失蹤」意象，就是為了希望掙脫社會規管的手段，讓人暫時離
開原來的崗位，離開原來的規範。或者掙脫是為了再創造，繼而
塑造出一個比現在更美麗的新世界。

別有堅持的匠人——專訪麥樹堅 *

麥樹堅（1979-），香港作家，現為香港浸會大學語文中心講師，全職教授語文及創作。曾獲獎無數，其中包括第一屆新紀元全球華文青年文學獎散文組冠軍、香港藝術發展局藝術新進獎（文學創作）等獎項；麥樹堅曾於任本地文學創作雜誌《月台》總編輯。作品著有《對話無多》（2003）、《目白》（2009）、《石沉舊海》（2004）、《絢光細瀧》（2016）、《烏亮如夜》（2018）及《板栗集》（2019）、囈長夜多（2022）等。

▍隨時間而消減的地方特色

麥樹堅從小住在新界區的屯門，自稱「屯門仔」、「新界仔」，在成長的年代他還沒有察覺到香港的地方特色正在不知不覺間逝去。年輕時搭巴士去旺角、尖沙咀一帶玩樂，消磨年輕時光，後來才發覺那是一片回不去的寬闊空間。「現在香港高樓大廈多了，公共空間少了，人太多，城市總是充滿景點和購物商場……我覺得香港愈來愈走向高度商業（化）的社會，而這個

---

* 該訪問進行於 2019 年 8 月 2 日，由鄒文律訪問，麥樹堅受訪，刊登在《大頭菜文藝月刊》，第 61 期（11 月號）。出版前略作微調。

社會對人有多種限制。」限制不是貿然誕生之物，可能年輕時涉世未深，對公共空間的感受較薄弱。現今地鐵每列車廂都人頭湧湧，完全感受到城市的強烈變化。

在《烏亮如夜》的中篇小說〈慢慢長夜〉，麥樹堅設計了一個「的士司機」的角色來反映時代變遷。的士司機每天遊走在城市中的大街小巷，他發現原來香港某些地名相當有趣，當他把車子駛進從未踏足過的空間時，才得悉香港保留了部分客家村落的歷史景貌。後來的士司機在職業生涯的最後一夜，毅然掛起「暫停載客」的標誌，拋開原有的職業身份，重新做回自己，細細遊覽城市景貌。但是司機漸漸在城市空間裏迷失，因為他發現每個地方的形狀與面貌漸趨一體，例如將軍澳和馬鞍山並沒有太大分別，「每一區缺少區內應有的特色的時候，說明了這個地方只是沒有什麼意義的城市。」喜歡歷史的麥樹堅，更着重於考證、發掘與追尋，他深深明白如果不能掌握一個地區的整條歷史線索，在這個高度都市化的香港，再難用筆墨去描繪黃大仙與荃灣的分別。因此對於城市空間的變遷，麥樹堅可說深有感觸。

▊ 你認識那個還沒有馬場的跑馬地嗎？

同樣是〈慢慢長夜〉，麥樹堅重點處理「死亡」這個議題。他在寫作前翻查過史料，了解「跑馬地」地名的由來：「跑馬地，又

名快活谷，馬迷以為，所謂快活是贏錢開心，贏錢開心的快活。但小説重提這點是因為快活谷底下埋葬了很多摩理臣山兵房士兵的屍體，所謂『快活』是『升天的快活』，不是賭錢、賺錢的快活。」經查證後才驚覺大眾幾乎都錯誤理解「Happy Valley」的含義。跑馬地原為黃泥涌村前的農田，位於香港島灣仔區中南部，屬香港早期開發區域之一。1845年英國人把這幅地建成了馬場，把賽馬娛樂帶到了香港。然而，英國人於鴉片戰爭後登陸香港島，這幅地最初的用途是墓地，後來把骨頭挖出來，蓋建成跑馬場地。「娛樂需要大於悼念、大於對死亡及尊重死者的需要。城市裏面若土地不夠，骸骨就挖起來，蓋各式各樣活人需要的東西。」麥樹堅如是説。評論者認為他在小説中處理死亡議題時，説明了城市對於歷史、先人、土地如何運用的取態。對他而言，認真考究歷史的功夫讓創作者得以窺探、審視社會發展及其變化帶來的後遺症，以及城市在深層次中，究竟「變」了些什麼。

▋ 沒有特色的香港建築

資本的持續積累及城市運作效能暢順讓香港在2019年IMD全球競爭力排行榜中位居第二。儘管如此，作家關心的未必是社會如何維持高效率的運轉狀態，反而是城市生活中人與土地、城市空間的相處問題。

香港整體土地面積細小，卻容納了七百多萬人口在此居住。發展
步伐日益加快，麥樹堅認為城市發展不需要永遠高速，因為這樣
會令城市失去本色。「現在東西都不堪咀嚼，無法挖深去看。一
來要快，二來是沒有站穩陣腳，沒有時間為一個空間命名。所以
東西是不會漂亮的，蓋起來全部都是一式一樣。」尤其是新型建
築物的命名，簡單如「13」、「88」，或複雜如「菁雋」、「丰匯」，
毫無香港特色和歷史淵源。麥樹堅的美學價值，在他筆下的各種
「名字」裏一一呈現，而資本主義世界只關心逐利及資本的自我
再生產，恐怕已經遠離了美學的要求。「可能小說家對命名權很
敏感，為一個地方命名，我覺得很重要。」

▍帶着「Why」來散步

麥樹堅經常擔任文學散步的導賞作家，他對於散步路線的設計有
一定要求。「我設計的荃灣文學散步，主要意念來自『海岸線』，
我留意到荃灣從五十年代設計成為衛星城市起，海岸線一直在變
化，一些東西逐漸消失、被取代以及被重新安置。我發現，很多
寫荃灣的小說都是講『流逝』的主題。」結合歷史、文學、地景
變化，麥樹堅讓學生從荃灣的變化來認識香港這座城市的變化。
「我教他們試着想像自己是一隻鷹，只能以空中角度俯瞰社區，
書寫荃灣。」為什麼偏偏選擇麻鷹的視角？「海的對面是牙鷹洲，
有很多麻鷹在盤旋、覓食，我希望他們可以想像以高飛者的角

度，想像生物曾經在這個地方出現。」動物有別於人，卻也是社
區的一部分。麥樹堅提出多角度思考，期望學生能多發揮個人想
像，留意身邊周遭事物的變化，思考城市中各樣事物被淘汰、被
消失的過程究竟是怎麼一回事。「我帶文學散步不只是讓學生讀
有『荃灣』兩個字的文學作品，而是要講荃灣這個地方。」他補
充說。

▍平衡城市空間與自然空間

對比起其他書寫城市的作家，麥樹堅在創作小說時有意將空間從
城市轉移至自然郊區，如同人物一樣，在城市擠壓空間生活久
了，同樣渴求可在大自然環境放鬆身心。「我自己有什麼問題要
思考時，就會去城門水塘、鶴咀等地方，那裏也是香港。香港不
只是有城市跟高樓，還有其他；那裏也有香港歷史、香港故事，
有些戰爭遺跡、炮台，全是香港的一部分。所以如果適合故事的
發展，我會刻意表現香港不只是小說旺角、小說銅鑼灣，或其他
少數（已廣為人知的）地點。」

確實如是，香港作為發達城市，近十年間外貌變遷迅速，在地者
如沒有細心觀察，恐怕難以想像十年間消失了多少東西。舊有事
物、空間被覆蓋之後，記憶也隨之消褪。麥樹堅十分在意細微事
物，在受邀書寫《年代香港·記住小說》時，驚覺過去十年間

城市面貌轉變之大。他收錄在書中的小說〈千年獸與千年詞〉，創造兩位主角，賦予他們兩種角色來敘說香港故事：方希文是土生土長的香港年輕人，對香港認知淺薄。程緯則是由內地來港讀書的留學生，但從他的生活觀察中，卻挖掘出許多有趣的香港歷史。如此的人物形象對比，確實叫讀者深思。

▍以認真、堅持的態度繼續書寫

提及對寫作的要求，麥樹堅堅持必須要踏踏實實以雙腳走過該地方，去實地考察、閱讀歷史資料，才讓人放心書寫。《對話無多》裏有一篇散文叫〈堅尼地城的貓堡壘〉，主要寫堅尼地城的舊樓群遊歷，是麥樹堅為了孕育一篇小說而誕生的意外收穫。「我不會閉門造車，我寫作不太喜歡虛構一個架空的世界。我個人不喜歡架空世界觀，也不想去建立一個指涉很強、虛構的城市。我反而喜歡創造一個與讀者日常經驗無異的世界，我負責虛構裏面的人物。」於是，他寫真實的荃灣、堅尼地城、馬屎洲、大帽山和船灣淡水湖，全部地方經由自己走踏才能育成文章。例如〈原美〉這篇小說，敘述一位患有產前抑鬱症的男士到馬屎洲憶想二億幾千萬年前的純粹世界；寫作之先，麥樹堅將自己的身體放置在空無一人的馬屎洲，以一整個下午的時間來感受。「在寫作裏我有我的堅持：一個地方我真實走過、感受過，從相片、影帶、書籍資料裏閱讀過，我才會心安，才能書寫。」自出版《目

白》之後，麥樹堅漸漸形成一種信念：他決意堅持自己的書寫方式，用盡心力去寫好每一篇文章。他想做到的，不是隨手寫一堆無關痛癢的字，「小心確認之後才下筆，窮盡我該知道的事才去寫。」他補充説。

▍ 兩地之間的歷史故事

對於藝術的追求，展現在麥樹堅每一篇小説、散文之中。他筆下的故事或人物雛形，始終關連着香港。香港是一個匯聚各方移民的大城市，六十至七十年代在文化大革命背景下，政治局勢動盪不穩，從內地偷渡來港的人士源源不絕。麥樹堅從父親口中得知父輩的具體經歷後，將之轉化為小説故事。父輩以自己一套方式來港之後，他們見證並創造了城市的部分根基，又孕育出自己的下一代，一代土生土長的「香港人」。父輩當年以為來了香港生活會更好，豈料現時生活在鄉下的人更富貴安康。在創作中，麥樹堅有意讓父輩們的角色「回到」鄉下，「當自己大半生押注離開，重遊故地後看見的事物」是麥樹堅想帶出的思考。「簡單來説，香港已經被超越了，香港已經在沒落，他們是在參與繁榮並且見證了它的沒落。這群人很有意思。」父輩們破碎的夢，成為香港歷史的一部分。

創作不能憑空想像，與學生日夕相處之中，麥樹堅不斷發現新的

故事元素。近年香港各所大學擴大了留學生收生比例，多了不少來自內地的學生來港讀書。麥樹堅曾聽學生分享，居住宿舍時與本地同學相處不融洽，最終搬離宿舍；亦曾看見新來港學生如何學習廣東話、跟本地人接觸、如何被排拒以及在被排拒後如何回應等。這些都是麥樹堅對中港兩地學生生活的觀察，也成就了麥樹堅筆下獨特的「香港故事」。

謙卑地擁抱自然 ── 專訪陳曦靜 *

陳曦靜（1976-），香港作家。畢業於香港嶺南大學中文系，嶺南大學中文系研究生。曾任嶺南大學持續進修學院人文學科（中國語言文學）副學士課程主任，現為嶺南大學中文系講師。著有小說集《不再狗臉的日子》（2011）、《爆炸糖殺人事件及其他》（2016）、《浪犬洛奇》（2022）；散文集《漫遊者》（2020）。其中《爆炸糖殺人事件及其他》獲得香港文學季推薦獎，其餘作品散見於《香港文學》、《字花》、《作家》等文學雜誌。

▎想像中的原鄉

在十三歲踏足香港這片土地的作家陳曦靜，一住就是數十年。畢業於嶺南大學，隨後亦在嶺南大學社區學院擔任導師。當她憶述剛來港的時日，彷彿只是昨天的事。她還記得，一來到香港先住大埔，其後搬去馬鞍山，讀書時期再搬至屯門，現今一直在屯門區生活。當年在羅湖駛進上水的列車上，陳曦靜曾一度想像過電影裏金碧輝煌、五光十色的那個香港形象。沒想到即將要在眼

＊ 該訪問進行於 2019 年 8 月 15 日，由鄒文律訪問，陳曦靜受訪，刊登在《大頭菜文藝月刊》，第 62 期（12 月號）。出版前略作微調。

前展現的現實卻是：「當火車從羅湖進入香港的時候，我從車窗看見上水、粉嶺的鐵皮屋。當時年紀還小，心裏有點震驚，心裏想，香港這麼破爛？可能因為我成長於一條農村，鄉下外面有農田、遠處有山，當時期待城市比較先進，來了之後才發現，怎麼那麼多山、那麼多破爛的房屋？這是我最初對香港的印象。」從震驚到接納，花了一段不短的時間適應期望的落差。住在大埔村屋的她，發覺原來腳下的泥土與鄉下沒有太大分別，只是生活空間相對狹隘了一點。

▌ 她所感受到的香港

「狹窄，到現在還是同一個印象。同時，香港是非常方便的城市，方便是表現在所有的衣食住行方面。如果我們去過外國旅行，特別感受到這一點。」日子久了，對香港整體空間的感受從最初的不適應到習慣，同時也發現這座城市與眾不同之處。陳曦靜對香港的印象不只是單一化的空間規劃，還有她「觀察中的轉變」之景貌。她坦言，自從 2003 年開放自由行旅客之後，香港城市的面貌逐漸轉變，例如扶手電梯的方向會跟隨旅客習慣而改變。這一切感受來得深刻而自然，她承認自己起初對這座城市相對抽離，後來受到社會時事的影響，對香港的感情、認同感可謂是更加投入。然而，香港作為一個移民城市，陳曦靜強烈感受到：「無論住在哪一間房子，那個地方都不是自己的家。」她觀

察到身邊的人，大家在身體上感覺比較漂泊，尤其內地學生來港讀書，大多擁有一種過客心態。「我教學時遇到很多內地生，他們要租房子住，基本上都是這種「過客」心態，房子只是供他們睡覺的地方，有張床就可以了，其他的可免則免。據我觀察，租客比較有這種『過客心態』。」但空間與人的連繫，陳曦靜認為十分重要，畢竟空間塑造了我們成為怎樣的人。

空間、土地與人

無論是生理空間還是心理空間，都關乎到一個人的成長與生活質素，偏偏香港就是一個缺乏足夠空間的社會。然而，空間對於人的塑造還是有決定性影響力，「『私人空間』——無論是生理還是心理方面、無論在香港還是內地 —— 都是比較缺乏的，因為我們的文化缺乏「界線」。沒有界線就沒有尊重，人作為個體、生命獨立的需要沒被重視、滿足。」陳曦靜亦認為，如果年輕人能夠在相對敏感的成長時期擁有一個可以獨處的生活空間，在人格成長方面會相對完善、豐滿。可惜香港萬金寸土，除了大學宿舍能提供短暫的獨立居所之外，對於年輕人而言，要擁有一個完全屬於自己的空間，恐怕還要努力一大段日子。

陳曦靜成長在鄉下，當談及土地與人的連繫時，從她口中得出的答案較不一樣：「我喜歡自然、耕種、爬山等活動，它們都離『土

地』比較近。我試過到嘉道理農場當植物義工、也在上水租了一小塊農田，種了半年菜。感覺在土地種植的時候，跟城市空間產生更加緊密的關係，會有比較強的歸屬感。我覺得土地會令一個人的生命變得更豐富、更謙卑。」生命中的歷練讓她學懂了謙卑，每每從傾談中也感受到這位作家的生活態度。她樂於享受大自然，樂於在城市裏尋找耕種園地，與商業化社會底下的都市人看似格格不入。但是她也察覺到，年輕新一代與土地的距離日漸遙遠。尤其生活在人口密度高、快速流轉的香港社會，現代人更少思考人與土地的關係，一般只是過着從超市購入糧食的生活體驗。陳曦靜從與土地的接觸中學得謙卑，她亦帶着這種眼光去看待身邊的不同族群。

▌ 移民的身份認同感

隨着中港兩地接觸頻繁，2003 年開放自由行旅客後，中港矛盾亦日益加深。陳曦靜當年十三歲搭着長長的火車來到香港，一住便是幾十年。她坦言，很長一段時間，她感到身份認同是十分困擾的問題。「現在我可以很清楚回答你：『我是香港人！』以前沒這麼清晰的。以前回內地跟內地作家交流時，他會覺得我是香港人，但普通話說得很標準。去台灣、內地，別人都覺得我是一個普通話說得很好的香港人；在香港呢，一開口，人家就認定我是『新移民』。」正正是那種夾縫狀態所帶來的迷惘、掙扎、痛苦，

才令她多加關注及書寫香港的新移民題材。然而，當她和較年輕的內地生交流時，發現大家的童年記憶如此不同，「一來是年紀有差距，加上我在農村長大，很少看電視。」如果是香港同輩朋友／同事呢？「香港同事的童年電視劇集、卡通片、音樂記憶，我是沒有的。」如此一來，夾縫狀態中「真空」的童年令陳曦靜更樂意去發掘身邊有趣的人與事。

▌ 與動物在城市中生存

近年多了作家關注動物身體，也開始流行動物書寫／植物書寫，書寫人以外的生物。陳曦靜自己養了一條中型犬，她認為動物在城市中生活比較困難。「香港雖然有狗公園、泳池，通常我們講動物的時候，多數集中在貓跟狗身上，寵物嚴格來說不能說是『動物』。我覺得我們對動物或城市對動物來說，不算太友善。譬如我看到的動物種類很少，曾經有一段時間很想去動物園看動物，我發現香港好像沒有動物園？」是的，香港不如台灣、日本，擁有一座座真正的動物園。位於中區的香港「動植物公園」，是本港唯一一個佔地 5.6 公頃，結合動物、植物及其他歷史景點的公園，園內大概有一半地方撥作飼養動物之用。「有時候覺得很可惜，只是想去看看動物的互動，城市裏面卻沒有這種空間。我們的設施也沒有考慮到動物需要。我家早上會聽見小鳥叫聲，窗台有時候會有白鴿停留，這是動物自己適者生存，找到

適合牠們棲息的地方。」陳曦靜慶幸自己住在屯門區，每天她會帶狗狗爬山，到了郊野公園便放開繩子讓狗狗自由活動。即便不登山，她也會帶狗狗去家附近的單車徑，她踩單車，狗狗跑步跟隨。又或者，在樓下的小公園，丟球給狗狗撿。各種方式都是為了與狗狗互動，讓動物能夠在戶外空間伸展活動。「有時我想如果搬去其他地方住，牠怎麼辦？那裏會有這些空間嗎？」作家對城市、動物的關懷之感，盡現眼前。

訪談後期，陳曦靜還笑着分享自己對未來的大計，希望能夠成功申請嘉道理農場職位，因為她十分嚮往在大自然的環境裏工作。若是失敗，還會嘗試其他與自然有關的工種，務求獲取不同的工作經驗。昔日專注於教學的作家，現在身體力行用她的生命融入土地、社會。或者，推動她前進的就是那種「謙卑」的生活態度吧。

創作、生活與城市——專訪謝曉虹 *

謝曉虹（1977- ），香港作家，現任香港浸會大學人文及創作系副教授。小説〈旅行之家〉（2001）曾獲第十五屆《聯合文學》小説新人獎首獎，〈理髮〉（2001）獲第一屆大學文學獎小説組冠軍，〈床〉獲 2004 年度中文文學創作獎小説組冠軍；小説作品集《好黑》（2003）獲第八屆香港中文文學雙年獎小説組雙年獎。著有《鷹頭貓與音樂箱女孩》（2020）、《無遮鬼》（2020），另與韓麗珠合著《雙城辭典 1 · 2》（2013）等。作品散見於《字花》、《文學世紀》、《香港文學》、《作家》等文學雜誌。

▍從馬路上的限制說起

訪問開初談及作家對城市空間的感受，謝曉虹直言最難適應是香港的城市發展建基於購物商場和地鐵相連的結構上，「以前從尖沙咀走去太空館，不一定要經過購物商場的。現在很困難了，到太空館去，一定要先經過購物商場。」謝曉虹認為，城市逼迫人進行某種生活的方式，其中一種對於生活的「壟斷」體現在運輸系統。當我們的生活圍繞地鐵站與商場之間時，各種路線的規限

* 該訪問進行於 2019 年 9 月 13 日，由鄒文律訪問，謝曉虹受訪，刊登在《大頭菜文藝月刊》，第 63 期（1 月號）。出版前略作微調。

便增加了。「九龍城原本是一個地鐵不會直接到達的地方，雖然近年多了很多『豪宅』，但還是保留了不少有趣的老店，也有新式的獨立咖啡館。當新建的地鐵站通車，不知道這種混雜性還能否保持下去。」作家理想中的城市空間走了樣，就連回家的路途也不一樣了。莫説是往昔，現時每分每秒，這座城市的空間也經歷着各種變化。外國朋友告訴謝曉虹，他發現香港城市築起很多欄杆，人要在城市裏行走非常不容易。「（城市）規限了行人步行的方法，這是很容易感覺到的。還有很多人提過的，包括公園裏面的凳子加欄位，不讓人睡。我們商場有很多空間，但是不用付費、給人休息的地方很少。這些大家都感覺到。」

「另外，經過反高鐵、菜園村這些事件，雖然我們大多不是來自農村的人，但也會感受到這個城市為了發展什麼都不管的取態。我成長的年代不會注意到香港的農業，很容易覺得它跟自己無關。但如果我們回顧城市發展，找回歷史，就發現香港不是從來都是這樣的。曾經有一段時間，香港種植很多稻米、蔬菜，有很高比例的供應來自香港。」種滿稻米、蔬菜的香港，到底叫現在的孩子如何想像？對於謝曉虹來説，自從經歷一連串社會運動之後，讓她開始反思城市空間的利用，尤其是公民權利對於空間使用的意識。「為什麼一定要跟隨政府的規劃方法？為什麼不是由我們，使用者決定城市空間的使用，而是要由上而下決定所有用途呢？或者，最初的保育運動，更多是一種懷舊情緒，然而反高

鐵、雨傘運動之後，我覺得大家對城市空間的發展更關心。」

小時候的九龍灣，難得有海。因此在成長路上，謝曉虹是看着煙火長大的孩子。不過隨着時間流逝，樓宇密度日漸劇增，一棟棟高樓大廈成為視線遮擋板，帶着一片海的遼闊景象，逐漸成為記憶中的童年。又因小時住在九龍灣，上學時經常經過牛頭角下邨，待屋邨拆了，不知不覺間竟造成了一個戲劇化的心理創傷。「中學時，我放學回家都必須經過那裏，很多和朋友一起經歷的事情在那裏發生，現在再經過會害怕，重臨那個地方的話，消失的年少經歷會連結在一起。社區的消失跟人的經驗是連在一起的，覺得好像所有東西都連根拔起。它拆了之後我不敢再經過，以前牛頭角下邨很多東西吃、很多小朋友在空地上玩，經過的話很多記憶會跑出來。」從感性層面對城市空間的感知，到理性層面分析香港變化，謝曉虹認為近年香港經歷了不少社會運動，不少人開始有意識地回溯香港歷史，或是對事物變遷有更深的感受。「我成長年代據說是香港的黃金年代、經濟起飛的年代 ── 八十年代，好像沒有什麼事情去衝擊你思考城市有什麼問題。近年很多事情會讓自己去問城市為什麼會變成這樣？以及我們在社會的角色是什麼？」

「對於城市的關懷，不應只是眼見的東西，因為眼見的一切其實都有它的根源。比如說，這一切和英國人在香港開埠以來訂下的

買賣土地政策有何關係？新界鄉紳源遠流長的勢力如何形成？當
下的香港，其實由很多歷史因素形成。較為重要的是，要去理解
社會是如何發展而成，而且去關注這些事情。」謝曉虹如是說。

▋ 美國愛荷華之旅

熟悉文學的朋友大概也聽過「愛荷華國際寫作計劃」（IWP），由
美國詩人 Paul Engle 與台灣女作家聶華苓於 1967 年創辦，每年
邀請全球各地不同地區作家前往愛荷華大學的寫作區，體驗生活
和寫作。中港台三地不少知名作家曾受邀參與其中，香港有謝曉
虹、潘國靈、董啟章、鍾曉陽等，台灣則有白先勇、林懷民、駱
以軍、李昂等，中國內地有王蒙、余華、莫言、王安憶等。謝
曉虹到達愛荷華的時間是 2011 年，自此，她便常去外地生活。
「我在愛荷華住了兩個半月，後來去美國（其他地方）住了半年，
自此斷斷續續去過不同地方。美國地方很大，不同的城市有不同
感覺。當時我去美國中部住了一段時間，感覺空間大很多，也沒
有什麼要匆忙完成的事，在那時起便喜歡上烹飪。在香港生活，
我們跟朋友聚會多數在餐廳。在美國愛荷華的時候，定居在那裏
的華人作家和學者，常會請我們到他們的家裏，花時間煮很多步
驟複雜的美味菜餚來招待我們，我很享受這種聚會。」然而，謝
曉虹也坦言，香港缺乏的正正是「空間」，凡是聚會，香港人多
數選擇到餐廳碰頭。此外，香港人還缺乏一種名為「時間」的東

西，「做學術研究的人也知道，香港學者是不會常 gathering 或者
請朋友回家吃飯的。我意識到在外國的話，如果不是在大城市，
競爭激烈的地方，朋友與朋友之間的互動會比較多，那種生活態
度也改變了我。」美國經驗讓她開始思考，我們的社交方式是否
只有一種呢？面對資本主義的市場競爭激烈，餐廳也設立用餐時
限，規定客人在九十分鐘內用餐的餐廳多不勝數，規限了朋友社
交聚會的時間。然而，餐廳希望客人流轉速度加快以便增加營業
額，從營商角度考量也是無可厚非。

▌ 公共空間適合讀詩嗎？

繼續分享對美國的觀察時，謝曉虹提到紐約有一個由舊火車路段
改建而成的公共空間，名為「The High Line」，近年已成為紐約
重要的城市地標。「其實它主要是一條高架行人道，道上栽種了
不少植物，而不是一個惹人注目的博物館或一個功能很清楚的建
築物。道上有一段，由石級包圍的空間，有點像中大圓形廣場，
但更融入城市之中。我看見時，第一個想到的是，這是一個很好
的 poetry reading 空間，或者是小型表演的空間。沒有表演時，
大家則可以坐在這裏休息、看風景。」從作家的想像之中，文化
藝術可以在一個角落、一個小型廣場裏誕生。空間無須大，只要
是開放的又沒有既定功能的，都是舒適的體驗。「我覺得『The
High Line』有趣的地方是，那不是一般意義上的公園，更像是一

條行人道，走在其上，可以看得見城市建築變化的景觀，人更感覺到自己生活在城市裏面，與此同時，又看見有很多植物，它是一個半開放的空間，令你參與在城市裏面，同時又可以做其他活動。」反觀香港，多數訂立不同規矩來限制市民使用公共空間，小至公園裏的一張凳，大至行人在馬路行走的方向，都是由政府一手設定而成。

現在謝曉虹每年都會去美國靠近加拿大的一個城鎮渡假，而那裏的居民每年會在戶外舉辦一次 party，並且會向政府申請封路，與鄰居相聚聊天，風氣相當自由開放。「他們的孩子可以在街上走來走去，並在戶外放電影。那是普通市民會做的事情。當地居民去申請，政府就會批准。一年之中某一天封了街道，作為 party 的用途。」活動算不上是大規模封路，卻讓居民有機會做自己想做的事，這種以社區為本的活動，謝曉虹說，她感到十分嚮往。

▍食物、土地與人

因為教學的關係，謝曉虹不時會帶學生離開高樓大廈，進入農場，看看人與土地的連繫。謝曉虹說，她曾經訪問過一位馬屎埔村的農夫俊彥，俊彥告訴她自從做了農夫之後，吃食物的感覺便不一樣了，因為比從前更知道食物的來源，和食物的生長發生了

關係。謝曉虹把這種經驗帶到了課堂，於是 Food & Writing 的學生就會跟着她到農場去看看食物的生長。「雖然我們生活在城市裏，我們和土地也有一定連繫。說沒有連繫是假的，始終我們還是吃種植出來的東西，我們還是需要土地、跟自然界一起生存。所以在我們城市裏太少鄉土、郊野的接觸是有問題的。」隨着城市急速發展，人口密度一再提升，香港居住空間已經出現非常擁擠的情況。謝曉虹觀察到，當城市空間被設計出來後，其實很影響我們自身的生活方式以及看待自己的方式。「包括我剛才說，空間的設計使我們常常要經過商場。換句話說，如果我們多些主動性，不要跟隨城市的空間設定來生活，可能看待城市的方法就不一樣。人和城市的關係是互動的，城市可以改變我們，我們也可以改變一座城市。另外，空間也跟時間節奏有關，如果有很趕的行程表，上班已經很累，已經不想去看其他東西，或者周末要繼續做其他工作事情，便沒有空間或時間去接觸其他事物，這牽涉到整個城市節奏的問題。」

▌ 城市忽略了身體

提及城市看待身體的態度時，謝曉虹舉了一個簡而精的例子 —— 交通燈。「香港交通燈很變態，它閃爍的速度，要短跑高手才能通過。想像一下老人家如何在這樣的城市生活？他們要如何過馬路呢？這樣的設計，便沒有考慮老人的身體限制。又比如

說動物，我們的城市空間有沒有考慮和我們共存的動物？有些交通工具不歡迎動物，有些人會把寵物養在很小的地方，其實很可憐。香港很多居所地方不適合動物居住，事實上也不適合人類居住，太小了。」生物有其生存限制，然而，在缺乏足夠寬闊空間的環境下生長，如人類，謝曉虹說，這會直接導致人與人之間的衝突增加，許多家庭暴力跟空間細小有關，甚至病毒傳播也是。與此同時，一座城市在設計與規劃時，從微小細節可窺探到對於低下階層的漠視。「看見城市設計的特色，知道他們是不歡迎沒錢的人。菲傭、印傭，只能坐在街頭。之前 Food & Writing 課程，我請學生訪問過菲傭、印傭，學生說她們比我們更好地利用了城市空間，我很同意。尤其不少印尼女傭來自農村，她們如何適應擠迫的都市生活？」城市漠視了低下階層，幸好還有一群人懂得利用空間來生存。

無論香港怎樣變，在謝曉虹眼中，她期望的香港價值是這樣：「尊重每一個獨立的個體，以及彼此的差異。如果有一天我們終於要活在一個十分鮮明的理念底下，思想被統一的話，便會喪失香港獨有的價值。」

穿越時代與地域的空間記憶 ——專訪唐睿 *

唐睿（1979- ），香港作家，現任香港浸會大學人文及創作系副教授。於香港教育學院修讀教育學士，主修美術，畢業後留學法國，於新索邦大學，獲法國文學學士、比較文學碩士，後留學上海，獲得上海復旦大學中文系（比較文學）博士學位。現執教於香港浸會大學人文及創作系。曾獲第一、二屆大學文學獎詩、小說獎及第廿九屆青年文學獎散文、兒童文學獎。著有小說《Footnotes》（2007），文學閱讀及教學隨筆《異國文學行腳》（2022），合譯《行腳商》（2010）。作品散見於《香港文學》、《字花》、《明報月刊》、《月台》等文學雜誌。

▎《Footnotes》盛載的屋邨記憶

曾經留學於法國、上海的唐睿，分別瀏覽過不同城市的風景。提及香港，他的感情一樣深厚，遊子飄泊歸來，選擇定居在自己成長的都市，他明言自己現時對於空間的感受與童年經歷息息相關。「在《Footnotes》裏提及觀塘康寧道的安置區，現在回看都是狹窄空間，室內約一百多呎左右，（室外）的公共空間卻很寬闊，不像現在所謂屋邨規劃的公共空間。在安置區內，只要你踏

---

* 該訪問進行於 2019 年 10 月 23 日，由鄒文律訪問，唐睿受訪，刊登在《大頭菜文藝月刊》，第 64 期（2 月號）。出版前略作微調。

出家門，便是公共空間，人們可以在門口幫小孩洗澡，整理傢俱時可以將傢俱移到外面（暫放）。」對於公共空間與私人空間的界線交疊，唐睿說，生活在安置區的居民，感覺可說是自在。「走出家門不是我家，但某程度上亦是我家的延伸部分。」於是，這點思考觸發他在文學散步中，讓學生去想像一個類似的問題：「男同學，你們不穿衣服（按：上衣）可以走多遠？」學生紛紛愕然，隨後即答：如果不穿上衣，只可留在家中客廳，或者只能停留在廁所。有學生說，不穿衣服的話，可以接受自己走到樓下便利店，但絕不會進入商場範圍。這項提問令唐睿深深明白到，隨着時代改變與城市發展，自己童年生活中的公共空間悄然變化，而私人空間的範圍縮小至只限於家裏，甚至自己的房間。很多事情已經不一樣了。

▌「請勿超越界線」

唐睿提出若以 2010 年為界線，在那之前的香港對於城市空間沒有很多限制，公共空間給予使用者的指示雖多，但未至於強制，「（以前市民）改變空間的權利還是大的，我們沒有通過政制／行政方法去限制人們扭轉空間的用途。但在過去的這段時間裏，香港人的模式是尋求方便，我相信設計的原意不在監控，是在於方便，方便我們使用，方便我們抵達目的地。我們自然地以『便利為尚』的思維模式去運用空間，卻不反思空間是否存有其他可

能性。」近年空間以便利資本、人、貨物的流通作為主要目標，在節省時間的前提下，讓城市的運作更加符合經濟效益。從小到大生活在香港，唐睿認為作為香港人，生活中最大的轉變就是「創意被扼殺」，「當生活的模式被設計，以講求效益的經濟邏輯被設計……大部分人缺少反思關於空間的可能性，很少想像這樣使用空間是否會扼殺其他選擇？」有些時候，創意不一定倚靠政府部門或專家作詳細規劃，反而是可以透過民間自發，讓社區變成更有活力、創造力的空間。生活的觸感這樣才能有變化。

▌ 舊時的新蒲崗

《Footnotes》的小説題材主要以上世紀八十年代的香港作為背景，憑藉個人對成長時代的觀察寫出獨一無二的香港故事。訪談中唐睿提及位於九龍黃大仙區的新蒲崗，除了是他成長之地，也是他近年帶學生參加文學散步常去的景點。「文學散步中，我負責黃大仙區，當大家認為要逛黃大仙寺廟時，我卻從來沒帶學生去那裏。我選擇帶學生去逛新蒲崗工業區。」根據唐睿的描述，新蒲崗的地理位置介乎於香港的空運和海運樞紐之間，海運靠近九龍灣，空運則靠近舊啟德機場。在六七十年代，鑽石山與黃大仙一帶湧現大批新移民人士，頓時為新蒲崗工業區帶來大量勞動力，支撐了香港的出口業。除此之外，香港電影業也是藉由新蒲崗工業區發展起來的，「以前鑽石山處於較邊陲、偏僻地方，很

多片場出現在斧山、鑽石山一帶……可能源自於部分資本家的規劃，但不是政府用公權力去組織這件事。新蒲崗當時擁有號稱全亞洲最大的戲院，包辦放映。在新蒲崗現在的彩虹道遊樂場，以前是香港很早期的主題公園，它有娛樂成分，也有讓明星登台的空間，當時電影要取景，拍攝情侶在主題公園玩咖啡杯的話，就會在那裏拍攝。」唐睿認為，這種民間隨自己的需要去使用社區空間，並且和其他社區互相配合，是促成香港華語片七十年代輝煌成就的其中一個因素。舊時社區空間的運用，與現今商業倒模式的發展形式，可說是大大不同。在文學散步上，唐睿希望參與者能夠親身去了解社區的掌故、發展，「散步不只是停留在景點，我需要透過『文學散步』來突破或顛覆參與者的創作思維、觀察習慣。」同時，唐睿亦希望學生能夠認識社區發展和社區元素如何影響不同年代作家的創作，甚至要求參與者想像某些生活和事情。「香港這座城市的空間，不只有一層地理意義上的表層，在地理上的表層之外，還有一層一層時空，認識香港的社區故事，其實就像考古一樣，除了要了解共時環境之外，還應該要理解縱向時序。我認為文學散步，就應該透過這些元素，幫助參與者理解空間，以及空間給予創作的可能性。」

▍與眾不同的彩虹邨

以香港歷史來計算，彩虹邨屬香港最早期興建的公共屋邨之一，

具劃時代的意義。唐睿在文學散步中得到的啟發是，歷時性的探究加深他對自己成長社區的歷史、空間意義的挖掘。從前，他在彩虹邨唸幼稚園、小學，純粹只是喜歡這座屋邨。長大後，他發覺原來彩虹邨在興建時孕育和奠定了不少新型屋邨的概念，例如：每個單位有獨立的廚房、廁所，這就與石硤尾七層大廈的「共享概念」不同。此外，彩虹邨內配置了中小學、診所、街市、超級市場以至於休憩設施，生活所需可說一應俱全，這種讓社區能夠在基本生活上達到自足的規劃概念，也是劃時代的。「還有一件事，是我們現在的人需要懺悔的：為什麼彩虹邨內的樓宇有高低之分？目的在於不影響採光、通風。現在我們開發的新社區，在其他（設備）方面我們雖然都有沿襲，但這種重視居住精神狀態、需要新鮮陽光的要求，新型社區卻很難做得到。」現代生活空間、節奏對於人類的精神壓迫，導致調查顯示過半數香港人的精神狀態處於不合格水平，更有新聞標題以「房間裏的大象」形容生活在香港的市民。

▋ 曾留學法國與上海

唐睿最為人熟知的是其跨地域的求學歷程。他的大學時代在香港教育學院唸美術系，副修中文，及後遠赴法國新索邦大學攻讀文學系學士及碩士學位，完成後再到上海復旦大學修讀中文系博士學位。提起法國，唐睿笑言上海的發展模式與香港相若，均離不

開現代化都市的模樣，還是巴黎的城市生活經驗較深刻。「尤其巴黎，不同社區有不同的店舖，她留存很多古怪行業，舊書店大都在左岸，甚至有一間店舖很有趣，它放着奇珍異物，例如懷疑是水怪的畸形骨頭。這種店舖，是我們讀十九世紀科幻小説才能看到的店舖，在巴黎散步時，有時就有這種彷彿走進巴爾札克小説世界的感覺。」從其他訪問中唐睿也曾談及，留法的生活經驗令他既接觸到法國上流社會的生活，又感受到社會底層的生活，而真正的學習多來自生活經驗，未必來自書本。「在巴黎，租金高昂，樓價不低，巴黎人不太喜歡買房子，他們喜歡租屋，擁有不同的生活經歷。此外，法國的税款很重，均富概念強，政府會盡量調控，這是法國大革命重要的教訓，不希望在社會造成太大的機會差異或貧富差距。」正正是因為政府對社會補貼，令唐睿即使拿着一張「巴黎居住證」，也可以向巴黎市政府申請租屋津貼。「例如我租 520 歐的房子，政府補貼 200 歐 —— 當時約等於 5,200 元港幣的租金，政府津貼 2,000 元港幣。因此，要居住在哪一區，可以看自己的運氣，運氣好的話，甚至可以在市中心住到心儀地方。」因此，法國人不需要儲備太多資產，他們對於住屋概念與香港十分不同，並沒有太強烈的意識需要積累資產。自從踏足歐洲，唐睿才認知到原來社會發展，竟然可以走向「不炒樓」的發展模式。

▌念念不忘的沒落商場

從觀察近來香港發生的大小事，唐睿意識到原來跟他個人記憶有關聯的地方，最近都紛紛牽涉在內，香港有不少地區都裝載了他的成長記憶。小學時期，唐睿在黃大仙區長大，中學時期，則在沙田區生活，現時生活在葵青區。他很想書寫自己記憶中的地景，但更想寫的，反而是在香港已經為數不多的「沒落商場」。「在這些（沒落）商場裏，什麼事情都可以發生。走進去之後，有鐵打舖、美容店、漫畫舖、維修電腦店舖……為什麼會對這些產生興趣呢？對我來説，這些商場是可供人發揮無限想像空間的對象。」作家需要代入不同角色、地景作想像，而「沒落商場」的龐雜與多元化正好提供作家思考的素材，讓作家試着幻想哪些故事可以在這些特殊的地方誕生。「那些是很不錯的地方，與早期的新蒲崗很像，同樣沒什麼規劃、貨物價格很便宜，使用者可以在這些地方實踐無限想像：二手 CD 店（的貨物）擺出店外，雖然違反租約，但沒人阻止。或者吃撈麵的店舖，總之什麼（店舖）都有，很多可能性隱藏在商場裏。例如葵涌廣場的貨物價錢合理，也容易買到有趣、獨特的東西。這些商場裏的商品，有些是店家親身到韓國、日本採購回來的，不會賣清一色連鎖代理的貨品，因此這些店舖（藏着）很多驚喜。我認為這是香港的有趣之處，因此特別想寫這一類的商場。無論從寫實或奇幻角度寫，都有發揮的空間。」聽完唐睿分享，想到香港如今還保

留這些沒落商場的地方，恐怕只剩下深水埗、長沙灣等一帶舊區了。城市發展於近十年、二十年間急速轉變，香港逐步走向「商場化」的空間地景，而這種商場與唐睿口中的「沒落商場」剛好相反，不但光鮮亮麗，內裏的店舖更是排列好清一色連鎖店，讓客人走到哪裏都能購得「相同類型產品」，這種對便利的追求幾乎統一了顧客的口味。至於想像空間？則不知可以從何開始想像了。

與其說唐睿喜歡懷舊，不如說他期望以筆記錄自己成長中的香港印象，以及那些能夠拓闊他眼界的事物。他時常與學生分享自己對不同物件的觸感，「我對創作班上的學生說，對物件的感覺弱的時候，不會有太多靈感，而且觀察力會變弱。」正如作家對空間、地景、事物轉變的觸覺深刻，也就成就了他們筆下的香港故事。

親近與分離的鐘擺——專訪潘國靈 *

潘國靈（1969-），小説家。作品自九十年代中後期發表，涵蓋小説、散文、城市研究、詩，至今作品計有二十餘種。著有小説集《傷城記》（1998）、《病忘書》（2001）、《失落園》（2005）、《親密距離》（2010）、《靜活人物》（2013）、《寫托邦與消失咒》（2016）、《離》（2021）、《原初的彼岸》（2023）；散文集《愛琉璃》（2007）、《靈魂獨舞》（2010）、《七個封印》（2015）、《消失物誌》（2017）、《總有些時光在路上》（2022）；詩集《無有紀年》（2013）；城市論集《城市學》（2005）、《城市學 2》（2007）、《第三個紐約》（2009）、《事到如今》（2021）等。2006 年獲亞洲文化協會頒發「利希慎基金獎助金」，翌年赴紐約遊學、參加愛荷華大學「國際寫作計劃」，並赴伊雲斯頓西北大學參加該校首屆「國際寫作日」，及到芝加哥蕭邦劇院與當地作家交流。小説及散文作品曾獲香港文學雙年獎、香港書獎等，2011 年獲香港藝術發展局頒發「年度最佳藝術家獎（文學藝術）」。小説集《離》入圍 2022 台北國際書展大獎小説類。2016 年於油街實現擔任駐場作家，2022 年擔任香港嶺南大學中文系駐校作家。

* 該訪問進行於 2019 年 11 月 20 日，由鄒文律訪問，潘國靈受訪，刊登在《大頭菜文藝月刊》，第 58 期（6 月號）。出版前略作微調。

> 「一個作家，如果他夠頑強的話，可以寫盡生命
> 的春夏秋冬，由日出寫到日落，寫到生命的最後一口
> 氣。他也可以想像於時空中穿行，重返過去，遙想未
> 來，頑抗『過去、現在、將來』加諸我們每人身上的
> 直線割裂生命律動，於尚在年輕之時透支枯萎，於行
> 將就木之時重拾青春，以種種虛構的手段突破限制。」
>
> ——《寫托邦與消失咒》

關於潘國靈的訪問，坊間雜誌記述甚為豐富，訪問者多追溯至作
家年少之時，他曾閱讀的作品、鍾愛的作家、吸收過的養分以及
創作觀的形成等。如果將「潘國靈」的名字放在香港文學的光譜來
看，會發現他與其他作家不同之處在於「身份多重性」（一如香港
人的身份）。他既是詩人、小說家，亦是文化評論人，多年擔任報
章專欄作家、香港電台節目主持，同時兼任香港中文大學講師，
教授香港文學欣賞、創意寫作以至於香港論述、空間理論等本科
至研究院課程。於香港讀者而言，潘國靈的名字一點也不陌生。

▌消失意象的變奏與復現

作為城市觀察者，潘國靈近年利用兩本書：《消失物誌》及《寫
托邦與消失咒》來處理有關「消失」題材。他明白到「消失」對
香港的傷害很大，而「變化」又是一種不得不如此的城市發展過

程：「空間存在記憶，有些容易處理，有些則難處理。當再書寫一個地方，牽涉到個人或社會情感時，會出現痛感。城市空間與土地的關係，不純粹是生活載體，裏面有成長與記憶的印記，而召喚記憶的過程是痛的，透過作品，我希望寫出消失的多重狀態和歧義。」《消失物誌》中，由對垃圾桶的觀察看時代變遷，千禧年之前，垃圾桶是印有市政局標誌「黃色大口」的，及後「黃色大口垃圾桶」退役，城中垃圾桶逐漸變更為「刺眼的鮮橙色」。至於借書卡，《消失物誌》中寫到，潘國靈某天去舊校圖書館借書，撞見職員突如其來的一句：「以後我們不蓋印了。還書日期請留意電子記錄就行了。」他想到岩井俊二的電影《情書》，因借書卡留下的愛情故事。如此種種生活上的微細變化，最後因消逝而化成無物，在時光流逝中隱去痕跡，而作家只能透過文字捕捉曾經的記憶，《消失物誌》因而成形，以「物」為「象」，從2006年寫到2017年，召喚過程長達十一年，因此記憶得以延宕，讓不同年代的後來者從文字中追溯城市的過去。

另一本談及「消失」的主題，主要是2016年出版的《寫托邦與消失咒》（下稱：《寫托邦》），回到小說家的身份，潘國靈透過《寫托邦》處理寫作族群與作家在城市裏的處境，以「沙城」隱喻「香港」，又以「寫作療養院」的意念為作家創造了一個「寫托邦」世界。潘國靈曾說：「我最理想的狀態，可能是鐘擺人生。定着與遊走、虛構與紀實、本土與世界、牆（小說作為生命的沉

思體）與窗（小說作為社會的探射燈），以沉淪作攀升，以至性
別上的男與女，等等，疊加起來，就是『乘』（multiply）的效果，
一直在我身上，自製的雙重旋律，以之為動力。文學時而私密時
而公共，或揉合或介乎，從本土到流動，在鐘擺裏面不斷擺動，
構成寫作的動力。」這讓人思考《寫托邦》的創作理念，作家遊
幽為了書寫「消失」而決定失蹤於現實世界，女子悠悠在現實世
界與寫作療養院間徘徊擺盪，而書中所觸及城市變化、人際疏
離、情感關係、身份認同、文學變奏⋯⋯在理想與現實之間擺
盪、拉扯，牆與窗之於作家的意義，不斷下沉的沙城⋯⋯幾乎
就是一位作家創作觀念的總結與深層思考。

> 「寫作侵吞殖民生活所有邊界，直至它自身成了一
> 個天地，揉合了靜默、語言、沉淪、起舞、真實、幻
> 象、存在、死亡。他在紙上搭建一座文字堡壘，讓自
> 己住進去，同時也出不來了。」
>
> ——《寫托邦與消失咒》

▍坐着飛氈的遊子

以潘國靈的經歷而言，他多年來「定着與遊走」於不同城市空
間，譬如 2006 年獲得「利希慎基金獎助金」，翌年赴紐約遊學
一年，期間參加愛荷華「國際寫作計劃」，逗留在愛荷華大學專

心創作，及後又到芝加哥蕭邦劇院與當地作家交流。近年仍時常飛行嗎？會的，去年就曾飛往河內、緬甸仰光、威尼斯、北海道等不同城市。豐富的流動經驗使得香港中央圖書館為他冠以「文學遊子」稱號，但遊子的心仍然為香港定着，無論遊走何方依然期望身心的一半歸於吾城：「我近期思考一種狀態：將一半時間留在香港，另一半時間到異地生活，我捨不得完全離開香港，實在有感情，完全離開將無法書寫。但如果永遠在這裏，我又覺得太狹小。這説來已不僅於寫作，是對自由與受限的探索，具體以身體承受，於生活實踐，當然最終這又會與寫作聯繫，或有新的可能。」不知不覺間，小説成為潘國靈的收納袋，在他持續探索的路途之中，寫下一章章生命和香港的變奏曲。

若將討論收窄於城市空間或地方書寫，潘國靈説大致可分為三方面：一是成長地的書寫，例如他成長於港島西邊的堅尼地城，小時候住在靠近現今西環邨的附近，那是一座小山丘，看得見海、焚化爐與屠房。長大後，較多以散文處理成長地的記憶；二是長期社會參與後的書寫，例如灣仔區，一段日子他寫得尤其多。「我沒有住過灣仔，不過在灣仔總會有生活，年輕日子已常去青文書屋、天地圖書、影藝戲院等。另外，灣仔與舊區重建和社會運動多有關聯，我對灣仔的投入從 2005 年利東街開始，邊發掘邊寫文章，也跟藝術中心舉辦了『灣仔寫作坊』，也算是文化藝術對社區的參與或介入吧。後來慢慢累積，對整個灣仔更有深

入的了解，一方面它有其獨特性，一方面我又把它看成一個城市縮影。2009 年《Stadt 城市誌》第二期以灣仔為題約我寫小說，意念一來，一口氣便把小說寫出來了。」說的是〈波士頓與紅磚屋〉，故事誕生在灣仔波士頓餐廳及其對面的循道衛理教會之間，講述一段年輕男女的愛情和成長，小說時空橫跨廿多年，由 1991 年到 2009 年，連結時代變遷，述及移民，由兩幢毗鄰建築物散發開去，令香港波士頓餐廳與美國波士頓遙相呼應。尚未變遷之前，灣仔循道衛理是一幢中西合璧的紅磚屋建築，與我們今天眼見的不同。小說巧妙地利用「精神食糧」（紅磚屋）與「口腹食糧」（波士頓餐廳）作對比，也與王家衛電影《重慶森林》作文本互涉，暗示時光流轉，帶出人與城市符號的距離；三是個人喜歡的混雜空間書寫，以至關乎地下秩序、城市的異質性等，例如廟街、砵蘭街、九龍城寨等地是他筆下題材，這些年間，潘國靈寫出不少「他人」的作品。〈突然失明〉收錄在《病忘書》中，原名〈莫明其妙的失明故事〉，小說以「廟街」為背景，其中寫出廟街聲相攤檔的混雜景象。〈遊園驚夢〉寫九龍城寨的歷史故事，講述一對曾住在此地的父女，若干年後舊地重返，眼前的公園景致勾起昔日在城寨生活的微細記憶，都被官方歷史大筆刪去，無人認領。「我踏足城寨時它已變身一個主題公園，但知道裏面有很豐富被埋沒的故事，從一些掌故書理解，也訪問過一些城寨遺民，他們後來去了其他區域；小說以公園作場景，對照官方與小人物，說是歷史書寫，

其實更着墨於歷史的遺忘症。」空間的可能性很多，如收錄在小說《離》中的〈油街十二夜〉、〈離島上的一座圖書館療養院〉，即包含個人與集體、記憶與歷史、權力的運作、日與夜的作息等等。潘國靈説：「城市不是一個世界，而是很多個世界，不同階層、種族等同處一個城市，有重疊但多有隔絕，各自構成一個世界。不是人們常説的『World City』，而是『City Worlds』，小寫的，眾數的。」重慶大廈、怪獸大廈也是潘國靈口中的「City Worlds」，他補充説，很希望自己有天能用文字處理自己住過且有感情的鰂魚涌「怪獸大廈」。

▋ 始終鍾情於小說

在創作中，潘國靈主力寫小說，閒時也寫散文、詩及文化評論等，他清晰的創作思維亦貫徹始終：「談及知性與感性，我其實較少這樣看，覺得兩者可以糅合，不必然此消彼長，反可互相強化。當然，某些文類如文化評論，比較傾向知性，但也不一定。事實上，近年我已很少寫純知性的評論。小說則較難二分，總是有所觸動，對生命有所召喚，才能寫。若真要二分，只能説，一些小說看來較知性，裏頭有哲思或抽象性等，一些所謂較感性的，有時多點私密性，有所耽溺，裏頭有傷。另可談及的或是小說背後創作的狀態、過程，有些屬爆發型，（作品是）自然而然『流』出來的，有些則要做較多鑽研，（作品是）『雕』出來的。

譬如説到你們關注的空間或地方書寫，寫廟街、九龍城寨兩篇小説要作多點資料搜集、地理考察。寫短篇小説我會視乎題材，轉換不同的表現手法，也很重視意念，譬如寫城市套餐生活型態的〈密封，缺口〉（《靜人活物》）、跨越中俄蒙邊境的〈俄羅斯套娃〉（《靜人活物》），意念生出來了就暗喜。〈距離〉（《親密距離》）那篇亦是流出來的作品。」如〈距離〉這篇小説，無須爬梳資料即寫出主角一人與大廈（看更）、洗衣店（老闆娘）、茶餐廳這三處空間，與情感生活扣連後所發生的微妙故事，屬即時爆發的作品，讀起來感性自然；相反地，〈遊園驚夢〉、〈莫明其妙的失明故事〉、〈油街十二夜〉等小説，卻隱藏着不少對建築物歷史以至於地方的深刻思考，可見背後花費的功夫。至於當同一題材在不同文類出現，背後牽涉他對文類特性的思考和實踐。「我形容散文是直接些，是一個所謂有『我』的世界，散文的虛構性暫且不討論，散文也追求一種文學性，有些較直接的抒發或記述會用散文來表達。小説的世界在精神上和技藝上都較複雜，需要編織不同元素，有了基礎、想法之外，還要找到語調、人物、小説的表現手法等等，沒一定規律，往往需要沉澱多些。但文類的轉換，有時是轉換，有時是休息，當你無法寫小説的時候，就先醞釀，作為一種預備。我的詩私密性較高，我常説，勿叩詩門，詩要來便來，難捱的日子便有字，痛的時候便有詩。寫了也不在乎發表。至於文化評論又不太一樣，如果寄存於專欄，會比較重視回應社會，有知識份子公共性的一面。」

▎香港文學的定義？

在香港寫作，不時被冠以「香港作家」稱號，那潘國靈如何看待這身份，及與之相關的「香港文學」呢？「『香港作家』稱號或身份一方面很自然，你在香港成長、生活，寫作，很多作品寫到香港，自然就被這樣界定，但另一方面，這當然也可以是一個規限，有等級性以至政治性。香港作為一個城市，有別於鄉土／民族，城市文學確實累積甚豐，但若把香港文學直接與城市文學掛鉤，也有其化約或限制。文學『本土』或『本土性』固然重要，但香港作家即使寫及城市時，如我自己，也不一定只寫香港，也曾寫過其他，如《第三個紐約》，我始終追求流動的經驗，閱讀和書寫上亦然。我自己很在乎香港，作品的本土性也強，但當『本土性』成了一種『要求』以至『尺度』，有時反想偏離一下，我想到已故黃繼持教授曾說：『香港文學從「在香港文學」到「屬香港文學」』，我想，刻下從『屬』稍稍擺回『在』，帶有距離亦無不可。而更根本地，文學其實不一定只着重社會性，不一定以地域為主，以我自己而言，我文學的世界，一直有很深的宗教淵源，對存在的困惑和叩問。這些通常不為一般論者看到，因為評論研究多是取文學的社會學分析。有時與其說是作家只寫城市，不如說是評論者接收上的一塊濾鏡。觀照一些作家或作品，我們需要對宗教、哲學以至美學更敏感的眼光。」關於香港文學屬性的討論範圍確實廣闊，不過潘國靈意識到不能太輕易去標籤

它們。保留事物複雜以至未完成的狀態，可能會顯得更加獨特及豐富。

▋ 然而我們生在香港

隨着閱讀視野愈來愈廣闊，以及對各個領域範疇的好奇，潘國靈對於創作和生活的思考更見幅度上的拓闊，談回對城市空間的感受，他舉了不少例子來說明其複雜性：「我一出生就被拋擲進這個城市，不是沙漠，甚至這座城市是殖民城市、海港城市，然後在這種城市空間長大，用人文地理學的概念，這是自己關懷的場域，有很多情感的投入。現在很多人都談社區感、扎根性，但我想，城市生活的特質也包含另一面：它的疏離感、變動性、逃逸性，未必一定就是負面的。城市與農村小鎮不同，城市人大量跟陌生人相處，街道就是生活的臨時舞台，在此我們偶遇、互動，然後隨即瓦解，這方面的 mentality 亦深深影響我。其實，文學與電影上都有不少這方面的描繪，例如波特萊爾《巴黎的憂鬱》，將〈陌生人〉置於首篇；前一兩年過世的鮑曼說的「液態社會」、「從朝聖者到旅客」等，他是我很喜歡的一位當代哲學家。或者德勒茲說的「Nomad」，遊牧，但又不曾離開。疏離感當然也有社會歷史的軌跡，從「我城」到「失城」的旋律，詭異感就發生在自己家鄉。城市的零件一分一分被置換，開始無法認得這座城市，反認故鄉是他鄉。如此說來，城市就不僅是城市，

它是一個生命場，連起了歷史、個體與集體的命運。」

> 我在感受並設法領悟，流浪的意義，以及流浪之
> 不可能。三毛那種浪漫主義式的撒哈拉故事，也許太
> 異國風情了。遊牧者（Nomad）也許更接近當下社會
> 的時代精神，法國思想家德勒茲說：「遊牧者並不離
> 開，也不想離開，他執着於那片森林退縮後的平滑空
> 間，那裏有草原或沙漠在進佔，他發明了遊牧主義，
> 作為這個挑戰的回應。」不斷盤桓，其實甚麼地方都
> 去不了，那不就是王家衛《阿飛正傳》的「無腳鳥」
> 嗎？應該也記取比《阿飛正傳》早一個年頭，譚家明
> 的《烈火青春》，電影的英文名字，就叫「Nomad」。
> 是的，記得譚家明曾說，拍這電影時就在看哲學家尼
> 采的書：在尼采筆下，查拉圖史特拉是一個眾人皆醉
> 我獨醒的倨傲先知，流浪於大地、不為人所了解、走
> 在時代之前，他本身便是一個漫遊者，攜同着自己的
> 影子走路。
>
> ——《總有些時光在路上》

在擺盪之際，潘國靈對事物或狀態的遲疑、曖昧、猶豫，背後包
含思考的辯證過程。如果要歸類得簡單一些，可以說，潘國靈的
創作始終追求一種幅度的擺盪，未必到達兩極化的極端，但保

持感思，從理論到微觀，他不斷在生活與藝術的空間擺盪，「的確，你說的辯證，或我會形容，弔詭的影子一直在我身後暗晃；與其說這是對創作的追求，我想它是對生命更本然的觀照、態度以至性格，如其所是表現或形構於文學世界，當然在寫作過程中也可能反過來塑造着自己。這也許亦是另一種辯證。」

▌繼續燃燒，或者墮落

訪談最後，潘國靈說：「其實不少邊界我覺得是人造的，諸如理性與感性、微觀與宏觀，具體與抽象、私密與公共，以至理科與人文，小說與非小說等，或者一些人會傾向於一端，但我想，如果你夠強大，這些邊界都是可以任你挪移、消融、跨越，超強的理智不一定排除情感，能高度抽象思考，不妨礙你細微地寫一磚一瓦，公共與私密可以並有，虛筆實筆都作嘗試，當然這也需要一些稟賦和鍛鍊。持之以恆，逐漸你的閱讀世界、小說世界已經不是以普通法則來建立，而是你自己在建構着一個世界，起碼在文字上，儘管最終都是會步入虛無。但在這漫長、很純粹如同修行的過程，你起碼找到一點存活下去的力量。」終歸還是回到創作的初心。連同 2021 年出版的短篇小說集《離》，二十多年創作生涯出版著作二十餘種，文體類別跨越小說、散文、詩、文化評論、電影評論等。儘管生活飄泊，多年來賴以生存的是寫專欄和教學，這種狀態持續很久。直至幾年前，潘國靈為寫作作了一

個重大決定：暫停報紙專欄的書寫，以邁入另一種寫作步伐；一句「寫作不是 career，是 vocation」，便聽到他的生活強調藝術格調。儘管日常仍維持教學，他說或者有天自己會放下教務，但閱讀和創作，是持續一生的事情：「有時為免倒下，也只能以寫和讀，燃燒，或者墜落」。

文字耕作的獨特心靈
——專訪李維怡 *

李維怡（1975- ），文字耕作者、社區藝術工作者、影行者藝術總監。多年來從事香港紀錄片創作、錄像藝術教育和基層平權運動，曾出版《行路難》（2009）、《沉香》（2011）和《短衣夜行紀》（2013）。文學作品亦見於《字花》、《香港文學》、《文學世紀》等雜誌。

▌ 創作源自於生活

與其他作家不同，李維怡在接受訪問開初明言自己是「害怕」接受文學訪問，原因是在於，她認為自己並非文學圈的人，素來堅稱自己是「文字耕作者」。這位文字耕作者多年來在深水埗駐紮，住過天台屋、舊唐樓的四樓等地方，空間的移動令她感受到城市各種意想不到的脈動：「住在四樓，會不停地聽見別人吵架。住在天台時，什麼聲音都沒有。時間的快慢，也因此有了差

---

* 該訪問進行於 2020 年 2 月 24 日，由鄒文律訪問，李維怡受訪，刊登在《大頭菜文藝月刊》，第 65 期（3 月號）。出版前略作微調。

異。」由客觀條件的變換產生對生活不同的觸感，「一個人住在房子裏，房子的樣子會影響你生活的規律，可能塑造了你對生活的經驗和看法。你住在很窄或空曠的房子，安靜或吵鬧，這些客觀條件造成生活的感覺是不同的，甚至影響你的個性也不一定……空間是不可或缺，人的生活就是需要空間去承載。人需要對空間有自主，但在香港我們沒有什麼這方面的自主性。」李維怡認為，人需要自主的空間，而空間同時亦塑造了人對生活的感覺，她自己也是對生活有了感覺、觀察之後，帶着與人分享的心完成每一篇創作。

究竟舊區的唐樓是怎樣的呢？「如果放假無事，天台的時間會過得慢一點，沒什麼聲音，而且不停地看見天空在緩緩地變化。住在四樓，我無法感覺天空，只感覺到人聲、車聲。整體感覺很不一樣。」這就是李維怡口中的「時間的快與慢」，隨着空間感受時間流動，每一刻都是生活。

「剛好我住的地方，有風，夏天的早上會很曬，曬到好像暈了無法起床。等很曬的時間過去就沒什麼。最怕是下雨漏水，這很嚴重影響我的時間觀……我要先安排時間處理漏水問題才能出門。」

▎ 舊區與新市鎮之差異

在接受訪問期間，正值香港疫情最嚴峻之際，李維怡碰巧舉了這
方面的例子講述舊區與新市鎮的差異：「作為舊區的街坊，我完
全感覺不到缺貨（廁紙）。因為舊區有很多小店，時裝店、生果
舖、菜檔、報紙檔……現在每間店舖都有搓手液和廁紙。米和
廁紙在這裏不會買不到。我覺得奇怪的是，在不停播放的電視新
聞上會看見那些買不到（廁紙、米）的人，那些對着超市空貨架
而焦慮不安的人；還有我的一些朋友，如果他們住在高度規劃的
屋邨或屋苑，就很大機會買不到米和廁紙，因為那裏只有一兩個
商場、超市。舊區還是小店多，好多人用他們畢生存下的生意網
絡找到貨源，服務街坊。」這種多元化充滿生命力的舊區空間，
在疫情底下開出千姿百態的花朵。

「我看見整個空間被規劃、被壟斷的問題，有朋友認為是資訊落
差，我認為資訊落差也是與這種由上而下的空間規劃有關 ——
人的認知都由上而下被規劃了。」李維怡曾負責帶領大學舉辦的
「舊區文學散步」，部分從新界新規劃市鎮走出來的小朋友們，
他們覺得舊區非常新奇，這裏的一景一物都是他們不曾觸碰過的
空間。近年來李維怡在影行者工作，帶領實習學生實習期間，她
確實感覺到這幾年來學生對於舊區的新奇感與年俱增，甚至見到
麵粉店舖時，他們對於一盒盒不同款式的通心粉被放置在店外展

示，也覺得新奇（超市通心粉都是一包包摸不到的）。「對我來說，我會想：已經到這種程度了嗎？生活空間規範了整個人的眼界，生活空間不一樣，思考方式就不同。」

香港近二十年間，經歷了不斷拆卸和建造的過程。除了開發諸如天水圍、馬鞍山等新市鎮，不少舊區都經歷重建。李維怡觀察到自己的成長年代與現今年輕人的分別：「我從小在油麻地長大，由於整條彌敦道一早已經發展了，可以變化的地方很少……我猜現在在屋邨長大的學生，很難感受到街道作為一種人與人交流的地方，而不僅是通往目的地的道路。整個天水圍幾乎只有一條街道，現在新蓋成的天秀墟比較有市集（的感覺）。」天水圍作為高度規劃的新市鎮，區內只得商場與屋苑連接在一起，遠遠不如深水埗、長沙灣等一帶舊區充滿地方特色。

「我在 1978 年來香港，小學的時候，在油麻地唸書……可能我沒有注意自己住的就是舊區，直到 2000 年開始思考土地問題，土地問題牽涉自己的人生，如果供樓的話，整個人生都失去了。我就思考，為什麼沒有空間讓人過自己的生活？甚至用力去爭取一層樓，也須賣命。」嚴重的土地供應不足問題，導致香港樓價日益飆升，人人不自覺地成為樓奴，李維怡拒絕這種生活方式。自大學一年級起遇到天台屋、寮屋區等拆卸事件後，李維怡說：「我覺得那些空間其實很好，好處不是生活條件的舒服、乾淨，

而是擁有空間運用的自由，人對生活有所掌握，有一定程度自行規劃甚至社區共同規劃的空間。」這種充滿人與空間互動的生活方式，鄰里相處良好，皆因大家擁有一個共同努力的目標：「記得旺角金輪大廈天台屋，我看見有人在屋與屋之間的空間打麻將，覺得好像凌空在十多層樓上面有一條村，我覺得很有趣。寮屋區、大磡村、何家園（也就是現在的兆基書院位置），這些（地方）我想已有許多年輕人沒有聽過。」時代變遷不但改變城市風貌，連同部分人的居所也連根拔起，拆卸重建，深刻記憶只停留在上一代人的腦海裏。

▌意識到自己的「舊區」身份

自 1994、1995 年起，李維怡開始參與土地運動，當時她和朋友正在籌備「我的家園」計劃，她說，是為了探討人與生活空間之間的關係。事情後來演變成其他東西，但無阻礙她繼續進入灣仔利東街、皇后碼頭等保育運動。「我去了灣仔利東街支持街坊自行規劃自己家園、保衛自己生活空間的社區運動，但最後他們在盡了一切力量後還是被輾過了 …… 利東街抗爭是有關『我生活的空間應由我來掌握，而非任由地產圈地發展』…… 從利東街開始，我才意識到原來自己是一個『舊區居民』，我很難想像自己住的地方變成好高的豪宅會怎樣？…… 之後，部分利東街的義工去了參加皇后碼頭抗爭。及後，部分的皇后碼頭抗爭者在皇

后碼頭失守後到了菜園村（參與抗爭）。在這個土地和空間抗爭的過程裏，我會強烈感覺到舊區街坊與完全被規劃的新社區居民不一樣，面對自己家以外的人的方式都很不一樣。」人的特質來自自己生活的那片土地。在李維怡眼中，來自不同生活空間的人，特質也有所差異。

▌ 長期互動產生網絡空間

長期居住深水埗，環境使李維怡花更多時間思考人與空間的關係。她留意到現在孩子對着遊戲機的時間較以往多，甚至令玩遊戲變成一種「群聚方式」，但特色是各自對着自己手上的遊戲機，而非對着人。「人與人之間透過長期親身相處、互相摸索多樣化的關係，我猜對現在的人來說比較困難。人際關係是會影響公共空間的共同使用方式；舉個例，不知大家有無見過舊區時常有社區椅，即是有好心人放一張椅在他認為長者經常出入的路上。舊區生活就是有許多的空間自由度。這些一旦被推倒重建，所有空間都被規劃成單一功能，便讓人與人之間可以發展的關係和空間模式，受到局限。」雖然新區和舊區未必截然有別，但兩者的社區網絡特色確實有差異。生活的恆常性在於人與人之間的互動關係，必須透過長期熟悉（或信任）的接觸之下而誕生。舊區街坊鄰里之間樂意守望相助，令她意識到一旦拆毀了這些承載着互動網絡的空間，鄰里街坊關係隨即瓦解。「我就是經歷這種轉變（的人），

轉變就是重建、拆樓。年輕一代沒有舊區或寮屋區的成長經驗，他們的城市經驗都被地產商配合政府政策規劃好了。」李維怡說。

生活經驗的落差會產生什麼分別呢？「新規劃之下的城市生活經驗，所有空間都是功能性並且充滿『不准做 XX』，人在當中可以發揮的自主空間近乎無，不是『准做』就是『不准做』。是與非，有或無，很截然二分，二元對立。譬如你在舊區街上生活，有一百種可能性。」及後，李維怡訴說了一位街坊的故事來印證舊區生活的不同：一位從事地產行業的女街坊，為人勢利又犀利，平時大家雖然心底不太喜歡她，還是會與她打招呼。但當有天她丈夫被尋仇者活活打死，她在逃跑的時候，街坊還是呼喚其他人一同營救她。

這種人際關係虛偽嗎？不完全是，純粹是人性的表現。「有些事情是在考慮各種條件之下，真實地選擇這樣做。當你沒機會見到那麼多人，對人的複雜性的理解有可能會減弱。這些都是很嚴重的轉變。我未必對純粹的空間有觀察，但我對空間導致人產生的轉變和影響有觀察。兩者分不開。」李維怡提及的舊區生活經驗，街坊鄰里相處之間多了包容和彈性，質地較為豐富。現時城市中一般的生活環境，界線劃分得十分清晰，如此一來，年輕一代成長在界線清晰劃分的空間底下，自然缺乏觀察生活光譜不同色澤變化的眼光。

▎書寫生活的背後理念

李維怡的父母經歷過文化大革命，這令她與同代人的成長經驗有所不同。「文革是一個怪異的現象，來批鬥你的人，不知怎的就覺得自己全都是對的，旁觀者覺得荒謬，經歷者會覺得很辛苦，而現實迫令你無法做旁觀者……每逢（我）要講到自己代表真理和良知在說話，總令自己不安。」這種冷靜的反思令李維怡感到歷史遺留下來的悲哀。她傾向以創作來表達自己對世界的感覺：「我沒辦法出版一本純粹小說的書，我出版過兩本書，其中夾雜了詩。詩的部分再抽象些，像呼吸位置，小說有時我也不懂寫太實在的東西，《行路難》裏也會有寓言故事。我希望每本書出版的時候是我能夠滿意的整體，代表了我對世界感覺的整體。」談到自己的創作取向時，李維怡指出：「我覺得《無何有》系列的抽象總結性可以高些，我不想只是寫超現實的小說，我想寫到它有現實背景，因為居住空間、城市發展、移民、窮人，甚至反叛、抗爭……這些都是世界通行的，不是此城獨有，我要帶着一顆很接近的心，但把鏡頭拉遠一些距離去看他們（城市中人）的處境。」

「在生產作品的同時，我也在處理社區重建。我常常覺得搞運動的人應該要搞文藝，從而得到另一種角度去看待事物。《無可有》系列主要想敘述事物的本質，這種構思如果要以寫實的故事來處

理會很困難，寫人物時人物自己也要有心思意念。他們並不是任你擺佈的。人物隨作者意志扭來扭去的小說我不喜歡，就如搞運動時有些大台在隨意呼喚別人做這做那我也會不喜歡。可是，因為這樣，用寫實的方法要表達那些高度抽象的東西要（花費）大量時間和功夫。希望用生活來書寫的我，必須處理其他事，所以暫時未有這種時間和功夫。」時間有限，精神亦有限。李維怡嘗試從書寫中釐清社會運動的本質，也希望透過文字表達現實的荒誕：「我想寫一個介乎於超現實與寫實之間或之外的東西，我猜你讀《無可有》系列時會感受到它不完全是超現實書寫，但又總會有怪異事情發生，合理地怪，如現實的荒謬。我想，我是嘗試安撫我自己，也想給讀者一個角度去思考，個人的淒慘背後有需要我們面對的社會結構。我常想在輕重之間，在已有的現實跟抽離一點的（距離）來看待事物之間，或之外，的那個空間。」關心社會結構、權力結構的同時，李維怡在作品中努力呈現不同角色的聲音，試圖讓讀者窺探到結構裏面人物的不同位置／處境，以及源於自身的「中國經驗」，令李維怡在思考社會與人之間的關係時，對「真理」會抱持相對警惕和謹慎的態度。

▌ 文人家庭結構

將時光倒流回到李維怡的父母輩，這才知道她的「家庭成分很複雜」。李維怡的父母屬南洋歸僑，即上世紀五十年代被父母送回

去內地建設中國的東南亞華人；當時他們認為自己是「出國留學」。殊不知在回去後，發現現實與想像大不同，後來又經歷了文革，再後來來到香港定居。李維怡口中的「成分複雜」，除了家庭背景之外，還有父母供給的成長環境也令她與其他土生土長的朋友有所不同。例如，她父親對二十世紀初歐洲的古典音樂有種迷戀，母親則讀歐洲文學、翻譯小說長大，離開印尼前，家裏還藏有二十世紀的寫實主義小說。因此，李維怡可說是成長在一個東南亞與歐洲文化相匯聚的空間：「我小時候並不富裕，但他們給予我的東西就是東南亞與歐洲，不只是西歐，也有東歐，俄羅斯。那種感覺回想起來是怪異的，我在奇怪的萬國旗空間成長。」這種「萬國旗空間」的成長經驗造就了李維怡對事物產生多角度思考的習慣，「那些東西對我來說是很重要的，那就是，現實世界不只是自己生存的時間、生活的空間，還有很多不同階層的人。他們讓我學習到原來事物有多種角度，還有舊區生活經驗的累積。這幾年我會回溯父母給予我的東西到底是什麼。他們讓我對於世界上出現過的時間、空間有十分豐富的理解。」

懷着與別不同的成長背景，令李維怡在創作時十分謹慎和認真：「對於創作，我不會從概念開始，通常是先出現一件事，從事／情開始寫。有些人用概念去搞運動，我是一半半，我先觀察形態，處於現實以及想像超越現實的處境當中。所以〈無可有城〉從哪裏開始我都不太記得，好像是文學館邀請我去油街駐場寫

作，對我來說那是一份工作，於是就寫了兩篇小說：〈白鴉〉與〈門與孩子〉。」不過，自己寫的東西與讀者反應的落差，也會讓李維怡思考創作的本質。「有時從讀者的反應看來，似乎頗多人只想看到自己想看到的，其實，也會有點失落。或者懷疑一下，是否自己思考的東西真的那麼缺乏同路人認同？可是作品放出來，始終也想與人溝通，雖說多角度解讀，對，作者已死，讀者可以有自己的角度，但也不用謀殺作者吧？大家可以共存、溝通。」

從訪談中可感受到，李維怡對於創作有自己堅定的想法，她試圖在創作中反思自己對社會的觀察和理解，通過創作達到「與社會溝通」的過程。李維怡善於觀察社會上各路人物，遠至台灣原住民、近至香港菜園村婆婆。她能夠分辨出城市人與接近鄉土村民的生活態度之不同。「我認識菜園村婆婆，她們以前窮，很節儉，任何物品可以重用都會重用。菜園村搬村之後，要重建村落，會產生很多建築垃圾，後來有婆婆拿那些用來綁建築物料的膠篾來編織各式各樣的家居物品。我覺得她十分厲害，這些就是創意、環保，那些東西（明明）一點也不乾淨，是垃圾。」我們對於「垃圾」的慣常概念就等同於「骯髒」，但「骯髒」是否就等於「無用」呢？李維怡說：「『骯髒』就是人或事物違反它被規範其該存在的空間以外時的狀態。所以什麼是『骯髒』，就得看該文化如何定義規則，是寬還是窄。如果你不只想到內地人，

你想想南北美洲有大量原住民，台灣、中國境內也有少數民族或原住民、歐洲有吉卜賽人，他們對於文明、潔淨的態度跟我們很不一樣。是否我們這一套就（是）必然的？」思考視野之廣闊、長年浸淫於東南亞與歐洲文化的成長環境，「成分複雜」的家庭背景，造就了這位文字耕作者的獨特心靈。

尋訪山林自然蹤跡的人
——專訪葉曉文＊

葉曉文（1982-），香港作家、畫家。畢業於香港嶺南大學中文系，曾獲青年文學獎小說公開組冠軍。著有短篇小說集《殺寇》（2012）、《隱山之人 In situ》（2019）；原生植物圖文集《尋花：香港原生植物手札》（2014）、《尋花 2：香港原生植物手札》（2016）；野生動物圖文集《尋牠－香港野外動物手札》（2017）、《尋牠 2：香港野外動物手札》（2021），曾舉辦個人畫展《花未眠》、《城市森林中的花與牠》和《在山上－筆記香港動植物》。

▍香港像是一個盒子裝滿了人

熟悉葉曉文的讀者均知，這位集繪畫和創作於一身的藝術工作者，幾乎有一半時間隱身山林，一半時間活在城市。在城市生活裏，葉曉文以長沙灣為落腳點，多年搬屋都離不開兒時成長的舊區：「小時候與父母住在昌華街，後來搬去長發街，住過最遠就是美居中心，然後再搬回昌華街。」眼見長沙灣的變遷，一如所有舊區居民見證着舊舖消失、獨棟私人房屋湧現，唐樓搖身一變

＊ 該訪問進行於 2020 年 5 月 11 日，由鄒文律訪問，葉曉文受訪，刊登在《大頭菜文藝月刊》，第 65 期（3 月號）。出版前略作微調。

成為高級大廈。「不過長沙灣由始至終都屬於住宅區，最多是診所，畢竟是老區，以及現在多了不少南亞裔人士居住。空間感的話，無論我與家人住或是自己住，只是幾百呎的小空間，感覺差不多。」城市生活經驗必然是葉曉文創作的其中一項因素，她也坦言，自己對空間沒有特別喜好，她只寫自己平常會去的、熟悉的地方，環境令她感受深刻，於是就形成筆下故事。

葉曉文去年受邀到梅子林村繪畫壁畫，緣於香港大學與匯豐銀行合作舉辦的一個村落活化計劃。根據資料記載，梅子林村是一條擁有四百多年歷史的隱世客家古村落，與鄰近的蛤塘、小灘、牛屎湖、荔枝窩、鎖羅盆及三椏組成了慶春約七村，葉曉文每次進入梅子林都花費好幾小時，先申請禁區紙進入沙頭角範圍，其後搭船到荔枝窩，再登山走到梅子林村。「對我來說，畫壁畫是很新的體驗，以前我繪畫的尺寸很小，壁畫卻給了我新的空間感，尺寸大很多，（畫壁畫）與我以前的經驗完全不同，加上我在一個無人住的荒村畫壁畫，我覺得是一件（很不一樣的）事。」在八十年代，梅子林村最後一戶村民搬走後，再沒有居民打理村落。面對村內三分之二出現倒塌現象的房屋，每年都有村民捐錢為房屋進行維修工程。繪畫壁畫更是進一步活化村落的表現，現時人人都知道，梅子林村已漆上美麗的圖畫，村落瞬間充滿生氣。

「這村子給了我很大的空間去發揮、觀察自然。前段時間有人問

我，究竟我是寫了《隱山之人》之後才去畫壁畫，還是畫完再寫書？我說是寫完才去畫壁畫。很多人以為是相反。畫壁畫給我一個機會重現小說《隱山之人》裏面的經驗。」因緣際會，葉曉文進駐梅子林村啟動繪畫壁畫工程之際，正值香港陷入紛紛擾擾的時期。這是一次給予她喘息及反思的難得機會。

「住在城市裏，一下樓就是處於被觀察、被看見的狀態，在村子裏才感覺到什麼是自由。我待在梅子林的時候，主要是畫畫，繪畫後大可直接離開，工作就完成了。但我選擇了繼續留在那裏，很大程度與社會運動有關。我畫畫的時間從九月中到十一月。到八、九月衝突愈來愈激烈，我覺得很辛苦，心理無法承受，我想很多香港人也是，看見如此大的衝突心裏感到很害怕，不知如何處理。剛好得到機會進村畫壁畫，替我（與現實）拉開距離，產生了間隔，真的有幫助。之前我每天在家（像強迫症一樣）瀏覽新聞。到了梅子林，（網絡）線路不算太好，給了我喘息機會，完全割裂了辛苦、緊張的狀態。後來梅子林變成我休養的地方，所以後期繪畫時，很依戀這地方，感覺像殼子一樣保護我。一旦回到市區，整個人便恢復瘋狂看新聞的狀態。這是我為什麼完成壁畫之後，仍然留在梅子林、荔枝窩種田，甚至渴望從事農業相關的行業。」以葉曉文的比喻，她形容香港就像是一個盒子裝滿了人，但郊野地方如梅子林村，反而整條村落都是屬於自己的，範圍廣闊，在那裏她可以做任何事。

▋ 穿梭於不同媒介的藝術創作

八十後的葉曉文，早已出版過《尋花》、《尋牠》等一系列有關香港原生植物及野生動物手札，書中收錄了她精美的繪畫及以散文紀錄眼前所見。「對我而言，散文系列短小，七百字左右，介紹物種有方法可以找到資料，每篇已經有了格局，對比起寫小說，寫散文簡單許多。例如寫《尋牠 2》，首先我會寫在哪裏看見這些物種，繼而寫相關的科學知識，再補充一些相關的文學資料。我從小到大喜歡畫畫。小時候對畫畫的興趣較寫作更甚，畫畫對我來說相對簡單。我喜歡透過畫畫來再認識不同物種，例如現在我在畫昆蟲，我從未試過這麼細緻觀察昆蟲，我畫過蜜蜂、畫過古怪的物種，例如蚰蜒。」繪畫成為一個再認識物種的過程，透過細緻的觀察，令葉曉文認識到動物的外貌、動態和靜態，幫助她深入認識物種的特質。

至於小說創作，則是一個探討及思考問題的過程，只有帶着疑問才有辦法寫小說：「《殺寇》寫於我大學二三年級，主要思考理想／現實的問題。漫畫家為迎合讀者喜好而改變自己的風格，當時的想法是，到底踏出社會後要聽別人說還是堅持自己的想法？譬如寫《隱山之人》，自己帶着一個問題：為什麼要登山？為什麼要長時間留在陌生地方生活、寫不同物種？為什麼我要寫自然散文？為什麼要留在山中被蚊子叮、忍受炎熱天氣？到底山帶給了我一些什麼？我開始探討這些問題，以及人與山之間，人在山

裏面的角色是什麼。這是我常常想不明白的事。帶着這些疑惑，我才開始創作小說。」

寫小説是大學時期才開展的藝術創作，但繪畫卻是葉曉文從小培養的興趣。「畫畫是一件很個人的事，我充滿好奇，總想實踐新想法。譬如説，我畫畫的風格也偏向花花草草，但我很喜歡用不同方法來繪畫，例如以水彩、油畫、漆畫的方法作畫，探索不同顏料的運用。我很喜歡顏色。寫作與畫畫兩件事情是很不一樣的，畫畫能夠達到寫作達不到的事情。尤其我沉迷顏色，渴望表達某種顏色的準確度，譬如你看到這瓶藍色搓手液，色彩上其實有些微差別：淺藍，向光的位置白一些，還帶些黃色。文字上我可以寫得出來，但表達會很累贅，繪畫在表達上則直接很多。」香港高等教育科技學院曾舉辦葉曉文的畫作展覽，演講時她帶來一塊塊原木，木塊上繪上她行山所見的原生植物，顏色柔和自然，精美獨特。除了原生植物外，葉曉文也會繪畫野生動物，甚至跑到郊外追蹤牠們的蹤跡，不帶帳篷直接在溪澗過夜，睡於石頭上，目的就是為了體會野生動物在野外生存、生活的感覺。這就是她的意志和堅持，期望透過親身體驗，了解生物的生存狀態：「我要自己親身體驗才能寫作，不能光靠幻想。」

▍從生活實踐中理解「日常」

香港是一座繁榮發達富庶之城，我們對於日常起居生活用品均唾

手可得。例如廁紙、米糧、蔬果，只要下樓走到不遠的超級市場即可購得。如果將同一便利的概念搬到鄉村（甚至荒村），恐怕購買日常用品即刻成為生活最大的障礙。「自己一個人住在荒村（梅子林），對於日常生活的理解完全改變了，城市很擁擠，物質非常豐富，買什麼生活用品是唾手可得。但處於鄉村地方，村民們的手藝都非常好，因為（物品）無法隨意購買。譬如農具壞了、籬笆要搭建，他們全部靠自己就地取材來完成，每個人的手工藝非常好。城市裏我們要種植、搭瓜棚的話，第一反應是走到花墟購買材料，鄉村人卻懂得運用當地資源，對我而言這是特別的能力，他們卻視為平常。他們在就地取材這方面很厲害，譬如撿到石頭就可以搭建燒烤爐，他們將大地資源運用得很好，與土地產生了緊密的關係。我自己也在學習當中。」

鄉村生活不但改變葉曉文對於郊外生存的應變能力，同時也令她反思空間裏人與動物的主客關係：「在村裏經常遇到古靈精怪的動物，可能是老鼠、大蜈蚣、飛蟻、飛蛾等林林總總，牠們在梅子林出現，我覺得是正常且可接受。但如果這些動物出現在長沙灣的家，我一定無法接受，會馬上驅趕牠們。於是我想，為什麼在梅子林就可以接受牠們？彷彿包容程度隨着空間而增加。五月的長沙灣是飛蟻季節，如果飛蟻飛進來，我一定會殺死牠們來餵魚。但是身處梅子林時，我不會趕盡殺絕，這件事我問過很多人，原來大家都有同樣的情況。例如我問過從事樹藝及木工的人，他們覺得白蟻出現在家裏就無法接受，但如果出現在 studio

就可以接受。」這種奇怪的想法可能長期存於人的思維中，當人身處自己的房屋裏，動物隨即成為入侵者，必然會趕走或消滅。但當人處於郊野，成為了郊外環境的客人，便接受了與動物共存的現實狀態。葉曉文説：「城市裏大部分土地都是房子，屋是人類的附屬地。但村落的話，屋子只佔自然空間的一小部分，周遭是森林，你會覺得周遭森林裏面的物種才是主人。」或者就是源於城市人認為 everything is under control 的想法，製造了無法與動物在城市共存的現象。

▍ 文明衝突的根本原因

由於葉曉文時常需要進入郊外環境捕捉動物或植物的身影，留在荔枝窩生活時，令她意識到原來動物之於村民的最大價值在於「生財」。「我走到鄉村的時候，有時候會受不了某些村民，他們當貓狗純粹是工具。譬如梅子林旁邊有一條村，有三、四位老居民，他們養了不少貓狗，放任動物繁殖之後，現在已經有十幾隻貓狗。因為有了活化活動，記者走到那邊採訪，那裏開始被塑造成『貓星人』、『狗星人』的天堂。近兩三個月他們的士多生意愈來愈好，多了登山客幫襯。那幾位老居民卻開始嫌棄狗，覺得狗會吠，會兇客人，但狗的本質本來如此，老居民向來視狗為保安。因為黃牛和野豬會吃光所種的菜於是教狗趕牛、趕野豬。現在為了擴充經營飲食及民宿生意，覺得狗群弊大於利，便決定棄養，甚至找漁護處來捉狗，如果狗被抓走了就是死路一條。他們

也開始減少餵食，狗隻會走來梅子林乞食，早上便有三四隻狗等我開門餵食，有時我不忍心就煮公仔麵給牠們吃，牠們也常常走到荔枝窩乞食，荔枝窩的狗義工也很生氣。老居民說不要就不要，當所飼養的狗是畜生，我覺得村民狠心。」葉曉文在敘述的時候非常坦白，她沒想到原來牛隻常常被村民嫌棄，而野豬也成為村民以陷阱設計來捕捉的獵物。這無疑打破了我們的慣常思維，以為只有城市人對待動物極不友善，沒想到部分村落裏的動物，生存環境更為艱苦。「村民會把隨手可捉、可摘的東西都拿來吃，他們會認為這些都是他們的財產。我帶保育導賞團參觀的時候，會講解這是海岸保護區，所有魚蝦蟹都不能帶走。村民不會理會規矩，潮退就會去挖蜆，對他們來說郊外的動植物都是資源 —— 而政府也理解村民的習慣，向居於海岸公園附近人士，批出海岸公園捕魚許可證，准許他們在指定海岸公園內從事釣魚或捕魚活動。」我們城市人認為村民與動物的關係一定是很和諧，或者其實源自於我們的美好想像。可能因為我們有時候用寵物角度去想像動物，抱持着「寵物心態」，與真正生活在郊野的村民與動物之間的關係，很不一樣。

然而，文明的衝突在村落間時常發生，葉曉文在郊外的自然觀察可以為城市人帶來大量反思。不過她當初不是為了反思而進入自然空間，而是為了去尋找、體驗別樣質感的人生，繼而把體驗化為不同媒介的藝術創作。

後記

　　最初接觸香港文學，應是在 2000 年秋季，在香港中文大學中國語言及文學系開設的「文學概論」課上。何杏楓老師在課堂上優雅而不失生動地教導我們閱讀文學作品的基本功，選讀篇章包括西西、黃碧雲、董啟章等名家名篇。我就像第一次使用長距離鏡頭觀鳥的人那樣，首次窺見香港文學豐盈閃亮的面貌。後來，在董啟章老師講授的「香港文學導論」通識課程中，我更為系統地認識了香港文學的特色與發展。還記得我當時在課堂上用功抄寫筆記，聆聽董老師仔細分析舒巷城、劉以鬯、西西、也斯、吳煦斌等小說的時光。那是一門不可多得的課，令人感到遺憾的是，董老師不在課上介紹他的小說。令人欣喜的是，那門課讓我有機會與董老師建立了長久的友誼，直至今天。董老師的課不僅讓我對香港文學產生了濃厚的興趣，他的小說日後更成為我在文學研究上的起點。

　　唸大學時我總是煩惱怎樣寫出更好的小說，根本沒有想過日後從事文學研究。直到 2004 年本科畢業，蒙樊善標老師不棄，願意指導我撰寫以董啟章小說為題的碩士論文，始有機會踏上文學研究之路。當時之所以選擇董啟章小說為研究對象，除了因為鍾情於董老師的作品，更是因為某種今天看來相當單純的念頭 ——「董老師寫得這麼好，為什麼至今沒有一篇碩士論文專門討論他的小說？」回首往昔，這種想法除了單純之外，只能說是真正的天真。也許，如果當年

的我不夠天真,當初亦未必踏上文學研究之路?如此想來,還是應該感謝那個天真的自己,以及不嫌我過分天真的樊老師。本書得到樊老師願意作序,銘感至深。樊老師精妙的評論,乃擦亮本書之拭銀絨。

2009 年我回到香港中文大學中國語言及文學系攻讀博士學位,非常榮幸能夠得到危令敦老師指導,在 2012 年完成了以中國當代烏托邦小說為題的博士學位論文,期間亦有撰寫與香港文學有關的學術論文,嘗試投稿至香港和台灣兩地的學術期刊。危老師博學而聰敏,在我收到匿名論文評審意見而不知所措時,不僅好言安慰,還指導我修訂論文和撰寫回應,為我日後能夠獨立撰寫學術論文,奠定了重要基礎。與危老師在辦公室論學的情景至今歷歷在目,但更讓人懷念的是,我們沿着大學建築群步行下山時,多次有關攝影的討論。危老師拍的蜂鳥,一直在我辦公室的電腦屏幕上熠熠生輝。

身為小說創作者和研究者,我一直關心同代人的創作。張婉雯、李維怡、謝曉虹、韓麗珠、可洛等都是我長久以來關心和喜愛的作家,他們書寫的小說,讓我深信香港故事能夠一直寫下去,香港文學精純的面向得以延續。後來大概在 2015 或 2016 年的某天,我忽發奇想,我與同代人在香港創作這麼多年,究竟我們的小說寫成了一個怎樣的香港故事?1997 年以來,香港的城市空間經歷了這麼多轉變,我隱然感到在同代人的寫作中,必然有某種共同主題。基於這種莫名的直覺,我開始重新閱讀同代人的小說。及後有機會讀到雷蒙·威廉斯的「情感結構」,深受啟發,遂有「後九七

香港青年作家」概念的構想。大衛・哈維和段義孚的空間理
論，則啟迪了本書以城市空間變改為主軸的研究路徑。本書
內容，凝聚了我多年來閱讀同代人小說的心得，還望對讀者
而言能有些許啟發。有好些我曾經細閱其小說的作家，如陳
曦靜、麥樹堅、唐睿、葉曉文等，受限於本書論旨，只好割
愛，留待日後另文專論。

　　本書部分章節的初稿，曾經發表在《人文中國學報》（第
25、32 期）、《東海中文學報》（第 36 期）、《台北大學中文
學報》（第 28 期）和《中國現代文學》（第 40 期），後經改
寫和修訂，匯成本書。感謝當日匿名評審的寶貴意見，並感
謝相關學報同意轉載。感謝香港高等教育科技學院種子基金
（THEi Seed Grant）對「重塑『我城』── 香港青年作家小
說重寫研究」（計劃編號：1516113），以及研究資助局教員
發展計劃（RGC Faculty Development Fund）對「城市景貌
之想像 ── 後九七香港青年作家研究」（計劃編號：UGC/
FDS25/H01/18）研究計劃的支持。相關作家訪談曾經在《大
頭菜文藝月刊》上刊登，感謝關夢南先生惠賜版面。感謝趙
曉彤博士對當日研究計劃的支持，以及當時的研究助理林凱
敏小姐和葉秋弦小姐協助蒐集資料。葉秋弦小姐協助本人訪
問作家和撰寫相關訪問稿，附錄之「後九七香港青年作家」
訪談錄始能完成。如今，葉秋弦小姐又擔任本書的編輯工
作，文學連結生命而流轉不息，實在奇妙。在此本人對葉秋
弦小姐再致謝枕。另，非常感謝葉建威先生協助本書初稿的
校訂工作，令此書得以更好的面貌面世。

　　感謝朱耀偉老師推薦拙著給中華書局（香港）有限公

司，朱老師不僅是香港文學文化、粵語流行曲歌詞研究的專家，更是戮力提攜後輩的學者。感謝願意列名推薦的陳平原、何杏楓、陳大為和楊佳嫻四位學者教授。我有幸在中大受教於陳平原老師，其人其學問，無不讓人感佩。何杏楓老師從我入讀中大起，一直關顧至今，無限感激。近年與陳大為老師在學術上往還甚密，他的學術寫作自成風格，叫我佩服不已。楊佳嫻老師於我而言，亦師亦友，多年來她對我的諸多協助，我只能一謝再謝。

非常感激中華書局董事長趙東曉先生給予機會，以及副總編輯黎耀強先生大力支持拙著的出版。能於中華書局出版學術專著，實乃本人之榮幸。家母多年照顧，在此謝過。總是 kirakira 的內子，讓我時常處於暗夜之內的研究生涯，得以閃閃發亮。

鄒文律

2023 年於香港九龍鑽石山